W0360765

L'honneur des Crighton

PENNY JORDAN

L'honneur des Crighton

Jade

Titre original :
A PERFECT FAMILY
publié par MIRA®

Traduction française de KATIA NOVET

Jade® est une marque déposée par le groupe Harlequin

Photo de couverture
Maison : © FRANS LEMMENS / GETTY IMAGES

© 1997, Penny Jordan.
© 2005, Harlequin S.A.
83-85, boulevard Vincent-Auriol 75646 PARIS CEDEX 13.
ISBN 2-280-09373-1 — ISSN 1773-7192

Prologue

1917

Au printemps, froid et humide, avait succédé un été des plus orageux, dont les pluies incessantes avaient couché les récoltes, dans les champs.

Josiah Crighton essuya la buée qui couvrait la vitre de son compartiment de train mais son regard, plutôt que de s'aventurer à l'extérieur, revint se poser sur le visage de la jeune femme assise en face de lui.

Son épouse. Bientôt la mère de son enfant.

Il crispa les mâchoires en se remémorant la fureur de son père lorsque celui-ci avait appris la nouvelle.

— Pour l'amour du ciel, si tu tenais tant à te comporter comme le dernier des idiots, tu ne pouvais pas le faire ailleurs que chez nous ? Je ne sais pas, moi : à Oxford… ou dans les Inns of Court. Je suis sûr que les opportunités ne manquaient pas.

Le regard fixé sur lui, son père s'était interrompu. Ses doigts tambourinaient furieusement sur son bureau.

— Enfin ! avait-il repris, il est trop tard, maintenant. Il va falloir trouver à cette fille un mari accommodant. Quant à toi…

— Elle a déjà un mari, avait déclaré Josiah d'un ton posé.

— Elle est mariée ? s'était exclamé son père avec un évident soulagement. Tu ne pouvais pas le dire plus tôt ?

L'instant d'après, l'expression de son visage avait de nouveau changé tandis que Josiah lui expliquait, sans ciller :

— Elle est mariée avec moi, père. Bethany et moi, nous sommes…

Il avait prévu la colère qui avait suivi cette révélation, ainsi que leur bannissement par les deux familles. Car les parents de sa jeune épouse n'étaient pas plus heureux que les siens ; le père de Bethany, un petit propriétaire fermier, destinait sa fille à une vague relation, un veuf également propriétaire de terres arables, du côté gallois de la ville, et père de deux enfants qui avaient besoin d'une mère.

En attendant cette union, Bethany travaillait au château.

C'était là que Josiah l'avait croisée par hasard, alors qu'il apportait à lord Haver certains papiers que son père lui avait confiés. Ils s'étaient reconnus immédiatement ; enfants, ils jouaient souvent ensemble pendant les vacances, sur les berges boueuses du

Dee. Ils avaient commencé par évoquer le passé et, de fil en aiguille, l'inévitable s'était produit.

Quand plus tard, effrayée, le visage d'une pâleur de cendre, elle était allée le trouver pour lui annoncer la nouvelle, Josiah avait suivi les ordres que lui dictaient son honneur et son sens du devoir ; et tant pis si, pour les siens, il était établi qu'il épouserait sa cousine germaine, afin de resserrer les liens familiaux.

Josiah s'était vu priver de tout soutien, de la place qui lui revenait au sein du cabinet d'avocats familial. Que pouvait-il faire, dès lors, sinon aller s'installer ailleurs pour pouvoir travailler et subvenir aux besoins de sa femme et de leur enfant à naître ? Il avait loué un appartement dans la petite ville marchande de Haslewich, avec l'espoir que ses habitants, ainsi que ceux de la communauté rurale environnante, constitueraient une clientèle suffisante.

— Est-ce que tu m'aimes, Josiah ? lui avait demandé sa jeune épouse en s'accrochant à lui, le jour de leur mariage secret et précipité.

Il l'avait serrée avec force contre lui, incapable de lui répondre honnêtement, mais se refusant à lui mentir. C'en était fini de l'avenir sûr et confortable qui lui était promis jusque-là. Le futur qui se profilait devant eux lui paraissait aussi sombre et repoussant que la campagne battue par la pluie qui défilait sous ses yeux.

Poussant un soupir, il s'efforça de ne pas comparer la vie qu'il avait eue jusqu'alors avec celle qui l'attendait.

La tâche n'était pas facile. A Chester, la secrétaire de son père n'allait pas tarder à lui servir le thé, comme chaque après-midi, dans le bureau lambrissé où un feu devait brûler. Doyen du plus prestigieux cabinet d'avocats de la ville, le père de Josiah était considéré avec un mélange de crainte et de respect par tous ceux qui travaillaient pour lui, et plus encore par Mlle Berry. Celle-ci veillait sur lui comme un fidèle chien de garde, dont la méfiance n'épargnait personne, pas même les fils de son patron, frères aînés de Josiah, qui travaillaient également dans le cabinet.

Josiah revoyait la superbe théière en argent dans laquelle infusait le thé de son père — un cadeau d'un riche client, tout comme le service en porcelaine de Sèvres. Un tel luxe serait absent des pièces nues que Josiah avait louées, et qui devraient leur servir à la fois de bureau et de logement ; il s'estimerait même chanceux s'il pouvait se permettre d'y prendre le thé.

Son humeur s'assombrit encore. Avant même d'être rejeté par sa famille, il savait bien que des trois fils Crighton, il était le moins indispensable. Ses frères aînés, Edward et William, travaillaient déjà dans le cabinet, et son père pouvait compter sur un autre fils, une fille, ainsi qu'un nombre incalculable de neveux, nièces, et autres parents ; il lui était alors aisé de se passer d'un fils désobéissant et tombé en disgrâce.

Josiah se fit le serment que jamais il ne traiterait son enfant comme son père l'avait traité ; il veillerait aussi à ce que son fils hérite d'une tradition aussi fière et respectée que celle qui lui avait été refusée. En regardant son épouse endormie, Josiah se jura de fonder une dynastie qui, un jour, concurrencerait celle de son père et de ses frères.

Qui la concurrencerait et même la surpasserait.

1969

La décapotable rouge filait vers le nord. Au volant, David Crighton exultait. Il y avait le plaisir de conduire le beau coupé sport, bien sûr — un cadeau de son père pour le récompenser d'avoir décroché son diplôme, même s'il n'avait obtenu aucune mention. Mais surtout, David sentait une bouffée de joie sauvage le traverser chaque fois qu'il tournait la tête vers la jeune femme installée à son côté.

Il l'avait séduite, pratiquement enlevée au nez et à la barbe d'un ami — un des quatre membres du groupe de rock qu'ils avaient formé durant leur dernière année à l'université.

L'espace de quelques mois, ils avaient connu une gloire éphémère. Un petit homme obèse, au crâne chauve et luisant, fumeur de gros cigares, était venu les voir en coulisses après un concert, offrant de leur décrocher un contrat avec une importante maison de disques. C'était l'époque où de jeunes inconnus devenaient millionnaires du jour au lendemain, dont les noms étaient chuchotés avec envie, quand ils n'étaient pas hurlés par des milliers de jeunes adolescentes à travers le pays. Alors, pourquoi pas eux ?

Hélas ! le petit homme obèse s'était révélé plus malin et surtout plus retors qu'il n'en avait l'air ; et tandis qu'ils se moquaient de lui, persuadés que son rêve secret était de devenir l'un d'eux, il avait tranquillement escamoté une bonne partie de leurs cachets. Il ne leur avait laissé que les exemplaires invendus d'un disque qui n'avait jamais été au-delà de la cinquantième place du hit-parade, ainsi qu'une dette énorme à rembourser au fisc.

Josiah, son grand-père, avait payé la part de David, non sans lui déclarer avec colère qu'il le faisait uniquement pour préserver l'honneur de la famille. David, qui se fichait de tout cela, avait écouté le sermon de son aïeul dans un état de douce euphorie, dû à la marijuana, avant de vite retourner à Londres, où il avait retrouvé ses amis et le style de vie qu'il aimait tant.

Ces événements remontaient à plus de deux ans. A l'époque, il se moquait volontiers de son frère jumeau, Jon, dont l'unique ambition était de s'installer à Haslewich, dans le Cheshire, pour y prendre sa place dans le cabinet familial.

Aujourd'hui, David voyait les choses différemment. De nouveau, il jeta un coup d'œil vers la jeune femme endormie paisiblement à côté de lui, vêtue d'une robe ultracourte qui révélait ses longues jambes fuselées. Ils s'étaient mariés à Caxton Hall, trois jours plus tôt. Elle venait tout juste d'avoir dix-huit ans. Avec ses yeux de biche et ses beaux cheveux blonds, elle était la plus recherchée, la plus convoitée des mannequins de la scène londonienne. Et maintenant, elle lui appartenait.

Et elle était enceinte.

— Mais comment est-ce possible ? avait-elle protesté d'une voix aiguë quand le médecin leur avait annoncé la nouvelle. Je prends la pilule.

— Manifestement, ça ne marche pas quand on couche avec un homme aussi sexy que moi ! avait répliqué David en souriant.

Elle n'avait pas trouvé ça amusant. En boudant, elle lui avait rappelé ses engagements professionnels.

Alors, ils s'étaient mariés, et ils étaient à présent en route pour se construire une nouvelle vie, dans le Cheshire. Mais pas seulement parce que Tiggy était enceinte.

David fronça les sourcils. Il ne servait à rien de ressasser cette regrettable affaire. Il avait commis une erreur, et on l'avait découvert. Ainsi qu'il l'avait déclaré à son père, d'autres en faisaient tout autant sans être jamais pris. Ce n'était pas sa faute, à lui, si l'associé principal de son cabinet était à ce point collet monté. Car après tout, il n'avait rien fait d'illégal.

1996

— Parle-moi encore de ta famille et de l'anniversaire que nous allons célébrer, dit Caspar.

Olivia se tourna pour lui sourire. Depuis six mois que durait leur liaison, la voix et l'accent américain de son amant continuaient encore de la troubler, avec presque autant de force que la vision de son corps si masculin.

— Regarde la route ! lui lança-t-il, avant d'ajouter d'un air coquin : et ne me dévore pas des yeux comme ça, sinon…

La franchise et la fréquence avec lesquelles il exprimait son désir pour elle comptaient parmi les traits qui le rendaient si différent des autres hommes qu'elle avait connus, se dit Olivia.

— C'est un double anniversaire, expliqua-t-elle en reportant son attention sur la route. Mais il me semble t'avoir déjà tout raconté un million de fois…

— Je sais, admit Caspar, mais je ne me lasse pas de l'entendre. Et puis, j'adore observer ton visage quand tu parles de ta famille. Tu as bien fait de ne pas t'orienter vers une carrière de juge. Ton visage, et surtout tes yeux, t'auraient trahie plus d'une fois. Ils sont si expressifs !

Olivia Crighton lui adressa une grimace amusée.

Ils s'étaient rencontrés dans le cadre d'un cours de droit américain qu'elle suivait. Caspar était son directeur d'études. Comme elle, il était issu d'un milieu juridique ; comme elle aussi, il avait choisi de ne pas entrer dans l'affaire familiale, mais de faire ses preuves par lui-même. Enfin ! Caspar avait eu le choix. Alors qu'elle…

Aussitôt, elle interrompit le cours dangereux de ses réflexions : cette visite à sa famille était une occasion heureuse, et non un prétexte pour ressusciter de vieux problèmes. Elle ramena ses pensées vers Caspar et leur relation.

Deux mois plus tôt, ils avaient pris la décision de s'installer ensemble et, pour l'instant, ni l'un ni l'autre ne l'avaient regretté, bien au contraire. Olivia n'avait encore rien dit de leurs projets à sa famille, notamment de son prochain départ avec Caspar, lorsque celui-ci rentrerait aux Etats-Unis. Elle ne s'attendait de toute façon pas que la nouvelle soulève la moindre objection ; dans le clan Crighton, une femme n'était pas considérée comme indispensable, contrairement aux mâles de la famille, dont le rôle au sein du cabinet était établi pratiquement depuis le moment de la conception.

Caspar avait d'abord été amusé, puis stupéfait par l'histoire des Crighton. Il avait à l'évidence peine à croire qu'il existât encore des familles aussi démodées. L'éducation qu'Olivia avait reçue, comme la vie qu'elle avait menée, étaient aux antipodes de tout ce qu'il avait connu, lui dont les parents avaient divorcé alors qu'il avait à peine six ans. Très vite, du reste, Olivia avait senti en lui une sorte de méfiance vis-à-vis de tout engagement émotionnel ; cela rendait plus précieux encore le désir qu'il affichait si ouvertement en sa présence.

Elle savait leur amour réciproque. Néanmoins, tous deux avaient souffert de blessures d'enfance qui, parfois, les emplissaient de craintes devant l'intensité des émotions qu'ils partageaient. Lorsqu'elle se retrouvait face à elle-même, Olivia songeait qu'ils avaient peur de l'amour, chacun à sa façon. Elle avait toutefois appris à ne pas trop remettre ses sentiments en question. C'était préférable pour tout le monde.

Ils n'avaient pas fait de projets d'avenir à long terme, à part bien sûr le fait qu'elle se rendrait à Philadelphie avec Caspar, quand ce dernier rentrerait dans son pays. Olivia savait qu'un tel départ ne ferait pas avancer sa carrière : il lui faudrait acquérir de nouvelles qualifications. Mais ainsi qu'ils en étaient tous deux convenus, les sentiments qu'ils éprouvaient l'un pour l'autre étaient trop forts pour qu'on ne leur offre pas une chance. Une chance de se développer et de déboucher sur une relation permanente ? Ou bien, une chance de s'éteindre ?

Olivia ne connaissait pas la réponse — pas plus que Caspar, du reste. Pour l'instant, l'engagement le plus important qu'ils pouvaient prendre l'un envers l'autre était de se dire qu'ils voulaient être ensemble, que leur relation primait par rapport à tout le reste.

— Alors, ta famille ? insista Caspar.

Il était installé du côté passager de la petite Ford qu'Olivia s'était vu offrir par son grand-père pour ses vingt et un ans. Le véhicule n'avait que peu à voir avec la voiture de sport à laquelle son cousin Max avait eu droit pour le même anniversaire !

A propos de la famille… Par où commencer ? Ses parents ? Ses grands-parents ? Ou au tout début, avec son arrière-grand-père, Josiah, qui avait fondé l'affaire familiale, après que son propre père les avait bannis de Chester, lui et sa jeune épouse.

— Combien serez-vous, à cette réception, exactement ? demanda Caspar.

— Difficile à dire. Cela dépend du nombre de cousins et cousins germains qui auront été invités. Le noyau de la famille sera présent, évidemment — grand-père, maman et papa, oncle Jon et tante Jenny, leur fils Max et ma grand-tante Ruth. Il y aura peut-être quelques membres de la branche de Chester, aussi.

Olivia jeta un coup d'œil à un panneau, sur le côté de la route.

— Encore deux sorties, et nous serons à la maison, dit-elle.

En entendant ces mots, Caspar fronça les sourcils.

Pour lui, la « maison » était là où il se trouvait, à un moment donné. Mais pour Olivia…

Elle comptait beaucoup pour lui. Elle était si belle, si intelligente ! Il aimait qu'elle parût à la fois plus jeune et tellement plus mûre que les jeunes femmes américaines du même âge. Contrairement à celles-ci, elle semblait d'instinct lui donner la priorité. Or, rien n'était plus important pour lui qui n'oublierait jamais toutes ces années durant lesquelles il avait eu le sentiment d'être un paquet encombrant que ses parents se repassaient, plutôt qu'un enfant aimé et désiré.

Les familles… Il s'en méfiait comme de la peste !

Heureusement, cette visite ne devait durer que très peu de temps. Et bientôt, Olivia et lui partiraient pour l'Amérique — pour y vivre leur vie ensemble, juste elle et lui.

1

— J'espère qu'il va continuer à faire beau. Ce sera terrible, sinon. Imagine qu'il pleuve, avec la tente dans le jardin…

Jenny Crighton leva les yeux de la liste des invités qu'elle était en train de vérifier. Elle sourit à sa belle-sœur.

— Avec un peu de chance, le soleil sera au rendez-vous, Tiggy. Et dans le cas contraire, la tente sera chauffée et…

— Oui, mais les gens devront traverser la pelouse.

— Nous allons faire poser un tapis entre la maison et la tente, expliqua patiemment Jenny, alors que le sujet avait déjà été abordé maintes fois. Il sera surmonté d'un auvent, et tout le monde sera au sec.

Elle n'avait pas émis la moindre protestation lorsque Tiggy avait passé des heures au téléphone à raconter à qui voulait l'entendre le travail colossal que représentait l'organisation de la réception donnée en l'honneur du cinquantième anniversaire de leurs deux maris — alors que c'était elle, Jenny, qui avait tout fait. Elle avait l'habitude. Depuis toujours, leurs rôles étaient clairement assignés : Tiggy jouait — à la perfection, il fallait l'admettre — celui de la femme séduisante et fascinante, et Jenny demeurait cantonnée dans celui, plus discret et plus ingrat aussi, de la fourmi travailleuse.

On faisait preuve de beaucoup d'indulgence à l'égard de Tiggy — elle était si vulnérable ! Et les hommes continuaient de se laisser éblouir par sa beauté, bien qu'elle eût maintenant plus de quarante ans — comme Jenny, d'ailleurs. Bien sûr, de son côté, Tiggy ne pouvait résister au besoin de susciter et de répondre à ces démonstrations d'admiration ; il semblait même qu'elle s'en nourrît. Mais en aucun cas elle ne pensait à mal. David et elle formaient un couple parfait, tout le monde le savait. Lui la vénérait, et Tiggy adorait son époux.

Y avait-il seulement quelqu'un pour ne pas aimer David ? Son père, ses clients, ses amis, les enfants... tout le monde avait un faible pour lui. Et celui qui manifestait le plus de ferveur et de détermination était le mari de Jenny, Jonathon, le frère jumeau de David.

C'était lui qui avait eu l'idée d'organiser une grande réception pour leur anniversaire, et d'en profiter pour inviter toute la famille.

— Papa sera ravi, avait-il dit à Jenny. Tu sais à quel point la famille compte, pour lui.

— Il sera peut-être ravi le jour de la réception, mais il risque de faire grise mine quand viendra le moment de payer les factures. Or, tu sais ce qu'une telle réception coûtera si nous faisons les choses comme il faut.

— Papa n'y verra pas d'inconvénient ! avait assuré Jonathon. Pas si c'est pour David.

— Non, en effet, avait admis Jenny.

Elle avait alors tourné la tête afin de cacher l'expression de son visage à son époux.

Elle savait, bien sûr, pourquoi David était aussi important pour toute la famille ; pourquoi, aussi, Ben Crighton tenait tant à ce que les jumeaux fussent aussi proches que possible l'un de l'autre — et surtout, à ce que Jonathon soutînt son frère, son aîné de quelques minutes à peine, en toute circonstance, de manière inconditionnelle. Ben avait eu un jumeau, lui aussi, mort à la naissance. Cette perte l'avait marqué pour la vie, à tel point que Jonathon avait été élevé en s'entendant répéter sans cesse qu'il avait une grande chance de pouvoir grandir avec son frère près de lui.

Une fois, une seule, Jenny avait vu la fierté que Ben éprouvait pour David faire place à la déception : c'était le jour où ce dernier avait quitté le cabinet où il effectuait son stage en attendant d'être accepté au barreau — conformément au plan de carrière qu'on avait tracé pour lui dès avant sa naissance.

La voix de Tiggy ramena Jenny au présent :

— Mes escarpins ne sont toujours pas arrivés, tu sais ! déclara sa belle-sœur. On avait pourtant promis de me les livrer à temps. Et bien sûr, il est trop tard pour que j'en fasse faire une autre paire.

— Tu vas les recevoir, répondit Jenny sur un ton rassurant.

Tiggy avait été mannequin, dans le passé, et son visage aux pommettes hautes avait gardé toute sa beauté, même si des années de régime et d'angoisse au sujet de son poids l'avaient rendue trop maigre au goût de Jenny. Son allure d'enfant perdue et abandonnée, si touchante chez une jeune fille encore immature, avait quelque chose d'étrangement déconcertant chez une femme de quarante-cinq ans.

Bien sûr, Jenny gardait pour elle de telles pensées. Elle savait ce que les autres pensaient d'elle et de sa relation avec Tiggy ; à l'exception de ses plus proches amis, bon nombre de personnes n'auraient pas hésité à l'accuser d'être jalouse — les mêmes qui accusaient volontiers Jonathon d'être jaloux de David.

Jenny réprima un soupir et se tourna vers la vaste pelouse sur laquelle aurait lieu la réception. Elle avait dû se livrer à d'habiles manœuvres diplomatiques afin de convaincre son beau-père que l'endroit était idéal pour recevoir leurs invités. Chaque décision avait été le résultat d'interminables discussions, et comme elle l'avait prévu, Ben avait beaucoup grogné sur la question du coût et sur celle du dérangement. Heureusement, Jenny connaissait son interlocuteur.

Chaque fois qu'il rechignait à ouvrir les cordons de la bourse, elle lui rappelait que les membres de la famille du côté de Chester avaient été invités sur son insistance, et qu'il fallait les impressionner.

Elle éprouvait d'autant moins de scrupules à user de ces stratagèmes qu'elle savait, le moment venu, quelle serait l'attitude de son beau-père. En tant qu'hôte et patriarche, Ben Crighton accepterait l'admiration et les compliments de ses invités avec le plus grand naturel — comme un dû. Il ne restait plus qu'à espérer que tout se passerait bien ! Car au moindre incident, au moindre petit détail qui lui déplairait, il ne se gênerait pas pour manifester haut et fort sa colère et son mécontentement.

Jenny ne détestait pas les empoignades verbales qui l'opposaient à son redoutable beau-père. S'il faisait mine, en public, de préférer Tiggy — elle était tellement plus séduisante ! —, celle qu'il respectait, c'était elle, Jenny.

Car les hommes la respectaient. Ils l'aimaient, lui faisaient confiance et se tournaient vers elle quand ils avaient besoin d'un conseil ou d'un peu de réconfort. Ils ne flirtaient pas avec elle, toutefois, pas plus qu'ils ne la considéraient comme une femme désirable. Si Jenny en souriait aujourd'hui, cela n'avait pas toujours été le cas.

Elle se rappelait très bien ce qu'elle avait ressenti, la première fois qu'elle avait vu Tiggy. Avec Jon, ils étaient mariés depuis quatre ou cinq ans et ils essayaient encore — après deux échecs — d'avoir un bébé. La vision de Tiggy, que David comblait d'attentions, et celle de son corps discrètement arrondi par la grossesse, avaient fait souffrir Jenny. Au point qu'elle osait à peine croiser le regard de Jon. Et quand, finalement, elle avait vu son expression renfermée, ou la manière dont il s'efforçait de ne pas regarder le ventre de sa belle-sœur, Jenny en avait conçu un mélange terrible de culpabilité et de désespoir.

C'était une journée d'été chaude et humide. Ben leur avait téléphoné, quelques jours plus tôt, afin de leur annoncer le mariage de David et de les convoquer à Queensmead, pour qu'ils rencontrent officiellement la jeune épouse.

A l'époque, le cabinet traversait une mauvaise passe, et Jon avait accepté sans sourciller la décision de son père de ne lui verser qu'un maigre salaire. L'argent alloué chaque mois à David ponctionnait sérieusement leurs profits ; pourtant, Jon n'en voulait pas à son frère, Jenny le savait. Par chance, elle était pour sa part une ménagère prudente, et veillait à économiser autant d'argent que possible, surtout quand il s'agissait d'en dépenser pour elle-même. La conséquence de tant de frugalité était qu'elle ne possédait aucune robe convenable pour assister à la garden-party que Ben avait organisée en l'honneur du jeune couple.

— Achète-toi quelque chose de joli, avait insisté Jon, lui suggérant de prendre un peu d'argent dans leur compte épargne.

Sans doute ne s'était-il jamais douté du mal que ses paroles lui avaient fait. Ravalant des larmes de tristesse et d'humiliation, elle avait rejeté avec entêtement sa proposition et déclaré qu'elle se confectionnerait elle-même une robe. Mais le mal était fait et son cœur saignait. Ainsi, son mari la trouvait si peu attirante, si fade, qu'il jugeait nécessaire qu'elle porte au moins des vêtements seyants — comme s'il avait honte d'elle…

Hélas ! Non seulement elle était quelconque, mais en plus elle n'avait même pas été capable de lui donner un enfant.

Elle qui était pourtant tombée enceinte de David…

Elle ne devait pas penser à cela ! Et encore moins en parler ! Cela reviendrait à comparer Jon à son frère, et juger que l'un était supérieur à l'autre, plus digne d'admiration. Ne suffisait-il pas que toute la famille — et sans doute la plupart de leurs relations — considérât David et Tiggy comme le plus merveilleux des couples, béni des dieux, tandis que celui qu'elle formait avec Jon se voyait relégué au second rang, au milieu d'êtres incolores, inodores et sans saveur ?

Ben leur avait longuement vanté l'exceptionnelle beauté de Tiggy. Aussi, Jenny était-elle arrivée à la réception avec un état d'esprit défaitiste — en plus d'une terrible migraine provoquée par la tension. Sa robe, confectionnée à partir d'un morceau de tissu acheté au marché, était un désastre, et le pauvre sourire qu'elle s'était efforcée d'afficher n'avait convaincu personne.

Tiggy, quant à elle, n'avait pu s'empêcher de trahir sa stupéfaction lorsqu'on lui avait présenté sa belle-sœur. Ses yeux écarquillés, ce regard qu'elle avait aussitôt détourné, prouvaient assez combien elle était frappée — comme toutes les autres personnes présentes sans doute — par la différence qui existait entre elles.

David, aussi, avait évité le regard de Jenny. Les réactions de tous les hommes invités face à la beauté de sa jeune épouse l'emplissaient d'un orgueil visible, et c'était à peine s'il avait eu le temps de saluer son frère jumeau. La gorge serrée, Jenny avait observé Tiggy tandis que celle-ci levait vers son mari un visage tout auréolé d'épais cheveux dorés ; elle avait remarqué la finesse des traits de la jeune femme, et ses clavicules, dévoilées par sa petite robe, si fragiles et délicates. Muette de désespoir, elle avait comparé cette beauté radieuse à son propre physique, si peu attrayant. Tout, chez la jeune épouse de David, depuis les ongles manucurés jusqu'à la robe à la dernière mode, prouvait qu'elle jugeait parfaitement naturel d'être ainsi aimée, adulée et désirée.

Jenny avait senti son regard s'embuer. Même Jon, toujours si calme, parfois même un peu timide, considérait Tiggy avec un sourire ébahi et indulgent.

Soudain, la voix de tante Ruth avait arraché Jenny à sa douloureuse contemplation.

— Jenny, peux-tu venir m'aider, s'il te plaît ?

— Oui, bien sûr, avait-elle machinalement répondu.

Alors qu'elles traversaient ensemble la pelouse, Jenny n'avait pu s'empêcher de murmurer :

— Tiggy est très jolie, n'est-ce pas ?

Jon n'avait même pas remarqué son départ. Il se tenait à côté de David, légèrement en retrait, comme dans son ombre. Songeait-il qu'il aurait aimé, lui aussi, épouser une femme aussi belle et joyeuse que celle de son frère ? Une femme que les autres hommes lui auraient jalousée ?

— Ils forment un beau couple, avait ajouté Jenny en essayant de ravaler le nœud douloureux qui s'était formé dans sa gorge. Ils ont l'air d'être profondément amoureux.

— En effet, avait répondu tante Ruth avec une pointe de cynisme.

Quand Jenny, étonnée par son ton réservé, avait regardé la vieille dame, celle-ci avait expliqué :

— David et Tiggy sont certes amoureux. Toutefois, je les soupçonne d'être plus amoureux d'eux-mêmes qu'ils ne le seront jamais d'une autre personne. Mais je me trompe peut-être... En tout cas, je l'espère.

Jenny et Jon ne s'étaient guère attardés à Queensmead, ce jour-là. Indisposée par la chaleur, Jenny ne se sentait pas bien. Comme ils prenaient congé, elle avait surpris le regard apitoyé de Tiggy ; elle avait même entendu celle-ci glisser à son époux :

— J'ai du mal à croire que vous êtes jumeaux, toi et Jon. Il fait beaucoup plus vieux que toi. Remarque, il y a de quoi, avec une femme aussi moche et mal fagotée.

Moche et mal fagotée.

Tiggy ne voulait sûrement pas être méchante ; elle ne s'était même pas rendu compte que Jenny l'avait entendue…

— Je vais les rappeler, dit Tiggy, juste pour m'assurer qu'ils ont bien envoyé mes escarpins. S'ils n'arrivent pas à temps, ce sera une vraie catastrophe !

— Mmm ? fit Jenny d'une voix absente.

— Mes escarpins, Jenny ! répéta Tiggy avec irritation.

Ce que Jenny pouvait être bête et ennuyeuse, parfois ! Elle n'avait même pas parlé de ce qu'elle allait porter à la réception. Tiggy lui avait proposé d'aller faire des courses avec elle, afin de l'aider à choisir une robe ; mais comme il fallait s'y attendre, Jenny avait secoué la tête en déclarant qu'elle était trop occupée, et qu'elle trouverait « quelque chose ».

Il ne restait plus qu'à espérer que le « quelque chose » en question ne serait pas trop horrible.

Pour sa part, Tiggy s'était acheté un modèle ravissant, chez un de ses créateurs préférés. Si David avait protesté en apprenant le prix, elle avait eu vite fait de l'amadouer. Après tout, la crème de la société du Cheshire serait présente à cette réception.

Quel dommage que la maison ne dispose pas d'une salle de bal ! Une tente, c'était bien joli, mais… Et puis, Tiggy en voulait encore à Jenny d'avoir rejeté son idée d'organiser une soirée sur le thème Noir et Blanc. Comme cela aurait été chic ! En plus, le noir rehaussait son teint de blonde. Mais Jenny avait décrété, de son ton calme et posé, que c'était trop astreignant. Trop dramatique.

— Tout le monde n'a pas forcément envie de porter du noir ou du blanc, avait-elle ajouté. Il faut savoir être un peu pratique.

Pratique ! C'était tout Jenny, ça ! Oh ! bien sûr, elle était adorable ; si capable, pleine de ressources, et toujours de bonne composition. En outre, par quelque bizarrerie de la nature, elle devenait plus séduisante au fil des années. Elle avait gardé sa ligne, bien qu'elle n'eût pas l'ossature fine et délicate de Tiggy, et ses cheveux, bouclés naturellement, étaient toujours d'un beau châtain profond, même si elle aurait eu bien besoin d'une séance chez le coiffeur.

Tiggy avait remarqué la façon dont Jonathon les regardait toutes les deux, parfois, comparant sans doute le manque d'allure de sa femme à l'élégance de sa belle-sœur. Jenny devrait prêter plus d'attention à son apparence. Jonathon était très bel homme — quoique sa beauté fût moins spectaculaire que celle de David. Ses cheveux, notamment, n'avaient pas les reflets dorés qui donnaient à ce dernier son allure de star de cinéma. Les jumeaux avaient néanmoins la même taille haute, les mêmes épaules larges. Curieusement, la carrure plus frêle de Jonathon semblait mieux supporter le poids des années ; David commençait à prendre du ventre, même s'il niait farouchement l'évidence et ne supportait pas la plus petite allusion à ce sujet.

La voix de son beau-père tira soudain Tiggy de ses réflexions. Elle se retourna en même temps que Jenny.

Ben Crighton avait plus de soixante-dix ans, maintenant. Son léger boitement était la conséquence d'une mauvaise chute, trois ans plus tôt.

— Je tiens à discuter de certains détails avec vous, déclara-t-il en les rejoignant.

— Père, vous avez une mine splendide ! s'exclama Tiggy.

Elle jeta les bras autour de son cou et l'embrassa sur la joue.

Tandis qu'elle les observait, Jenny songea que même avec son beau-père Tiggy ne pouvait s'empêcher de flirter.

Etait-ce vraiment du flirt ? N'était-ce pas avant tout le besoin d'être rassurée sur le fait qu'elle était encore désirable, et désirée, qui poussait Tiggy à agir de la sorte ? La pauvre ! Ce devait être terrible — et effrayant — de voir l'estime qu'on avait de soi ainsi soumise au regard des autres, surtout quand on savait le caractère éminemment éphémère de la beauté physique. Il n'était pas étonnant, dans ces conditions, que Tiggy parût si fragile et peu sûre d'elle, parfois.

— Tania, je…

— Cher père, je dois me sauver. J'ai beaucoup à faire…

Leur beau-père était une des très rares personnes à appeler Tiggy par son nom de baptême. Alors que celle-ci s'éloignait prestement, Jenny réprima un sourire ; elle savait bien pourquoi sa belle-sœur ne tenait pas à entendre les questions de Ben.

— Elle en fait trop, commenta ce dernier en secouant la tête. Elle n'a jamais été bien solide.

Puis, sans transition, il enchaîna :

— Il paraît que les gens chargés de monter la tente viennent demain.

— En effet, confirma Jenny. Ils arriveront vers midi, et la plus grande partie du travail devrait être terminée en début de soirée.

— Mmm… Espérons qu'ils n'abîmeront pas trop la pelouse. Ruth m'a dit qu'elle allait s'occuper des fleurs, ajouta Ben en parlant de sa sœur, demeurée célibataire. J'aurais cru que vous feriez appel à un professionnel.

— Tante Ruth est plus douée que n'importe quel professionnel. C'est elle qui se charge des bouquets, à l'église…

— Ah ! Les bouquets de l'église ! l'interrompit Ben en levant les yeux au ciel.

Puis, quand il vit que Jenny gardait un silence serein, refusant de se laisser perturber, il secoua la tête.

— Alors, il paraît que la petite Olivia va venir, reprit-il. Et qu'elle amène un Américain.

— En effet. Elle ne devrait plus tarder, d'ailleurs.

Olivia était la fille de David et de Tiggy ; pourtant, c'était de Jenny qu'elle était la plus proche. Récemment encore, elle l'avait appelée afin de lui annoncer, dans la plus stricte confidence, qu'elle avait décidé de s'installer avec Caspar ; et c'était encore à Jenny qu'elle avait demandé conseil, au moment de décider si elle pouvait, ou non, venir chez son grand-père avec son compagnon.

— Qui est donc cet Américain ? demanda Ben.

— C'est le petit ami de Livvy.

— Le petit ami ! grommela le vieil homme en fronçant ses épais sourcils gris. D'après David, il est âgé d'une trentaine d'années. C'est un peu vieux pour être le « petit ami » de qui que ce soit, non ? Et alors, enchaîna-t-il en dardant sur Jenny un long regard pénétrant, c'est sérieux entre eux ?

— Voilà une question qu'il faut poser à Livvy, lui répondit-elle.

Elle se garda bien de dévoiler que c'était assez sérieux pour qu'Olivia annonce à sa mère qu'elle partagerait sa chambre avec Caspar. David, en l'apprenant, avait tapé du poing sur la table et opposé un veto formel.

— David a raison, bien sûr, avait déclaré Tiggy, comme elle racontait à Jenny les détails de sa conversation avec sa fille. Père n'approuverait pas du tout un tel comportement, et nous en entendrions parler pendant des années. D'ailleurs, ce ne sera que pour quelques jours.

— A leur âge, quelques jours peuvent paraître bien longs, avait remarqué Jenny. Comment Livvy a-t-elle réagi ?

— Nous ne lui avons encore rien dit. David pense qu'il sera toujours temps de lui en parler quand elle arrivera. Tu la connais. Elle est si têtue, parfois...

Tiggy avait réprimé une grimace.

— Souviens-toi, quand elle a décidé qu'elle voulait étudier le droit. Nous savions bien que c'était uniquement parce que David et son grand-père lui avaient déconseillé de suivre une telle voie. Après tout, elle...

— ... n'est qu'une femme, avait complété Jenny d'un ton sec.

Les opinions des hommes de la famille Crighton étaient totalement démodées, et il était vraiment temps qu'on le leur prouve. Si Olivia était la première femme de la famille à le faire, elle ne serait pas la dernière.

Jenny savait ainsi que du haut de ses seize ans, Katie, sa propre fille, avait déjà une idée très précise de la carrière qu'elle souhaitait embrasser. Ce serait le barreau ou rien, avait-elle déclaré un jour avec vigueur. Louise, sa sœur jumelle, était moins déterminée, elle qui n'avait pas encore abandonné l'espoir de devenir une star de cinéma. Si ce rêve ne se concrétisait pas, toutefois, elle s'était réservé la possibilité de suivre des études de droit.

— Mais je ne resterai pas ici ! avait-elle encore dit à ses parents.

— Et moi non plus, avait renchéri Katie, qui depuis toujours prenait toutes les décisions.

Louise, comme son père avant elle, paraissait heureuse de la laisser faire. Malgré tout, Jenny avait veillé avec soin, dès leur naissance, à ne jamais favoriser l'une par rapport à l'autre ; les deux sœurs avaient grandi en sachant qu'elles occupaient une place égale dans le cœur de leurs parents.

— Nous irons à Strasbourg, avait poursuivi Katie. C'est là que sont prises toutes les décisions juridiques importantes en matière de droits de l'homme.

— Ton père sait-il cela ? avait murmuré Jenny à son mari. Il m'arrive de penser qu'il a même du mal à accepter le fait que Chester ait plus d'impact que Haslewich sur le monde juridique.

— Papa a l'esprit de clocher, avait reconnu Jonathon. Il a hérité ce trait de caractère de Josiah. Tante Ruth dit toujours que leur père ne s'est jamais vraiment remis d'avoir été banni de Chester, ni de la manière dont sa famille l'avait traité.

— Et ton père a tout fait pour que cette vieille rivalité perdure. J'ai été très étonnée, quand il a insisté pour inviter la branche Chester de la famille à cette réception d'anniversaire.

— C'est parce qu'il veut les épater, voilà tout !

— De la même façon que Max cherche à épater grand-père et oncle David ! avait déclaré Katie avec l'insolence de ses seize ans.

Jenny avait échangé un rapide coup d'œil avec Jonathon. Tout le monde savait en effet que Ben et David tenaient à Max comme à la prunelle de leurs yeux.

— Ce garçon aurait dû être le fils de David, non le tien, avait un jour déclaré le patriarche à Jonathon, au cours d'une réunion de famille.

Jenny n'avait jamais oublié cette infâme remarque. Et Max non plus, de toute évidence. Hélas ! Elle n'aimait pas devoir l'admettre, mais son fils était un jeune homme plutôt vain — une faiblesse que l'indulgence extrême de son grand-père n'avait fait qu'exacerber.

— Max n'entrera jamais au barreau ! avait déclaré Katie, d'une manière cinglante, le jour des vingt et un ans de son frère aîné.

Leur grand-père venait d'annoncer fièrement l'ambition de carrière de son petit-fils, en même temps qu'il lui tendait les clés de la Porsche Carrera qu'il lui avait achetée — négligeant ainsi totalement la demande expresse de Jenny et Jonathon de ne pas lui offrir une voiture aussi rapide et coûteuse.

Trois ans avaient passé, douze mois s'étaient écoulés depuis la fin des études de Max, et celui-ci n'avait toujours pas réussi à décrocher un poste de *junior*, dans un cabinet de Londres.

Les autres garçons de la famille avaient un avenir tout tracé, bien sûr. Le moment venu, il incomberait à Joss, leur fils cadet, de reprendre la place de Jonathon au sein de l'étude familiale, tout comme le fils de David, Jack, reprendrait celle de son père. Mais il était encore bien tôt pour y penser ; les deux garçons étaient âgés, respectivement, de huit et dix ans.

Absorbée par ses pensées, Jenny traversait maintenant la pelouse en compagnie de son beau-père. Un instant, ils s'arrêtèrent pour admirer Queensmead.

A l'origine, c'était un grand corps de ferme, avec un bâtiment central duquel jaillissaient deux ailes. L'arrière de la demeure datait du XVe siècle et obéissait aux lois du style traditionnel du Cheshire, avec des poutres énormes en chêne, remplies de panneaux en clayonnage enduit de torchis. La façade avant, quant à elle, avait été réalisée au XVIIe siècle, avec des pierres de la région aux teintes douces.

Les commérages étaient allés bon train, lorsque le père de Ben s'était installé dans la propriété, chacun se demandant comment il avait fait pour en hériter. Ce n'était pas tant la demeure qui avait de la valeur, que les terres fertiles qui l'entouraient.

Un jour prochain, conformément au principe de la primogéniture auquel Ben entendait adhérer de façon stricte, David en hériterait pour la simple raison qu'il était arrivé au monde quelques minutes avant Jonathon. Jenny ne lui envierait pas ce legs. Elle était parfaitement heureuse dans sa jolie maison, située de l'autre côté de la ville. De style géorgien, elle avait autrefois appartenu à l'église, et Jenny aimait tout particulièrement son jardin clos, ceint d'un mur de pierre, au fond duquel courait une petite rivière.

Malgré tout, il fallait admettre que Queensmead représentait le décor idéal pour une grande réunion de famille.

Ils attendaient au moins deux cent cinquante personnes, dont plus de cent étaient, de près ou de loin, liées à la famille. Pour le reste, il s'agissait d'amis, de confrères et de clients — parfois les trois à la fois. Rien que pour dresser les plans de tables, Jenny avait passé quinze longues soirées assise à son bureau ; cela sans compter les heures au téléphone, durant la journée.

Il était heureux que Guy Cooke, son associé, se fût montré patient et compréhensif.

Le travail de Jenny demeurait un sujet de friction avec Ben. Elle en voulait encore à son beau-père d'avoir tenté d'utiliser Jonathon pour la manipuler et lui dicter sa conduite, plutôt que d'être venu lui parler directement. Le patriarche jugeait nuisible à la famille qu'elle se mêlât de faire commerce dans une boutique locale. S'il était vrai qu'elle n'avait pas besoin de gagner sa vie, le magasin lui apportait bien plus qu'un revenu régulier : le sentiment de sa propre valeur. Elle avait besoin d'être autre chose que l'épouse d'un des frères Crighton — celle qui était moche et mal fagotée…

Comme ces mots l'avaient blessée !

Mais plus maintenant. Au contraire. Contrainte de vaincre sa douleur et ses complexes, elle avait regardé au fond d'elle-même et trouvé des valeurs plus solides auxquelles s'attacher.

Jenny jeta un coup d'œil à sa montre. Jonathon n'était sûrement pas rentré du cabinet ; Joss allait goûter chez un camarade de classe, après l'école, et Katie et Louise prenaient leur leçon de tennis. Elle avait donc deux heures devant elle, assez longtemps pour faire un saut à la boutique.

Elle ne comptait plus les satisfactions que lui donnait le petit magasin d'antiquités que Guy et elle avaient ouvert, quelques années plus tôt. Plus que tout, elle aimait s'atteler aux travaux de rénovation d'objets qu'on leur confiait ; ils étaient sa spécialité et, d'après Guy, elle était dotée d'un réel talent.

Plus jeune, Jenny avait rêvé de faire des études. Mais tous ses projets avaient été réduits à néant par la maladie subite de sa mère, peu de temps après qu'elle avait passé son baccalauréat. En l'espace de quelques semaines, cette dernière était décédée, et

Jenny n'avait jamais pu réaliser son plus cher désir : aller à l'université.

Quelques mois plus tard, elle avait épousé Jonathon, au cours d'une cérémonie discrète.

Jenny arriva sur la route principale. Au lieu de tourner à gauche, comme pour se rendre chez elle, elle bifurqua sur la droite, en direction de Haslewich. Guy lui avait parlé de plusieurs pièces d'argent qu'il avait trouvées dans une foire à la brocante et qu'il souhaitait lui faire examiner.

Tiggy poussa un soupir de soulagement en arrivant dans l'avant-cour de Dower House. Elle était restée à Chester plus longtemps que prévu et craignait que David ne fût déjà rentré. Mais la voiture de son mari n'était pas là. Tant mieux !

Avec un vague sentiment de culpabilité, elle ouvrit le coffre de sa voiture et en sortit de gros sacs contenant ses derniers achats. En sentant crisser le gravier sous ses hauts talons si fins, elle ne put s'empêcher de faire la grimace. Elle aurait préféré que l'avant-cour soit pavée, mais ils ne faisaient que louer Dower Court à sir Richard Furnes, lequel s'opposait farouchement à la moindre transformation.

Quand David, après leur mariage, lui avait annoncé qu'ils allaient s'installer à Dower House, Tiggy avait d'abord cru qu'il plaisantait.

— Pour quoi faire, puisque nous allons retourner à Londres ? avait-elle protesté.

David avait eu l'air gêné. Puis, sur la défensive, il lui avait répondu qu'il n'avait pas les moyens de vivre à Londres, pour le moment, et qu'ils devraient rester dans le Cheshire ; là, au moins, il était certain de pouvoir travailler comme associé dans le cabinet familial et de toucher, notamment, une généreuse allocation qui leur permettrait d'habiter Dower House.

Tiggy n'y avait pas vu trop d'inconvénients, à l'époque. Elle venait de se marier ; elle était jeune, jolie, et tout le monde la comblait d'attentions. Ce n'avait été que plus tard qu'elle avait commencé de déchanter. Peu à peu, l'ennui l'avait gagnée et elle s'était mise à étouffer dans cette vie d'épouse d'un avocat de campagne. Jusqu'à ce que, peu à peu, cet ennui se transforme…

Une fois à l'intérieur de la maison, Tiggy gagna directement l'étage et l'intimité de sa salle de bains. Là, elle déboutonna sa jupe de soie en tremblant légèrement, avant d'ôter son soutien-gorge et le slip de soie assorti qu'elle portait. Elle jeta le tout dans le panier à linge réservé au teinturier, réprimant une grimace de dégoût lorsqu'elle vit la petite tache qui souillait le tissu crème de sa jupe.

Elle adorait le blanc cassé et toutes ses teintes dérivées. Ces couleurs si claires lui allaient bien ; elles faisaient ressortir la finesse de son ossature et le brillant de ses cheveux.

Elle se glissa sous la douche.

D'ordinaire, elle préférait le luxe d'un bon bain mais, ce soir, elle n'avait pas le temps. Ils étaient invités à dîner, avec David, et elle devait encore se laver les cheveux et retoucher le vernis d'un de ses ongles.

Quand elle sortit de la cabine, un moment plus tard, elle tendit la main pour attraper une serviette et étudia son reflet dans les miroirs de la salle de bains. Ses seins étaient encore hauts et fermes, son ventre plat, sa peau soyeuse… Pour combien de temps ?

Elle avait quarante-cinq ans, maintenant, et déjà elle commençait à discerner les premiers signes d'affaissement, autour du visage, et ces rides traîtresses, au coin des yeux. Elle avait subi un lifting discret pour gommer ces vilaines pattes d'oie, cinq ans plus tôt ; toutefois, elle le savait, le résultat ne durerait pas éternellement.

Tiggy ne supportait pas l'idée de vieillir ou de perdre sa beauté, l'idée qu'elle pût n'être plus désirable. David se moquait d'elle, quand elle lui faisait part de son angoisse. Mais que pouvait-il comprendre ?

Elle passa dans la chambre.

Le dernier numéro de *Vogue* était posé sur le lit et elle le prit, contemplant le mannequin sur la couverture.

Quelle idiote elle avait été d'abandonner sa carrière ! Mais, à l'époque, David paraissait tellement merveilleux, tellement excitant et sexy… si différent de tous ces vieux bonshommes bedonnants qu'on lui présentait sans arrêt à l'agence, avec leurs regards concupiscents et leurs grosses mains baladeuses.

La passion de David, son désir, la force de son amour pour elle, l'avaient étourdie, enivrée. Hélas ! le tourbillon n'avait pas duré. Cela ne durait jamais.

Tiggy se demanda quand Olivia allait arriver. Et son petit ami, comment serait-il ? Pas trop américain, elle espérait. Ben n'aimerait pas ça.

Bizarrement, en dépit de leur faible différence d'âge, Tiggy et Olivia n'étaient pas très proches. Les gens remarquaient souvent qu'elles avaient l'air d'être sœurs, plutôt que mère et fille. Pourtant, elles ne se comprenaient guère. Quel choc pour Tiggy, notamment, lorsque Olivia lui avait annoncé qu'elle voulait étudier le droit ! Le droit ! Sans trop savoir pourquoi, Tiggy avait plutôt imaginé que la jeune fille suivrait sa voie et deviendrait mannequin, ou tout au moins qu'elle travaillerait dans le milieu de la mode. Mais Olivia était une drôle d'enfant ; en grandissant, elle avait passé trop de temps avec Jenny.

Et Jack… Il rentrerait le lendemain du pensionnat. Comme son père, et tous les garçons de la famille Crighton, il suivait les cours de la King's School, à Chester. Toutefois, contrairement à la tradition, et malgré la désapprobation de Ben, Jack était pensionnaire.

Jenny n'aurait pas vu d'inconvénient à le conduire chaque matin à l'école, et à passer le chercher, le soir, ainsi qu'elle l'avait fait pour son premier fils, Max, et continuait de le faire, pour le second, Joss. D'ailleurs, elle s'était proposé de le faire. Tiggy avait néanmoins de bonnes raisons de préférer que le garçon ne fût pas toujours à la maison…

Elle poussa un soupir, jeta le magazine sur le lit et se tourna vers son dressing-room. Elle devait encore décider ce qu'elle porterait, ce soir.

Les Buckleton appartenaient à une très ancienne famille de Chester, et ils étaient très respectés au sein de la communauté ; ils habitaient une imposante demeure victorienne pleine de courants d'air, à la sortie de Chester. Si la mari et la femme étaient des clients de David, Ann Buckleton était en plus le juge de paix de la localité. Tiggy la soupçonnait de ne pas l'apprécier particulièrement, et même de préférer la compagnie de Jenny ; mais David était l'associé principal du cabinet Crighton, et en tant que tel, c'était lui — ainsi que son épouse — qu'on invitait à dîner.

Jenny gara sa voiture sur le parking municipal, à la sortie de Haslewich. Cette cité aux origines très anciennes — les Romains avaient exploité le sel dans la région, comme d'autres, avant et après eux — représentait aux yeux de Jenny l'archétype de la petite ville rurale anglaise ; un mélange propret, compact et harmonieux de bâtiments, construits pour certains les uns au-dessus des autres, avec d'absurdes grosseurs géorgiennes jaillissant de racines de style Tudor, et de superbes constructions de pierre se disputant la place avec leurs modestes voisines, aux façades de brique.

Pendant la Guerre civile, le rempart qui entourait la ville avait tant souffert de l'attaque des troupes Roundhead que ses pierres avaient été utilisées pour réparer certaines maisons ; il n'en restait plus aujourd'hui qu'une section courant du bourg vers la rivière. Le conseil municipal venait d'ailleurs de lancer une campagne afin de réunir des fonds destinés à sa restauration. Pour l'instant, toutefois, les habitants de Haslewich semblaient déterminés à laisser leur vieux rempart tel qu'il était — et de bien des façons, Jenny les comprenait.

Le magasin d'antiquités, installé dans un joli bâtiment de style Tudor avec un étage en surplomb, se trouvait dans une petite allée étroite qui partait de la place principale.

Guy Cooke arrangeait de délicates figurines de Staffordshire, lorsqu'elle poussa la porte. Il leva les yeux, l'aperçut, et s'interrompit aussitôt pour marcher vers elle, le visage éclairé par un large sourire.

Il était plus jeune que Jonathon d'au moins une quinzaine d'années, et physiquement totalement différent. Alors que Jon était blond, grand, tout en bras et en jambes, Guy était plus petit, plus large, avec des cheveux noirs et un teint très mat. Il avait confié à Jenny, un jour, qu'il y avait du sang gitan dans sa famille.

Leur association remontait à sept ans, et leur amitié bien plus loin encore. La famille de Guy habitait la ville depuis des générations ; ses parents avaient longtemps tenu le pub, non loin de la boutique, avant de prendre leur retraite et de déménager. Guy avait des frères, des sœurs, des cousins, des oncles et des tantes qui vivaient tous à quelques mètres les uns des autres ; et tous désapprouvaient ouvertement ce qu'il faisait.

Guy avait toujours été « artiste », ainsi qu'il le disait lui-même. Ses parents avaient tout essayé pour étouffer cette tendance indésirable — chez une fille, passe encore, mais chez un garçon... Chez les Cooke, l'idéologie machiste dominait ; tous les hommes étaient très bruns, de forte carrure, ils connaissaient leur rôle et leur rang, dans la vie et, plus que tout, ce que signifiait être un homme — un Cooke, de surcroît.

Guy, lui, était différent.

— Désolée d'avoir été si peu présente, ces derniers temps, lui dit Jenny sur un ton d'excuse.

Comme Guy lui proposait de prendre une tasse de thé, elle secoua la tête.

— Alors, demanda-t-il, comment se passent les préparatifs ?

— Bien. Enfin, je crois, ajouta Jenny en riant. Tiggy et moi étions à Queensmead, aujourd'hui, pour nous occuper des détails de dernière minute…

— Tu veux dire que *tu* t'es occupée des détails de dernière minute, corrigea Guy.

Il n'avait jamais cherché à dissimuler le peu de sympathie que lui inspirait Tiggy, ce que Jenny avait toujours trouvé étrange, compte tenu de la passion de son associé pour tout ce qui était beau. Après tout, Tiggy avait des défauts, mais on ne pouvait pas lui reprocher de ne pas être belle.

Cette dernière n'aimait pas Guy non plus. Il lui était même arrivé de se montrer particulièrement vindicative à son sujet, allant jusqu'à faire des commentaires acerbes et lourds de sous-entendus sur sa condition de célibataire.

Chaque fois, Jenny avait éclaté de rire. Elle connaissait peu d'hommes plus masculins et plus hétérosexuels que Guy — non pas, d'ailleurs, que le contraire l'eût dérangée. L'unique raison pour laquelle il refusait de se marier était qu'il ne voulait pas s'attacher à une seule femme. Sexuellement, il était bien un membre du clan Cooke : il ne cachait rien de son faible pour le sexe féminin.

— Et ces pièces que tu voulais me montrer ? lui dit-elle.

— Oh, oui ! Je crois que c'est du Queen Ann, mais c'est toi l'experte en argent. Je les ai mises dans le coffre.

Jenny sortit de la boutique une heure plus tard. Comme Guy, elle était convaincue que les pièces d'argent étaient authentiques, même si l'absence de poinçon ou de marque d'identification pouvait signifier qu'elles avaient été volées, à un moment ou un autre.

— Elles sont trop belles, avait-elle observé. Le mieux est d'en parler à la police.

En quittant le magasin, elle traversa la place. Il lui restait juste assez de temps pour rendre une petite visite à Ruth, la tante de son mari. La vieille dame vivait dans une élégante et étroite maison géorgienne qu'elle louait au clergé, sur Church Walk. Pour y accéder, Jenny fit un détour à travers le jardin de l'église. En passant devant la concession réservée à la famille Crighton, elle s'arrêta devant une petite pierre tombale sur laquelle étaient gravés des anges aux sourires malicieux. On y lisait :

HARRY CRIGHTON
19 juin 1965 — 20 juin 1965

Ce premier enfant de Jenny avait vécu si peu qu'une partie d'elle continuait d'en faire le deuil — et il en serait sans doute toujours ainsi. Si le temps avait un peu émoussé la douleur, jamais elle n'oublierait ; elle ne le pouvait ni le voulait.

Avant de se redresser, elle toucha la pierre tombale, la caressant en murmurant le nom de son fils.

Ruth l'attendait dans l'encadrement de sa porte d'entrée.

— Je t'ai vue dans le jardin de l'église, dit-elle à Jenny. Il aurait trente et un ans, aujourd'hui.

— Je sais.

Un moment, les deux femmes demeurèrent silencieuses. Comme cela lui arrivait fréquemment, Jenny songea que si la présence du père de Jonathon dans leur vie était bien souvent un fardeau, celle de Ruth représentait une véritable bénédiction.

— Tu as le temps de prendre une tasse de thé ? lui demanda cette dernière.

— Non, répondit Jenny avec tristesse. Mais j'en prendrai quand même une.

— Alors, entre.

Jenny suivit la vieille dame dans son salon, admirant l'énorme arrangement de fleurs qui décorait la cheminée, vide en cette saison. Ruth avait un don, non seulement pour composer des bouquets, mais aussi pour faire pousser toutes sortes de plantes.

— Pieter apportera les fleurs le jour de la réception, expliqua-t-elle à Jenny. Il viendra par le premier ferry, ce matin-là. Il sait exactement ce que nous voulons.

Fils d'un horticulteur hollandais, Pieter traversait la mer du Nord une fois par semaine afin de livrer ses clients réguliers ; à l'occasion de la réception des Crighton, il avait accepté de faire un voyage spécial pour apporter des fleurs à Ruth.

— Ben doit te faire tourner en bourrique, remarqua cette dernière.

— Un peu, admit Jenny. Sa hanche le fait souffrir, même s'il refuse de l'admettre.

Une demi-heure plus tard, Jenny quitta la petite maison.

Ruth la suivit des yeux tandis qu'elle traversait le cimetière et s'arrêtait de nouveau un bref instant devant la tombe de son premier enfant.

Elle savait ce que Jenny ressentait. Certaines douleurs, contre lesquelles le temps ne pouvait rien, ne s'effaçaient jamais.

2

— Jon, tu as une minute ?

Jonathon leva les yeux tandis que son frère entrait dans le bureau. Voyant la manière dont David se massait l'épaule, il fronça les sourcils.

— Quelque chose ne va pas ? demanda-t-il.

— Oh ! un petit bobo de rien du tout. J'ai dû trop tirer sur un muscle en jouant au golf, dimanche. A ce propos, je te rappelle que nous sommes inscrits tous les deux pour participer à la Captain's Cup, le mois prochain.

Il secoua la tête.

— Je me demande si je ne vais pas devoir me désister… Tiggy commence déjà à s'agiter à l'idée de nous voir partir. Enfin ! J'étais venu te prévenir que je m'en vais. Nous dînons chez les Buckleton, ce soir, et comme il n'y a rien qui presse, ici…

Rien qui pressait ? C'était faire peu de cas des deux testaments qui attendaient d'être réécrits, de la procédure translative de la ferme Hawkins dont il fallait rédiger l'acte, et de toute une série de travaux complexes qui semblaient atterrir de plus en plus souvent sur le bureau de Jonathon, tout cela parce que David ne trouvait pas le temps de s'en occuper.

Jon étouffa un soupir. Jamais David n'aurait dû travailler dans l'étude familiale. Depuis sa naissance, il était destiné à rejoindre les hautes sphères de la profession. Il aurait dû devenir un *barrister.* Alors qu'ils n'étaient encore que des lycéens, leur père parlait déjà du jour où David serait nommé *Queen's Counsel* — titre qu'on n'accordait qu'aux membres du barreau les plus habiles et les plus expérimentés.

Mais tous ces projets avaient été bouleversés l'été où David était arrivé à Haslewich en compagnie de Tiggy, quelques semaines après avoir épousé la jeune fille, enceinte de leur enfant. Nul n'avait mentionné l'échec de David au barreau, ou encore les dettes qu'il avait contractées durant le temps qu'il avait vécu à Londres. On avait simplement pris les mesures nécessaires pour qu'il intègre le cabinet, même s'il n'avait pas toutes les qualifications requises. Aujourd'hui, Jon doutait qu'on s'en souvînt encore. David étant le fils aîné et le préféré de son père, on le considérait automatiquement comme l'associé principal du cabinet. Jonathon ne s'était jamais élevé contre cet état de fait tandis que David, toujours égal à lui-même, n'avait rien fait de son côté pour dissiper le malentendu. Et les années avaient passé.

Jon observa son frère. Chaque jour, son visage laissait paraître de nouveaux signes de vieillissement. Un embonpoint naissant gâtait désormais un corps qui avait été aussi dur et musclé que le sien. Et récemment, Jon avait remarqué l'incapacité de David à soutenir son regard. Mais toutes ces faiblesses, loin de le décevoir ou de le détourner de son jumeau, le rendaient plus cher encore à son cœur. Car Jon aimait son frère d'un amour farouchement protecteur, un amour si intense qu'il en était parfois douloureux. Bien sûr, il n'aurait jamais avoué cela à qui que ce fût.

Voyant son frère masser l'épaule qui le faisait souffrir, Jon se surprit à imiter son mouvement, bien qu'il n'éprouvât lui-même aucune douleur.

— On dirait qu'il va faire beau, ce week-end, remarqua encore David, comme il se tournait vers la porte. Voilà qui devrait contenter nos épouses. Au fait, le jeune Max m'a téléphoné, l'autre soir. Il arrive de Londres demain, m'a-t-il dit ?

— C'est cela, confirma Jon.

Bien que Max fût son fils, c'était David qu'il traitait comme un père. Tous deux avaient la même personnalité extravertie, presque extravagante, les mêmes besoins, la même passion pour la gloire et la possession, les mêmes dons. Et les mêmes faiblesses.

— Livvy arrive ce soir, aussi, poursuivit David, qui fronça les sourcils pour ajouter : elle vient avec cet Américain.

Il secoua la tête et conclut précipitamment, alors que la sonnerie du téléphone retentissait dans le bureau :

— Bon, il faut que je me sauve. J'ai promis à Tiggy que je ne serais pas en retard. Elle est déjà bien assez nerveuse, en ce moment. Je crois qu'elle n'a pas reçu les chaussures qu'elle avait commandées pour samedi et… Enfin, tu sais comme elle se met facilement dans tous ses états.

Depuis la fenêtre de son bureau, Jon voyait la petite place de la ville, avec ses carrés de pelouse et ses parterres de fleurs bien entretenus. Il aperçut Jenny, son épouse, qui traversait la place en direction de sa voiture. Elle s'arrêta en apercevant David, qui accéléra le pas pour la rejoindre. Tandis qu'ils échangeaient quelques mots, Jon observa la manière dont sa femme souriait à son frère, la façon dont ses beaux cheveux châtains chatoyaient sous le soleil de l'après-midi.

Un jour, il y avait bien longtemps de cela, si longtemps que la plupart des gens l'avaient oublié, Jenny avait été la petite amie de David.

Le téléphone sonna de nouveau et Jon se détourna de la fenêtre pour répondre.

— Qu'est-ce qu'on mange, ce soir ?

Jenny sourit à Joss, son plus jeune enfant.

A quarante ans, elle s'était crue trop vieille et trop prudente pour tomber encore enceinte. Mais la nature lui avait prouvé qu'elle se trompait.

Jon avait été stupéfait, lorsqu'elle lui avait annoncé la nouvelle ; elle-même n'avait pu étouffer totalement un vague sentiment de gêne.

— Tu es enceinte ! s'était-il exclamé. Mais... comment... ?

— Notre anniversaire de mariage, lui avait-elle rappelé, avant d'ajouter, simplement : Nous devions aller dîner au restaurant, mais tu as été retenu au tribunal et nous sommes restés à la maison. Nous avons ouvert cette bouteille de vin qu'oncle Hugh t'avait offerte...

— Oh ! oui, ce truc était mortel.

— C'était un bourgogne vieux d'au moins vingt ans ! Et nous n'aurions jamais dû déboucher une deuxième bouteille. Pour ce qui s'est passé ensuite, c'est ma faute. Je n'ai pas pensé à prendre des précautions.

Ils faisaient l'amour si rarement que son diaphragme était rangé au fond d'un tiroir, inutilisé, oublié. Leur mariage était confortable, installé. Contrairement à Tiggy et David, ils n'étaient guère portés à se montrer démonstratifs en public. Et puis, pris dans la routine, le tourbillon des activités quotidiennes, ils avaient aussi perdu l'habitude de se montrer affectueux en privé.

Néanmoins, tandis qu'elle contemplait son petit Joss, Jenny se dit, comme bien souvent, qu'elle devait remercier le ciel de lui avoir offert cet « accident ».

— Maman, qu'est-ce qu'on mange ? répéta Joss, l'arrachant à sa rêverie.

— Des côtes d'agneau avec des pommes de terre nouvelles, lui répondit Jenny. Mais d'abord, il faut faire tes devoirs.

— Quand est-ce qu'elle arrive, Livvy ? Elle a promis de venir me voir !

— Elle sera là ce soir. Mais rappelle-toi qu'elle est avec un ami. Elle n'aura sûrement pas le temps d'aller se promener dans la campagne avec toi.

— Les petits blaireaux sortent la nuit, en ce moment. Je suis sûr qu'elle voudra les voir.

Jenny réprima un sourire en entendant tant de conviction dans la voix de son fils. Il allait briser bien des cœurs, plus tard ! Par une sorte d'heureuse alchimie, il avait hérité de ce qu'il y avait de mieux chez son père et son oncle. Il était doté de l'extrême confiance en soi de David, de son côté flamboyant, mais ces traits étaient tempérés par une personnalité plus réservée, pareille à celle de Jonathon ; de plus, il avait beaucoup d'humour et il débordait d'amour pour la vie et les gens qui l'entouraient.

— Max devrait aussi rentrer demain, lui rappela Jenny. Si tu n'as pas débarrassé sa chambre de tes affaires, ce serait bien que tu le fasses ce soir. Et puisqu'on en parle, la chambre de ton frère n'est pas un endroit pour démonter ta bicyclette ! conclut-elle avec une pointe de sévérité.

Joss lui jeta un regard innocent.

— Où est-ce que j'aurais pu me mettre ? Il n'y a pas de place, dans le garage.

Ce n'était pas faux. Mais Jenny savait aussi que son fils cadet n'aimait rien tant qu'éprouver le statut d'aîné de Max. Hélas ! Max n'était pas aussi patient et indulgent qu'Olivia avec son petit frère Jack. En fait, il avait été horrifié lorsque Jenny lui avait annoncé qu'elle était enceinte ; et ce dégoût de la grossesse de sa mère s'était reporté sur Joss, après sa naissance.

— Il vaudrait mieux que Max aille chez oncle David et qu'Olivia dorme ici, marmonna le garçon.

Jenny lui jeta un regard d'avertissement, avant de lui rappeler d'un ton sec :

— Tes devoirs !

Pourtant, l'enfant n'avait pas tout à fait tort. Max préférait de loin la compagnie de son oncle et de sa tante — surtout celle de son oncle. Alors qu'Olivia... Livvy était si chère au cœur de Jenny ! Celle-ci espérait de tout cœur que son ami américain, qui qu'il fût, aurait conscience de la chance qu'il avait.

Max regarda la porte se fermer sur le clerc du cabinet et fit une grimace, avant de considérer avec dégoût les papiers que Bob Ford venait de placer sur son bureau. Il était plus de 18 heures, et il se retrouvait avec au moins deux bonnes heures supplémentaires de travail devant lui.

Il savait qu'il n'était pas dans les bonnes grâces du clerc, et ce depuis le jour où ce dernier l'avait surpris en train d'imiter le léger bégaiement qui le frappait chaque fois qu'il était sous pression.

Agacé, Max haussa les épaules.

Il était de haute taille, comme son père et son oncle, et des années passées à jouer au rugby, à King's School, puis plus tard à Oxford, lui avaient permis de développer une musculature dont il était très fier. Il aimait sentir les regards, discrets ou ouvertement provocateurs, que lui jetaient les femmes, ou encore surprendre la lueur d'envie qui brillait dans les yeux des hommes lorsqu'il se déshabillait dans les vestiaires, après une partie de squash ou un match de rugby. Son physique lui donnait un avantage. Or, Max avait une conscience aiguë de l'absolue nécessité qu'il y avait à accumuler autant d'avantages que possible si l'on voulait gagner aux jeux de la vie. Et il avait la très ferme intention d'être un gagneur. Pas question de jouer les doublures, comme son père. Non. Lui, ce qu'il voulait, c'était devenir comme son oncle David.

Il ignorait à quel moment exactement il avait pris conscience des traitements très différents que les gens réservaient à son père et à son oncle ; en revanche, il se rappelait parfaitement avoir décidé qu'il serait un jour considéré comme son oncle, et non comme son père.

Quelque temps avait passé, avant qu'il se surprenne à penser qu'il aurait préféré être le fils de son oncle, plutôt que celui de son père. Quel bonheur il avait éprouvé en voyant grandir l'affection que lui vouait David ; puis, plus tard, à savoir que ce dernier le préférait à Olivia, sa propre fille !

Oncle David et son grand-père s'étaient toujours montrés encourageants et fiers de lui ; et ils l'avaient soutenu sans condition, lorsqu'il avait annoncé sa décision de devenir un *barrister*, alors que Jonathon n'avait pu s'empêcher de jouer les rabat-joie.

— Tu auras besoin d'un diplôme de tout premier ordre, avait-il déclaré. Et même ainsi, ce ne sera pas facile…

— Cesse un peu de rabaisser ton fils ! l'avait interrompu son grand-père. Il est temps que nous comptions enfin un *Queen's Counsel* de notre côté de la famille.

— Et c'est bien mon ambition ! avait affirmé Max, décidé à profiter de la bonne humeur du patriarche. Je sais que ce sera difficile, toutefois. Il est hors de question que je cherche un travail à mi-temps pendant que je serai à Oxford — pas si je veux obtenir les meilleures notes possible, avait-il ajouté d'un air vertueux. Et puis, je vais devoir remplacer ma voiture…

Il avait marqué une pause et, comme il s'y attendait, son grand-père avait saisi la perche tendue.

— Je suis sûr que nous trouverons une solution. Tu ne vas pas tarder à hériter un peu d'argent de la part de ta grand-mère. Pour ce qui est de la voiture, est-ce que ton vingt et unième anniversaire n'arrive pas bientôt ?

Plus tard, le même jour, Max avait surpris une conversation entre ses parents.

— Il se comporte exactement comme David ! disait sa mère avec colère. Et Ben l'encourage.

— Je sais, avait répondu son père. Mais que puis-je faire ? Tu connais papa.

Il y avait un problème avec Jenny, songea Max : elle était pleine de principes moraux. Mais il fallait bien qu'elle ait une particularité — à défaut d'être belle comme Tiggy, la femme de David. Max se rappelait encore sa joie le jour où son oncle et sa tante étaient venus à la journée sport de son école, à la place de ses parents. Quand il avait présenté Tiggy au professeur, ce dernier était devenu rouge comme un coquelicot. Pauvre type ! Il n'avait sûrement jamais approché une femme aussi belle et distinguée de toute sa vie.

Max, pour sa part, ne comptait plus ses expériences sexuelles, depuis le jour où il avait perdu sa virginité, à quatorze ans, avec l'aide de la serveuse du pub dans lequel ils se rendaient tous les samedis matin, après l'entraînement de rugby. L'endroit, perdu dans une ruelle de Chester, avait un côté miteux que Max trouvait à la fois excitant et amusant — certainement pas le genre d'établissement qu'aurait fréquenté son respectable père. Quant à la fille, peu farouche, elle l'avait entraîné dans sa chambre et s'était laissé embrasser, avant de repousser Max et de se déshabiller entièrement. Elle s'était allongée sur le lit et, avec un large sourire, elle avait écarté les jambes.

— Je parie que tu n'en as jamais vu avant ? avait-elle dit tandis que Max effleurait la masse de boucles noires de son pubis et glissait les doigts dans les replis de son sexe. Tu sais ce que c'est ?

— Evidemment ! avait menti Max.

— Alors, tu vas savoir quoi faire, n'est-ce pas ?

Max le croyait, mais elle n'avait pas tardé à le détromper.

— Tu me fais mal ! Fais un peu attention, c'est fragile. Et puis, ça marche beaucoup mieux si tu suces…

Elle avait considéré Max d'un air goguenard, avant d'éclater de rire devant son expression.

— Tu n'as jamais goûté au bonbon d'une fille, hein ? Eh bien, c'est le moment ou jamais d'essayer.

Elle ne lui avait pas permis de la pénétrer avant d'avoir eu son orgasme, et à ce moment-là, il n'avait pu se contenir plus longtemps : un épais jet de sperme avait jailli de son sexe gorgé de sang. La fille s'était encore moquée de lui. Mais elle ne riait plus, un moment plus tard, lorsqu'il était entré en elle et avait commencé d'aller et venir ; bientôt, elle s'était mise à gémir, à lui griffer le dos, à l'encourager en feulant comme une chatte en chaleur. Elle avait eu un deuxième orgasme et il avait continué, refusant de s'arrêter, jusqu'à ce qu'elle jouisse une nouvelle fois, et puis encore une autre.

Il ne l'avait jamais revue par la suite. A quoi bon ?

C'était peu de temps après que sa mère lui avait annoncé qu'elle était enceinte. Le dégoût qu'il en avait alors conçu était indescriptible. Il lui suffisait d'imaginer ses parents couchant ensemble pour que la nausée lui monte à la gorge. Quelle honte il avait encore éprouvée, lorsque Jenny était venue à une fête de l'école avec son gros ventre ! A son âge ! Elle n'avait pas le droit de se ridiculiser ainsi — et encore moins celui de le ridiculiser, lui, par la même occasion.

Max pinça les lèvres, comme souvent lorsqu'il pensait à ses parents ; il lui arrivait de surprendre une lueur étrange dans le regard de sa mère, quand elle le regardait...

En tout cas, elle se trompait lourdement si elle imaginait qu'il allait finir comme Jon, avocat de deuxième zone travaillant pour un cabinet familial complètement dépassé, dans une petite ville de province perdue au milieu de nulle part. D'ailleurs, sans le charisme d'oncle David, l'affaire aurait coulé depuis belle lurette. Dire que ce dernier avait vu sa carrière fauchée en plein essor, tout ça à cause d'une bêtise !

Lui ne commettrait pas la même erreur. Non pas qu'il se prive ou s'empêche de prendre du bon temps ; mais il n'était pas question qu'il tombe dans le même piège que son oncle.

Il avait terminé ses études à Oxford en décrochant un diplôme qui devait lui permettre d'être admis dans un cabinet de bonne réputation, après son examen du barreau ; une fois dans la place, il s'était débrouillé pour attirer l'attention de ceux qui étaient en mesure d'appuyer sa carrière. Pour autant, il ne consacrait pas son existence au travail ou aux manœuvres censées favoriser ses ambitions professionnelles. Simplement, au contraire de son oncle, il faisait preuve de prudence et de la plus grande discrétion.

— Encore là, mon vieux ? Je croyais que tu avais l'intention de t'en aller tôt ?

Max se raidit en voyant Roderick Hamilton entrer dans son bureau.

Roderick était son aîné d'un an. Ils avaient fait leurs études ensemble, à Oxford, mais sans jamais fréquenter les mêmes cercles. Les parents de Roderick étaient extrêmement riches et ils avaient beaucoup de relations très haut placées. Son oncle, notamment, était le doyen du cabinet, ce qui expliquait sans doute pourquoi Roderick avait été choisi pour prendre le premier poste qui s'était libéré, à la fin de leur période d'apprentissage ; Max, lui, avait dû subir l'humiliation de se voir autorisé à rester en tant que « squatteur ». Cela signifiait, bien sûr, que les seuls travaux pour lesquels il pouvait espérer gagner un peu d'argent étaient ceux que les membres du cabinet — Roderick inclus — avaient dédaignés.

Par nature, Max n'avait jamais ressenti le besoin de se faire des amis. Pour lui, ses pairs étaient surtout des rivaux, des obstacles à renverser. Avec Roderick, c'était encore une autre histoire : il le détestait cordialement.

— Ah ! L'affaire Wilson..., commenta ce dernier en prenant les papiers sur le bureau de Max, avant de les reposer aussitôt. Pas de chance. C'est dommage que tu ne sois pas libre, ce week-end, car ma mère organise une sauterie pour ma sœur. Elle fait sa sortie dans le monde, cette année, et maman m'a demandé de convier quelques hommes.

Max garda les yeux fixés sur les documents qu'il faisait semblant d'étudier. Il savait très bien que Roderick s'amusait à le provoquer ; jamais sa mère n'aurait accueilli des invités de dernière minute au bal de débutante de sa fille.

— C'est impossible, j'en ai peur, répondit-il sans regarder Roderick. Nous fêtons le cinquantième anniversaire de mon père, ce week-end.

— Au fait, je suppose que tu as entendu parler du vieux Benson, reprit Roderick.

Au prix d'un effort surhumain, Max contrôla une nouvelle bouffée de rage.

— En effet, acquiesça-t-il.

— Après son départ, il y aura un poste vacant au cabinet, reprit Roderick.

— En effet, répéta Max, sur un ton neutre.

— Tu comptes présenter ta candidature, bien sûr ?

— Je n'ai pas encore pris ma décision, mentit Max.

— Eh bien, à ta place, je n'hésiterais pas. Les postes ne sont pas si faciles à décrocher, de nos jours, et celui-ci a l'air d'être très convoité. Evidemment, si tu décides de le briguer, je doute qu'il y ait le moindre problème. Après tout, tu as fait ton stage ici et tu squattes depuis… Combien de temps déjà ? Un an ? Plus que ça, non ? Mon Dieu, je n'avais pas vu l'heure ! Il faut que je me sauve. J'ai promis à maman d'être à la maison, ce soir, pour le cas où elle aurait besoin de moi. Bonne chance pour l'affaire Wilson, conclut Roderick avant de disparaître dans le couloir.

Max attendit d'être sûr qu'il était bien parti, puis il froissa la feuille de papier qu'il tenait et la jeta de toutes ses forces à travers la pièce. Maudit soit ce satané Roderick ! Maudit soit-il, et maudit soit son oncle de malheur !

Voilà plus de huit mois que Max avait eu vent de la proposition qu'on avait faite à Clive Benson de devenir juge. La première fois, c'était à l'occasion d'une des visites diplomatiques qu'il rendait aux membres de la famille de la branche de Chester. Depuis, il avait fait tout son possible pour être sûr d'obtenir le poste, le moment venu.

Aussi, lorsque le clerc lui avait annoncé, deux jours plus tôt, que le doyen du cabinet souhaitait le voir, Max était-il persuadé qu'on allait lui annoncer officiellement qu'il avait été choisi pour remplacer Clive Benson.

Au lieu de cela, après bien des « hum » et autres éclaircissements de voix, le doyen lui avait déclaré qu'au terme de nombreuses discussions, les associés du cabinet avaient décidé de tenir compte, dorénavant, des lois combattant la discrimination sexuelle, et donc, de considérer la possibilité d'engager une femme. Bien sûr, cela ne signifiait pas que sa candidature était rejetée. Toutes seraient étudiées et jugées selon leurs mérites.

— Bien sûr, avait répondu Max, à travers ses dents serrées.

Mais il savait exactement ce que cela signifiait, et il ne doutait pas un instant que Roderick le sût aussi.

Pour couronner le tout, la dernière fois qu'il était rentré chez lui, il avait annoncé à son grand-père, sous le sceau du secret, qu'il était maintenant certain d'obtenir le poste, dès que celui-ci se libérerait. Le vieux Ben commençait à s'impatienter de le voir travailler encore comme « squatteur ». A son époque, une telle situation eût été inconcevable ; on effectuait son premier stage puis, dans la foulée, on devenait *junior barrister.* Mais les choses avaient changé ; les places dans les cabinets étaient difficiles à décrocher, désormais. Et voilà que les femmes s'en mêlaient !

Et d'abord, qui était cette avocate ? Aucun nom n'avait été mentionné. De mémoire, Max avait dressé la liste de toutes les juristes qu'il connaissait et qui pouvaient prétendre au poste. Sans grand résultat. Au diable ces fichues lois contre la discrimination sexuelle ! Et lui, dans tout ça ? N'était-il pas victime de discrimination ?

Ce soir-là, il avait rendez-vous avec sa petite amie du moment — une grande rousse passionnée dotée de jambes interminables. Il était passé la chercher et l'avait emmenée dîner. Mais il était d'humeur exécrable. Il n'avait pas faim et bouillait de rage. Aussi, avait-il interrompu brusquement leur repas pour entraîner la jeune femme dans son appartement. Sur le moment, elle n'avait pas trop protesté. En revanche, elle n'avait guère apprécié de voir Max la traiter comme un objet sexuel tandis qu'il essayait vainement de décharger sa colère sur elle. Il l'avait prise sans ménagement, encore et encore, jusqu'à ce que, finalement, il sombre dans un sommeil épuisé.

Elle était partie en claquant la porte et en jurant qu'il ne la reverrait plus. Et après ? Il s'en moquait. Il avait bien d'autres problèmes à gérer. Comment osaient-ils lui faire une chose pareille ? On lui *devait* ce poste !

Il avait travaillé comme un fou, toute l'année, acceptant sans mot dire d'exécuter toutes les tâches dont personne d'autre ne voulait. Il avait rongé son frein tandis qu'on l'utilisait, l'humiliait ; des dizaines de fois, il avait réprimé son envie d'aller leur dire clairement ce qu'ils pouvaient faire du sale boulot qu'ils n'auraient même pas osé confier à un stagiaire. Forcément, avec lui, ils n'avaient aucune raison de se gêner ; ils savaient bien qu'il ne pouvait pas, qu'il n'oserait jamais se rebeller.

A quoi tout cela avait-il servi, si on ne lui donnait même pas le poste qui se libérait ? Il aurait aussi bien fait de se lancer dans les affaires. Là, au moins, il gagnerait un salaire décent. Mais il avait choisi la carrière juridique parce que, à l'instar de son oncle David et de son grand-père, il voulait goûter au plaisir et au prestige d'être avocat ; un *barrister.* Il voulait, un jour, s'élever au rang de *Queen's Counsel*, avant, finalement, d'être nommé juge.

Son désir se faisait si intense, parfois, qu'il devenait douloureux. Par Dieu ! il avait bien l'intention d'arriver à ses fins. Et aucune femme, aucune loi au monde — discrimination sexuelle ou pas ! — ne viendrait contrarier ses ambitions.

En attendant, il ne voyait qu'une façon d'aborder le problème : il devait découvrir le nom de la candidate au poste. Les associés du cabinet devaient le connaître, bien sûr, ainsi que le clerc principal. Max, toutefois, savait que Bob Ford ne lui dévoilerait jamais une telle information. Il fallait donc voir du côté des associés, ainsi que de toute personne ayant leur confiance, ou bien avoir accès à leurs dossiers…

Max réfléchissait encore à la meilleure stratégie à adopter lorsqu'il se glissa derrière le volant de sa voiture, deux heures plus tard. Il prit la direction du nord.

— Nous y sommes. C'est la maison, dit Olivia.

— Très impressionnant, murmura Caspar alors que la jeune femme coupait le contact de la voiture.

— Et voici Tiggy ! reprit-elle en désignant la silhouette qui se dirigeait vers eux.

Comme chaque fois qu'elle parlait de sa mère — qu'elle n'appelait jamais que par son prénom —, la voix d'Olivia avait pris une intonation particulière. Aussi fut-ce avec un mélange de curiosité et de circonspection que Caspar porta son premier regard sur Tiggy.

Physiquement, la mère et la fille se ressemblaient beaucoup. Olivia avait hérité la beauté et le visage aux pommettes hautes de sa mère. Au contraire de Tiggy, toutefois, Olivia semblait rayonner de l'intérieur, au point que son extraordinaire beauté se voyait presque reléguée au second plan. A côté d'elle, Tiggy avait l'air d'une image en deux dimensions, belle, mais vide, sans expression.

La première impression de Caspar fut la déception — sans qu'il fût en mesure d'expliquer pourquoi. A quoi s'attendait-il ? Qu'espérait-il, si toutefois il avait espéré quelque chose ?

— Livvy chérie… enfin ! s'exclama Tiggy en serrant sa fille dans ses bras, avant de l'écarter pour mieux la regarder. Oh ! ma chérie, regarde tes ongles, et tes cheveux… Et ce jean ! Quel…

— Tiggy, je te présente Caspar, l'interrompit Olivia, tout en se dégageant. Caspar, voici ma mère.

— Tiggy. Vous devez m'appeler Tiggy, insista celle-ci d'une voix légèrement chuchotante.

Elle les entraîna vers la maison.

— Allons, entrez, tous les deux. Malheureusement, ton père et moi nous apprêtons à sortir, ma chérie. Nous dînons chez les Buckleton…

Du regard, Caspar embrassa le hall d'entrée au parquet luisant de cire. C'était une symphonie de couleurs douces et de bouquets de fleurs. Ici et là, d'énormes vases ronds mettaient en valeur de belles compositions florales : dans le foyer de la cheminée, sur une table polie installée au centre du vestibule et sur des consoles qui se faisaient face, contre les murs de droite et de gauche, sous d'imposants miroirs aux cadres argentés.

— Je pense que les fleurs sont importantes, reprit Tiggy, qui avait suivi le regard de Caspar. Elles donnent vie à une maison, elles en font un foyer chaleureux et accueillant… Oh ! non, Jack, je t'interdis d'amener cet animal ici. Prends la porte de derrière. Tu connais le règlement.

Caspar fronça les sourcils et vit un jeune garçon et un golden retriever franchir le seuil.

— Nous ne voulons pas te retenir, si tu sors, intervint Olivia en s'adressant à sa mère. Je suppose que nous prenons ma chambre. Nous...

— Oh ! je... Ma chérie, je suis désolée, mais ton père veut te parler, à ce sujet. Ce n'est pas que cela nous dérange, bien sûr, mais ton grand-père... Tu sais à quel point il est vieux jeu et l'importance qu'il accorde aux apparences et au qu'en-dira-t-on. Ton père pense qu'il serait très mécontent d'apprendre que toi et Caspar, vous... D'autant que la famille de Chester va être là, aussi, pour la réception...

— Qu'essaies-tu de me dire ? l'interrompit Olivia. Que Caspar et moi allons devoir dormir dans des chambres séparées ?

Elle secoua la tête avec colère et haussa le ton :

— Il est hors de question que...

Caspar lui toucha doucement le bras.

— C'est bon. Je comprends. Nous dormirons dans des chambres séparées, ajouta-t-il à l'adresse de Tiggy.

Les sourcils froncés, Olivia le regarda fixement. Parfois, la violence de l'amour qu'il lui inspirait l'effrayait. Le terme même d'amour était abondamment utilisé, chez elle, mais pour ce qui était de l'amour en tant qu'émotion à proprement parler, elle n'était pas encore certaine d'en avoir bien compris la signification ; cette incertitude lui donnait un sentiment de peur et de vulnérabilité.

La première fois qu'elle avait posé les yeux sur Caspar, elle avait cru défaillir. Il y avait de quoi...

Avec son mètre quatre-vingt-huit, ses épaules larges et son corps musclé, ce visage dont la structure osseuse rappelait celle d'un chef indien, sa superbe chevelure noire et ses yeux bleu foncé, Caspar était, de très loin, le plus bel homme qu'elle ait jamais vu.

Dès l'instant où elle était entrée dans la salle où il donnait un cours, elle n'avait cessé de le regarder fixement. Et elle avait encore failli s'évanouir, quand il l'avait invitée à dîner.

Le coup de foudre !

Un coup de foudre réciproque, ainsi qu'ils se l'étaient avoué par la suite. Le désir à l'état brut, violent, fulgurant, qui s'était manifesté au premier regard. Mais cette attirance purement physique s'était muée en un amour véritable. Aujourd'hui, Olivia aimait tout autant l'intelligence et l'âme de Caspar qu'elle aimait son corps. Il était son amant, son mentor, son meilleur ami… Il était tout pour elle et, souvent, elle se demandait comment elle avait pu vivre sans lui ; comment n'avait-elle pas été consciente, durant toutes ces années où il n'était pas là, d'un vide immense et douloureux en elle, celui-là même qu'il occupait aujourd'hui ?

Caspar était toute sa vie ; avec lui, elle était femme à part entière. Elle le savait, elle le sentait dans chaque fibre de son être. Pourtant, elle se trouvait incapable de lui avouer combien il comptait pour elle. Car Olivia se méfiait des émotions en général. Sa mère était très émotive. Tout le monde le disait.

On ajoutait aussi, avec plus ou moins de sollicitude, que c'était la raison pour laquelle Tiggy avait tant besoin d'être ménagée.

Toute petite, déjà, Olivia s'était rendu compte que les attentions dont on entourait sa mère, si fragile et émotive, semblaient épuiser le capital de compassion dont disposait sa famille ; comme si tous ceux qui vivaient dans l'intimité de Tiggy se devaient d'être moins sensibles qu'elle, moins émotifs, afin de rétablir un équilibre et de compenser ainsi ses excès.

— Tu es vraiment quelqu'un d'étonnant, lui avait dit Caspar, le jour où elle lui avait offert, presque négligemment, un livre rare qu'il convoitait depuis longtemps, et qu'elle avait trouvé après des semaines de recherches. Tu es capable d'avoir des gestes comme celui-ci, mais il n'y a pas moyen de te faire dire que tu m'aimes.

— A quoi bon ? Tu le sais bien, avait répondu Olivia, mal à l'aise.

— Oui, avait-il reconnu, avant d'ajouter, sur un ton léger : mais cela me ferait tout de même plaisir de l'entendre de ta bouche, un jour.

— Je sais.

Elle le savait, mais les mots ne franchissaient pas la barrière de ses lèvres. Encore aujourd'hui, même durant leurs moments de passion les plus intenses, elle en était incapable.

Une demi-heure plus tard, lorsque les parents d'Olivia furent sortis, et que Jack fut parti jouer chez un camarade, elle quitta sa chambre d'enfant et se rendit dans celle qu'on avait attribuée à Caspar, sous les toits. Ce dernier était en train de défaire sa valise.

— Je n'arrive pas à le croire, lui dit-elle. Ils auraient pu t'installer dans une autre pièce, à côté de ma chambre.

— Ce n'est que pour deux jours, souligna Caspar.

Avec un clin d'œil, il ajouta :

— Et puis, cela ne me dérange pas. En fait, je suis plutôt content de pouvoir me reposer un peu. Sais-tu seulement à quel point tu bouges, quand tu dors ? Cela fait des mois que je n'ai pas eu une vraie nuit de repos.

— Deux mois, six jours et... huit heures, précisa Olivia en comptant sur ses doigts. Vraiment, papa et maman sont ridicules d'imaginer que nous allons dormir dans des chambres séparées ! ajouta-t-elle en se perchant sur le petit lit.

D'un simple coup d'œil, Caspar avait déjà constaté que le matelas était trop court pour lui. En outre, contrairement à ce qu'il venait de dire, il savait que la présence d'Olivia auprès de lui, la nuit, lui manquerait terriblement. Et pas seulement à cause du sexe.

Il avait trente-deux ans et, avant de connaître Olivia, il avait eu de nombreuses aventures très satisfaisantes sur le plan sexuel. Mais jamais il n'avait été amoureux. Il n'avait jamais *aimé*, vraiment. En fait, il ne croyait même pas que l'amour — le genre d'amour qu'il éprouvait pour Olivia — existait. Durant son enfance et son adolescence, il avait eu sous les yeux l'exemple désastreux de ses parents tandis qu'ils passaient d'une relation à une autre, d'un nouveau partenaire à un autre. Plus tard, il s'était efforcé d'éviter le piège d'un mariage fatalement voué à l'échec ; avec réalisme, il avait conclu qu'il se marierait peut-être un jour, et que cette union durerait peut-être assez longtemps pour que lui et son épouse voient grandir leurs enfants — ou peut-être pas. Et c'était là tout ce qu'un adulte raisonnable et censé pouvait espérer.

— Je ne supporte pas cette hypocrisie, lui confia Olivia en se mordillant la lèvre. C'est toujours la même chose. Il faut toujours qu'on agisse en fonction de ce que grand-père décide pour nous.

— Ce n'est qu'une histoire de convenances…

— Cela n'a rien à voir avec les convenances ! Grand-père aime contrôler les gens, voilà tout. Il se moque éperdument de savoir si j'ai des principes moraux ou pas. De façon générale, il se moque éperdument de moi, d'ailleurs. Bien sûr, si j'avais été un garçon…

Elle s'interrompit et secoua la tête.

— Et voilà, ça recommence ! soupira-t-elle avec un sourire résigné. Je ne suis pas rentrée depuis une heure, et déjà je retombe dans le même schéma. Je m'étais pourtant promis, quand j'ai quitté la maison, d'abandonner tout cela derrière moi.

— Tu m'as dit toi-même que tu n'aurais pas voulu travailler dans le cabinet familial, même si on avait voulu de toi.

— C'est vrai. Mais j'aurais dû au moins avoir l'opportunité de choisir. Grand-père et papa ont fait tout ce qu'ils ont pu pour me dissuader de me lancer dans le droit. Tante Jenny est la seule qui m'ait encouragée. Et tante Ruth, aussi. Tu les aimeras, tu verras. Et il y a oncle Jon.

— Oncle Jon, c'est le frère jumeau de ton père, c'est ça ?

— Oui. Mais ils ne se ressemblent pas du tout. Physiquement, ils sont identiques, bien sûr. Sauf qu'oncle Jon…

Elle ne termina pas sa phrase.

— Oncle Jon ? insista Caspar.

— Je ne peux pas vraiment t'expliquer, lui répondit Olivia en secouant la tête. Tu verras toi-même, quand tu le rencontreras. On dirait qu'il se tient toujours dans l'ombre — dans l'ombre de papa — et pourtant…

Elle marqua une pause et fronça les sourcils, avant de reprendre :

— On dirait qu'il fait exprès de s'effacer en permanence pour donner le beau rôle à mon père. Tout le monde, et en particulier grand-père, ne parle que de David — et de Tiggy, puisqu'elle est sa femme. Pourtant, j'ai parfois l'impression qu'ils ne sont pas réels, tous les deux, que ce sont deux personnages en carton, sans substance.

Caspar vit Olivia croiser les bras sur son ventre, comme si elle avait froid, soudain.

— Cela me faisait peur, quand j'étais petite, poursuivit-elle. Je me demandais pourquoi personne ne paraissait les voir comme moi. Tu connais le conte de l'empereur et de ses nouveaux habits ? Eh bien, c'était un peu pareil. Tout à l'heure, Tiggy te parlait de ses fleurs, qui contribuent à faire d'une maison un foyer. Les gens évoquent toujours son flair merveilleux en matière de décoration. Bien sûr, la maison est parfaite. Mais ce n'est pas un foyer. En revanche, prends la maison de tante Jenny : voilà un intérieur qui a une âme, et dans lequel il fait bon vivre. Ici, on se croirait au milieu d'un décor de film ou de pièce de théâtre ; il y a les meubles qu'il faut, les couleurs sont assorties, les fleurs aussi…

Elle fit la grimace.

— Au départ, papa ambitionnait de devenir *barrister*, tu sais. Mais il s'est passé quelque chose — quoi ? je n'ai jamais vraiment su. Bien sûr, Tiggy parle souvent de la manière dont ils se sont rencontrés. Papa jouait dans un groupe de rock, elle était mannequin. Il est tombé amoureux d'elle au premier regard, et ils se sont mariés à Caxton Hall — c'était à la mode, à l'époque. Comme Tiggy était déjà enceinte de moi, ils ont décidé de venir s'installer à Haslewich. Papa voulait que ses enfants soient élevés ici et il a abandonné ses plans de carrière pour notre bien… En tout cas, c'est ce qu'on m'a toujours dit ; et bien sûr, grand-père ne m'a jamais pardonné. Il tient tellement à avoir un *Queen's Counsel*, dans la famille…

— Je croyais que vous en aviez un. Ton grand-oncle, Hugh.

— En effet. Il a même été nommé juge, l'an dernier. Mais Hugh ne fait pas vraiment partie de la famille — pas telle que grand-père la définit. Hugh est seulement son demi-frère. Le père de grand-père, Josiah, s'est remarié après la mort de sa première femme, et Hugh est le fils qu'il a eu avec sa seconde épouse, Ellen. Grand-père ne l'admettra jamais, mais je crois qu'il a toujours été secrètement jaloux de Hugh. La famille d'Ellen avait beaucoup d'argent et, d'après tante Ruth, leur père était toujours un peu plus indulgent envers Hugh qu'envers eux. C'est la famille d'Ellen qui a financé les études de Hugh, alors que grand-père a été forcé de reprendre le cabinet ; il n'y avait personne d'autre pour le faire. A mon avis, il est encore déçu que papa n'ait pas été appelé au barreau. C'est pour cela qu'il pousse tant Max…

— Ah ! Max, fit Caspar d'un ton moqueur.

— Tu ne l'aimes pas beaucoup, n'est-ce pas ? remarqua Olivia.

— Parce que tu l'aimes, toi ?

— Nous ne nous sommes jamais très bien entendus, même quand nous étions petits. Evidemment, tout le monde croit que je suis jalouse de lui parce qu'il est le préféré de papa, mais ce n'est pas ça. Je ne le trouve pas sympathique, voilà tout. Bien sûr, je suis la seule de cet avis. Tiggy pense qu'il est merveilleux. Il flirte outrageusement avec elle, et elle ne se rend même pas compte qu'il se moque d'elle, en vérité. Elle va sûrement te faire son grand numéro de charme, à toi aussi. Ce n'est pas sérieux, tu sais. Mais elle ne peut pas s'en empêcher. Elle a besoin…

Olivia s'interrompit, cherchant ses mots. Elle parut renoncer et reprit :

— Parfois, quand je surprends tante Jenny en train de regarder Max, j'ai le sentiment qu'elle ne l'aime pas beaucoup, elle non plus. Mais ce n'est pas possible. Elle est sa mère, après tout, et les mères aiment toujours leurs enfants.

— Tu crois ? Je n'en suis pas si sûr. Ce qui est certain, en revanche, c'est que les enfants n'aiment pas toujours leurs parents. Il y a en ce moment une théorie qui se développe, et qui s'efforce de comprendre pourquoi tant d'adultes, parfois même des enfants, tuent leurs parents.

— Tiens, à ce propos, je suis tombée sur un article au sujet de…

L'instant d'après, ils étaient totalement absorbés par l'analyse des complexités de l'affaire juridique à laquelle Olivia venait de faire allusion.

Caspar regarda la jeune femme s'animer. Qu'elle était belle quand elle se passionnait ainsi pour un sujet ! Pas autant, toutefois, que lorsqu'elle était dans ses bras et se donnait à lui, corps et âme.

— Caspar ! protesta-t-elle soudain, alors qu'il ne l'écoutait qu'à moitié. Que fais-tu ?

— J'essaie le matelas.

— Pour quoi faire ?

— A ton avis ? murmura-t-il doucement en se tournant pour l'embrasser. De combien de temps disposons-nous, avant le retour de tes parents ?

— Suffisamment. Mais mon lit est plus grand…

— Mmm, fit distraitement Caspar en s'attardant dans le cou d'Olivia. Tu me montreras ça plus tard. Pour l'instant…

Il lui ôta son T-shirt et poussa un soupir de plaisir en découvrant ses seins palpitants. Du pouce, il taquina une pointe dressée, puis l'autre, sentant la jeune femme frissonner de tout son corps.

— Nous… n'avons pas encore dîné, lui rappela-t-elle dans un souffle.

— Dîner ? Pour quoi faire ? C'est toi que je vais manger !

Avec un rire léger, Olivia ferma les yeux et lui tira doucement les cheveux.

— Tu m'avais dit qu'Olivia devait arriver ce soir ! s'exclama Joss avec dépit.

Pour la troisième fois, il venait d'essayer de joindre sa cousine par téléphone. En vain.

— Je le pensais, lui répondit Jenny.

— Eh bien, elle ne doit pas être là ; ou elle aurait répondu au téléphone. Tu as dû te tromper ! Et maintenant, elle n'aura pas le temps de voir les nids de blaireaux.

— Livvy n'aura aucune envie de voir tes blaireaux ! déclara Louise, la grande sœur de Joss, sur un ton supérieur. Elle vient avec son petit ami.

— Et alors ? riposta Joss. Je ne vois pas pourquoi ça l'empêcherait de vouloir voir les blaireaux !

Jenny vit les jumelles étouffer des ricanements entendus.

— Oh ! arrêtez de rire bêtement, vous ! s'exclama leur frère. Lou, tu ne manges pas ton gâteau ? Parce que si tu n'en veux pas…

Il regarda l'assiette de sa sœur avec convoitise.

Plus tard, lorsque Jenny se retrouva seule avec son mari, dans la cuisine, elle lui dit doucement :

— Tu as l'air fatigué.

— Ah bon ? Non, pas vraiment. Mais je suppose que cette réception, d'une certaine façon, vient me rappeler que nous ne rajeunissons pas.

Jenny ne répondit rien. Elle savait qui supportait tout le poids des responsabilités et du travail, au cabinet. Elle savait aussi qu'il était inutile de protester, sous peine de se heurter à l'attitude de retrait poli et distant que Jon adoptait chaque fois qu'il avait l'impression qu'on cherchait à attaquer son frère.

Durant les premières années de leur mariage, elle avait beaucoup souffert de savoir qu'un autre occuperait toujours la première place dans le cœur de son époux ; que la loyauté de Jon, son amour pour son frère jumeau, seraient toujours plus importants que ses sentiments pour elle. Mais elle avait fini par reconnaître que c'était justement ce caractère foncièrement loyal qui faisait de Jon l'homme, le mari et le père qu'il était. Alors, elle avait décidé de ne pas tomber dans le même piège que les autres. Elle n'essaierait jamais de changer son époux afin de le modeler selon son souhait. Dorénavant, elle se contenterait de l'apprécier tel qu'il était, pour ce qu'il était. Au sein de leur mariage, en tout cas, elle veillerait à ce que Jon ait l'opportunité d'être lui-même — d'être un individu. Elle lui devait bien cela. Cela et beaucoup plus. Tellement plus…

3

Jenny sourit à l'homme qui supervisait le montage de la tente, pour la réception.

— Merci, monsieur Thompson, lui dit-elle. Ce sera parfait. Nous comptons sur vous pour tout terminer demain matin, n'est-ce pas ?

Le travail avait été effectué avec rapidité et efficacité par une douzaine de jeunes gens, pour la plupart des étudiants qui travaillaient durant l'été afin de gagner un peu d'argent. Ils s'étaient à peine arrêtés à l'heure du déjeuner, le temps d'avaler un sandwich, avant d'accrocher les lumières et d'installer les deux « tunnels » reliant la maison à la tente — l'un destiné aux invités, l'autre au personnel chargé du service.

— Nous serons là à 8 heures très précises, promit M. Thompson.

— Et les tables et les chaises seront en place avant midi ?

— Absolument.

— C'est superbe ! commenta Olivia alors que M. Thompson s'éloignait avec son équipe.

Elle était passée voir sa tante en milieu de matinée, en compagnie de Caspar, et ils avaient proposé de l'accompagner à Queensmead. Max, arrivé tard la veille, avait décidé de se joindre à eux, sans qu'on sût vraiment pourquoi : il restait obstinément seul, dans son coin, arborant un air renfrogné.

— J'espère que cette couleur unie ne sera pas trop fade, observa Jenny en considérant l'intérieur de la tente d'un air inquiet.

— Au contraire, le blanc cassé est très élégant, la rassura Olivia. C'est parfait, crois-moi.

Alors que M. Thompson et ses jeunes compagnons prenaient place dans les voitures qui les avaient amenés, Jenny constata avec soulagement que les véhicules étaient tous garés à bonne distance de la précieuse pelouse de Ben.

Ce dernier avait d'ailleurs surveillé de près le bon déroulement des travaux ; et à voir l'expression de son visage, Jenny songea, sans grande surprise, qu'il semblait presque déçu que tous ces jeunes gens aient accompli leur mission sans occasionner le moindre dégât.

— Quelle pagaille ! marmonna-t-il. A mon époque, on ne faisait pas tant d'histoires pour un cinquantième anniversaire. Vous savez que la radio annonce de la pluie ?

— Pas avant lundi, souligna Jenny.

— Et si je proposais à tante Ruth de l'aider pour

les fleurs ? dit Olivia à sa tante. J'ai peur d'être un fardeau plus qu'autre chose…

— Je suis sûre qu'elle acceptera avec reconnaissance une paire de mains supplémentaire, ne serait-ce que pour l'aider à porter les bouquets.

— Elle peut même compter sur deux paires de mains ! intervint Caspar.

Jenny lui sourit.

Jusque-là, elle n'avait guère eu l'opportunité de bavarder avec le compagnon de sa nièce ; pourtant, ce dernier lui avait plu aussitôt.

Par-delà son extraordinaire beauté, il y avait en lui quelque chose de solide, comme une force, un esprit décisionnel qui rassurait la fibre maternelle de Jenny ; il donnait l'impression d'un homme qu'on ne détourne pas du chemin — ou de la femme — qu'il s'est choisi ; et de toute évidence, Olivia était la femme qu'il s'était choisie.

Jenny considéra sa nièce avec affection. Olivia était manifestement très amoureuse, elle aussi. Quel bonheur de la voir ainsi comblée ! Car au plus profond de son cœur, Jenny savait bien que de tous les enfants, ceux de David et Tiggy comme les siens, Olivia était celle qu'elle aimait avec le plus de force.

— Alors, jeune homme, il paraît que vous êtes professeur ? déclara soudain Ben d'une voix de stentor.

— Je donne des cours à l'université, répondit Caspar.

Il dut baisser la tête pour regarder le patriarche dans les yeux. Ben, qui était lui-même assez grand, semblait irrité de constater que l'ami d'Olivia le dominait de plusieurs centimètres. Voilà qui n'allait pas calmer sa vieille rancune à l'égard des Américains !

— Mais vous n'envisagez pas de vous installer définitivement chez nous, d'après ce qu'on m'a dit ? reprit-il.

— En effet.

— Hmm. Dans notre pays, nous avons un dicton : « Ceux qui peuvent font les choses, et ceux qui ne peuvent pas donnent des leçons. »

— Grand-père ! protesta Olivia.

Mais Caspar secoua la tête et lui sourit avec gentillesse. Par Olivia, Jenny savait qu'on lui avait offert une place d'associé dans un des cabinets juridiques les plus prestigieux de Philadelphie ; s'il décidait d'accepter la proposition, il gagnerait beaucoup d'argent. Cependant, il aimait enseigner à l'université, et cette passion comptait beaucoup plus à ses yeux qu'un beau salaire. D'autant qu'il était bénéficiaire d'un compte en fidéicommis ouvert par son grand-père maternel et qui le mettait à l'abri du besoin pour le reste de ses jours.

Il se tourna de nouveau vers Ben et le considéra un instant en silence, avant de répondre, sur un ton posé :

— Le dicton est intéressant. Pour ma part, j'ai tendance à penser que tout dépend de la personne qui donne la leçon.

Jenny, qui avait gardé les yeux fixés sur Ben durant l'échange, le vit pâlir légèrement ; le refus de Caspar de se laisser impressionner ne faisait à l'évidence qu'exacerber l'antagonisme du vieil homme à son égard.

Heureusement qu'Olivia vivait et travaillait à Londres ! Là-bas, au moins, la jeune femme pouvait s'épanouir dans sa vie et dans son travail, sans être toujours en butte aux réflexions humiliantes et sexistes de son grand-père.

— Le droit n'est pas une affaire de femmes, aimait à répéter le patriarche. Elles sont trop sensibles. Elles n'arrivent pas à conserver assez de recul, à garder leurs distances.

Un jour prochain, songea Jenny, ses filles feraient ravaler ces paroles à leur grand-père. Surtout Katie. Elle faisait montre d'une grande force émotionnelle — bien plus qu'Olivia. Jamais elle ne permettrait à rien ni personne de la détourner de l'objectif qu'elle s'était fixé. Un trait de caractère qu'elle avait hérité de son grand-père lui-même.

Ce dernier, justement, ne désarmait pas.

— Il n'existe pas trente-six façons de comprendre la loi, déclara-t-il avec entêtement. Il faut la pratiquer. Moi qui vous parle, je suis bien placé pour le savoir. C'est ce que j'ai fait pendant plus de quarante ans. Et je ne parle pas de ces tâches bâtardes qu'on confie aux avocats dans les départements juridiques de certaines sociétés...

Il posa sur Olivia un regard éloquent.

— Olivia est une juriste hautement qualifiée et des plus professionnelles ! riposta Caspar.

— Oh ! elle a passé ses examens, c'est sûr. Mais un bout de papier ne suffit pas à faire un bon avocat. La pratique du droit ne consiste pas à remuer de la paperasse derrière un bureau. Il faut se jeter à l'eau, accomplir le genre de travail auquel le jeune Max est confronté chaque jour. Ça, c'est du droit !

Jenny vit Caspar se raidir, et son cœur se serra. Malgré la modestie d'Olivia et l'hypocrisie délibérée de Ben, tout le monde savait la jeune femme bien plus qualifiée que son cousin. D'ailleurs, si elle devait confier la gestion de ses affaires personnelles à l'un d'eux, Jenny n'hésiterait guère ; quoique ce fût terrible à admettre, entre son fils et sa nièce, elle choisirait celle-ci.

— Je vous demande pardon ! déclara Caspar en détachant chacun de ses mots. Je ne suis peut-être pas encore au fait de toutes les subtilités du système juridique britannique, mais d'après ce que j'ai cru comprendre, Max n'est encore qu'un squatteur dans son cabinet et, en tant que tel, il ne peut prendre aucun client. Olivia, en revanche, est responsable d'un département très spécialisé et je sais de manière certaine...

— Caspar ! protesta Olivia d'une voix étouffée. Grand-père ne sait p...

Il était trop tard. Ben avait pivoté sur ses talons et considérait sa petite-fille d'un air sévère, sentant en elle une cible beaucoup plus vulnérable que l'Américain insolent qui osait le contredire.

— Comment cela, responsable d'un département très spécialisé ? Qu'est-ce que cela signifie ?

— Il s'agit d'une petite promotion, grand-père, assura la jeune femme. Rien de bien important.

— Une petite promotion qui a dû s'accompagner d'une grosse augmentation de salaire, intervint Max en se joignant soudain à la discussion. Il semblerait que tu te sois bien débrouillée, ma chère cousine.

— Olivia ne s'est pas bien débrouillée, corrigea Caspar avec froideur. Elle est un avocat hautement qualifié et elle travaille dur.

— Ce n'est pas vous qui direz le contraire, rétorqua Max. Après tout, elle a été votre élève — et pas seulement sur les bancs de la fac.

La grossièreté de son fils fit rougir Jenny. Mais déjà, Caspar renchérissait :

— Au fait, Max, j'ai entendu dire qu'un poste allait se libérer, dans votre cabinet. Vous comptez le briguer ?

Max fronça les sourcils, sans répondre.

— Il n'a pas besoin de briguer quoi que ce soit, déclara Ben. On lui a déjà assuré que le poste était pour lui, et c'est bien normal. Il a déjà dû s'effacer une fois pour laisser passer quelqu'un d'autre.

Du mieux qu'il put, Max dissimula l'irritation que lui causait la remarque intempestive de son grand-père.

En temps normal, il était toujours ravi de voir ce dernier se porter à son secours ; cette fois, il en allait autrement. Comment ce fichu Américain en savait-il autant ? Il devait avoir accès à des informations internes, pour avoir eu vent de cette prochaine vacance de poste.

Max aurait tout fait pour en apprendre davantage, en d'autres circonstances, et peut-être, par la même occasion, découvrir le nom de sa rivale. Mais s'il posait des questions en présence de son grand-père, il serait forcé d'admettre qu'il n'était plus si sûr d'être choisi pour remplacer le futur juge.

Il sentit un filet de sueur froide couler dans son dos. Son grand-père était indulgent à son égard — jusqu'à un certain point, toutefois. Max savait combien il était important qu'il réalise ses ambitions. Le vieil homme avait déjà été déçu une fois, par le passé. Et si David avait été pardonné, Max tremblait à la seule idée de devoir mener la même vie que son oncle.

Il avait déjà dû supporter, en grandissant, une surveillance constante. Or, c'était Ben qui tenait les cordons de la bourse familiale. Max avait vu la manière dont il contrôlait ses fils et leur existence ; et il était assez intelligent pour savoir qu'il y avait des avantages, mais aussi des inconvénients, à être le petit-fils préféré de son grand-père…

Heureusement, si celui-ci désirait le voir réussir, Max nourrissait les mêmes ambitions. Il aimait l'argent et ce qu'il permettait d'acheter. Surtout, il voulait devenir quelqu'un de puissant, dans sa profession, et même célèbre, si c'était possible. Et personne, pas même une femme, ne l'empêcherait d'atteindre le but qu'il s'était fixé.

— Les chaussures de ta mère ont-elles été livrées ? demanda Jenny à Olivia comme elles se dirigeaient vers la voiture.

— Non. Elle s'est rendue dans la matinée à Chester pour voir si elle pouvait trouver une autre paire.

Olivia fronça les sourcils en se remémorant la scène qu'elle avait surprise dans la chambre de ses parents, ce matin.

— Tante Jenny, commença-t-elle. Je sais que toi et Tiggy vous n'êtes pas particulièrement proches, mais…

Elle s'interrompit brusquement, se rappelant la réflexion que lui avait faite Caspar tandis qu'ils roulaient vers Queensmead. Alors qu'il venait d'être présenté à sa tante et à son oncle, il avait déjà remarqué à quel point tout le monde comptait sur Jenny. Après avoir vu que non seulement son jeune fils, Joss, mais aussi son neveu, Jack, lui apportaient leurs affaires de sport afin qu'elle les lave, Caspar avait déclaré que les adultes de la famille semblaient se débarrasser de leurs problèmes sur elle de la même façon que les plus jeunes se débarrassaient de leur linge sale.

Et il avait raison. Quand quelque chose n'allait pas dans leur vie, ils avaient tous tendance à se tourner vers Jenny.

— Oui, que voulais-tu me dire ? interrogea celle-ci.

Olivia secoua la tête et résista à la tentation de se confier à sa tante.

— Oh ! rien de bien important, répondit-elle sur un ton léger. Tu sais comme est Tiggy : elle a fait toute une montagne de cette histoire de chaussures…

Avec un tressaillement imperceptible, Olivia se demanda quelle aurait été la réaction de Jenny si elle lui avait raconté ce qu'elle avait vu…

Alors qu'elle s'apprêtait à sortir avec Caspar, elle s'était aperçue qu'elle avait oublié sa veste. Elle était remontée pour aller la chercher et, en passant devant la chambre de ses parents, elle avait entendu la voix de sa mère, qui paraissait parler toute seule. Comme la porte était entrouverte, elle l'avait poussée, machinalement.

Jamais elle n'oublierait l'expression du visage de Tiggy, quand celle-ci l'avait découverte devant le seuil ; c'était un mélange de honte, de culpabilité, de défi et de peur.

— Tu ne diras rien à ton père, d'accord ? avait-elle plaidé sur un ton suppliant. Il ne comprendrait pas…

Elle était assise sur le lit, entourée d'une multitude de sacs et de boîtes, dont la plupart n'avaient même pas été ouverts ou défaits. Le résultat, sans doute, de nombreuses visites dans des boutiques de luxe.

Olivia n'avait rien répondu. Une odeur planait dans la chambre, autre que le parfum de sa mère. Une odeur un peu âcre, désagréable, et qu'elle reconnaissait sans être en mesure de se rappeler quand ou dans quelles circonstances elle l'avait déjà sentie. Prise de nausée, elle avait dû quitter précipitamment la chambre.

— Qu'est-ce qui ne va pas ? lui demanda Caspar alors qu'ils franchissaient le grand portail de Queensmead. Tu es bien silencieuse, soudain. Ce n'est pas à cause de ce qu'il a dit, si ?

— Qui ?

— Ton grand-père. Ses paroles ont dû te blesser. J'ai eu l'impression qu'il faisait tout son possible pour te rabaisser…

Aussitôt, le visage d'Olivia s'éclaira.

— J'ai l'habitude, tu sais ! Mon grand-père est trop têtu et trop misogyne pour changer — surtout à son âge. Et Max a toujours été son chouchou.

— Mmm. En tout cas, ce sera différent, aux Etats-Unis.

Comme Olivia ne réagissait pas à sa remarque, Caspar la considéra d'un regard pensif.

— Tu n'as pas changé d'avis en ce qui concerne nos projets, dis-moi ? demanda-t-il soudain. Tu n'en as toujours pas parlé à ta famille ?

— Comment pourrais-je changer d'avis ? s'exclama Olivia avec tendresse. Tu sais bien à quel point tu es important pour moi... à quel point notre avenir ensemble compte pour moi, corrigea-t-elle.

— Attention à ce que tu dis ! Je ne sais pas quelles sont vos lois en ce qui concerne les arrêts intempestifs sur l'autoroute pour...

— Nous ne sommes pas sur une autoroute, précisa Olivia en riant. Juste une petite route de campagne bien tranquille, et si tu veux t'arrêter...

Elle lui jeta un coup d'œil provocateur et rit encore quand il secoua la tête.

Les mois qu'ils venaient de passer ensemble étaient les plus beaux qu'Olivia ait connus. Quand Caspar lui avait annoncé qu'il devait rentrer aux Etats-Unis à la fin de l'été, elle avait cru, tout d'abord, qu'il essayait de lui faire comprendre que leur relation n'était pas vouée à se prolonger au-delà.

Elle avait tenté de ne rien dévoiler de ses sentiments ou de la douleur qu'elle ressentait, mais l'expression de son regard avait dû la trahir ; Caspar l'avait aussitôt attirée dans ses bras, la serrant très fort et la berçant contre lui.

— Non, non, avait-il murmuré d'une voix rauque, je ne veux pas mettre un terme à notre relation. Comment peux-tu penser une chose pareille ? Je t'aime, Olivia… J'ai besoin de toi. J'aimerais tant que tu m'accompagnes. Simplement, tu as travaillé si dur pour obtenir cette promotion et…

— Il s'agit juste d'un travail, avait-elle protesté. Tu es beaucoup plus important, pour moi.

Elle le pensait vraiment, alors. Et encore maintenant, même si la perspective de reprendre des études aux Etats-Unis, pour atteindre un niveau professionnel comparable à celui qu'elle avait acquis ici, l'effrayait parfois.

Caspar ne lui demanderait jamais de renoncer à sa carrière pour lui. Une telle idée ne lui traverserait pas l'esprit, et elle le savait. Toutefois, il avait clairement établi qu'il ne concevait pas de vivre ailleurs qu'aux Etats-Unis.

— On pourrait faire des allers-retours entre les deux pays, avait-il chuchoté, un soir qu'ils étaient blottis dans les bras l'un de l'autre.

En imaginant le vide et la solitude de toutes les nuits qu'ils devraient passer, loin l'un de l'autre, Olivia avait su qu'elle ne choisirait jamais cette option.

Alors, la décision avait été prise. Elle avait déjà présenté sa démission et elle comptait annoncer la nouvelle à sa famille au cours du week-end. Elle doutait que cela poserait le moindre problème.

Bien sûr, elle aimait ses parents et sa famille — mais ils avaient leur vie, et elle avait la sienne.

De nouveau, la scène qu'elle avait surprise dans la chambre de ses parents s'imposa à elle. Depuis combien de temps ce problème durait-il ? D'autres personnes étaient-elles au courant ? Son père ? Il devait forcément se douter de quelque chose. Et elle ? Devait-elle faire semblant de n'avoir rien vu ? En dépit du ton implorant de sa mère, cela paraissait difficile.

Quelque chose continuait de troubler Olivia, Caspar le sentait. Toutefois, elle ne semblait pas décidée à se confier. Secrètement, il se réjouit à la pensée qu'ils ne resteraient ici que deux jours. Les réunions de famille avaient tendance à le rendre claustrophobe, en même temps qu'elles faisaient resurgir en lui des souvenirs et des peurs dont il était loin d'être fier. Il se rappelait ainsi encore trop bien l'humiliation qu'il avait connue lors du deuxième mariage de son père.

Sa mère l'avait accompagné à la cérémonie, après lui avoir longuement expliqué, la veille, que son divorce avec son père, et par conséquent leurs nouvelles relations avec d'autres hommes et femmes, n'avaient aucune incidence sur l'amour qu'ils lui portaient. Il était et serait toujours leur enfant adoré.

Par son métier — elle était pédiatre —, sa mère savait à quels traumatismes étaient exposés les enfants de parents en instance de divorce. Avec son époux, elle avait veillé à ce que Caspar fût soigneusement préparé à la rupture de leur mariage ; et tous deux avaient pris diverses précautions au moment de lui présenter leur nouveau compagnon.

Dans le cas de sa mère, il s'agissait d'un ancien confrère et ami qu'elle connaissait déjà avant son mariage. L'homme était divorcé et père de deux adolescents — un garçon et une fille —, qui avaient toujours fait preuve d'une certaine distance, tant vis-à-vis de leur demi-frère que de sa mère. Quant au père de Caspar, il était tombé amoureux d'une jeune fille qui avait été son étudiante. Le jour de leurs noces, Caspar avait humilié tout le monde — à commencer par lui-même — en vomissant sur la belle robe de la mariée.

La réaction de sa mère ne s'était pas fait attendre. Elle avait aussitôt pris rendez-vous avec un psychiatre et, au terme de plusieurs mois d'une psychothérapie commune, Caspar en était venu à la détester presque autant que le praticien. De son côté, son père avait décidé de poursuivre son ex-épouse en justice, afin de prouver qu'elle n'était pas capable d'assumer la garde de leur fils ; il l'accusait d'avoir cherché à l'empoisonner.

Ni l'un ni l'autre n'avaient voulu le croire, quand il leur avait expliqué que sa nausée était tout simplement le résultat d'un excès de nervosité et de glace à la crème. Et plus tard, lorsque la nouvelle épouse de son père avait eu son premier enfant, Caspar s'était vu interdire d'approcher le bébé — une petite fille — de peur que son estomac fragile ne lui joue encore un mauvais tour.

Caspar n'en avait cure. Sa belle-mère ne l'aimait pas, et il le lui rendait bien.

Pour autant, il n'avait rien contre les familles ou la vie de famille à proprement parler ; en réalité, il n'en avait encore jamais vu qui lui donnât envie d'adopter ce style de vie. Pourquoi, après tout, se dédire en public en faisant des promesses qui avaient plus de chances d'être brisées que tenues ?

Du moins était-ce sa philosophie, jusqu'à ce qu'il rencontre Olivia. Jamais il n'aurait cru pouvoir tomber aussi profondément amoureux, ou être prêt à s'engager, engager sa vie, comme il souhaitait le faire avec elle. Et s'ils ne parlaient pas encore de se marier, Caspar savait que, tôt ou tard, ils franchiraient le pas.

En revanche, il ne tenait pas à la partager avec sa famille ; il la voulait pour lui tout seul, et l'admettait volontiers.

Déjà, avant même de les rencontrer, il n'avait pas une très haute opinion du père ou du grand-père de la jeune femme ; maintenant qu'il les avait vus, il savait pourquoi. Comment pouvaient-ils préférer quelqu'un d'aussi peu valeureux que ce Max à Olivia ? En la dotant de qualités si nettement supérieures à celles de son cousin, la nature avait bien dû se rire d'eux et de leur misogynie.

Il y avait une deuxième raison pour laquelle Caspar craignait de rencontrer la famille d'Olivia : il ne tenait pas à les voir s'opposer à la décision qu'elle avait prise d'aller faire sa vie avec lui, aux Etats-Unis.

Caspar savait, pour l'avoir compris très jeune, que l'amour rend vulnérable ; il savait aussi qu'il ne voulait pas perdre la jeune femme. Pour toutes ces raisons, il était impatient de voir s'achever ce week-end. Ils retourneraient alors à Londres, où ils pourraient se concentrer sur la prochaine étape de leur vie commune.

Comme il bifurquait dans l'allée menant à la maison des parents d'Olivia, il jeta un coup d'œil vers sa compagne. Quelque chose la tracassait, même si elle refusait de l'admettre. Mais quoi ? Et surtout, pourquoi ne lui en parlait-elle pas ?

— Toutes les femmes sont menteuses et sournoises, lui avait dit un jour son père.

Son deuxième mariage avait échoué ; et alors qu'il n'avait pas encore rencontré sa troisième épouse, la seconde lui réclamait une pension alimentaire exorbitante.

— Ne leur fais jamais confiance, Caspar, avait-il ajouté. Ne commets pas la même erreur que moi. Elles te disent qu'elles t'aiment, et la seconde d'après…

Olivia sentit son corps se raidir, à l'instant où Caspar coupa le contact. Tiggy était-elle à la maison ? En constatant que sa voiture n'était pas là, elle éprouva un vif soulagement — qu'elle se reprocha aussitôt.

Pourquoi avait-il fallu qu'elle surprenne cette scène, ce matin ? songea-t-elle avec un mélange de colère et de honte. Pourquoi pas quelqu'un d'autre ? Son père, par exemple.

— Olivia ?

S'avisant que Caspar lui parlait, elle se tourna vers lui avec un léger sourire d'excuse. Elle devrait se confier à lui, lui raconter ce qu'elle avait vu... Mais pouvait-elle trahir sa mère ? Après tout, elle ne savait pas précisément ce qui se passait.

Une petite voix intérieure vint la contredire sur-le-champ. Bien sûr qu'elle savait ! Elle ne voulait pas admettre la vérité, voilà tout. Elle n'avait pas le courage de regarder la réalité en face.

Mais quelle réalité ?

Il lui suffisait de fermer les yeux pour se retrouver dans la chambre de ses parents, ce matin, pour revoir le désordre de sacs et de boîtes, et sentir cette odeur...

Elle eut un haut-le-corps et se tourna vivement pour ouvrir la portière et sortir de la voiture.

— Olivia, que se passe-t-il ? demanda Caspar avec anxiété.

— Rien.

David entendit les pas de son frère, dans le couloir, et il cacha précipitamment le dossier qu'il était en train d'étudier. Puis, comme Jonathon pénétrait dans le bureau, David aperçut son relevé de compte en banque, à côté du téléphone. Discrètement, il posa le coude dessus. Son cœur battait à se rompre.

— Je cherche le dossier du fidéicommis Siddington, dit Jon avec un sourire. Les comptables ont demandé une enquête et…

— Oh ! j'ai dû le laisser à la maison. J'ai travaillé dessus, l'autre soir. Je le rapporterai lundi.

— Tu l'as emporté chez toi ? Mais…

— Alors, l'interrompit David, on dirait que le jeune Max va décrocher son poste.

— Euh… oui, oui, on dirait, acquiesça Jonathon. Mais tu sais, tant que rien n'est fait…

— Je parie que papa meurt d'impatience d'aller se vanter auprès de Hugh. Il y a toujours eu une sorte de rivalité entre eux — surtout du côté de papa.

— Je ne pense pas qu'oncle Hugh voie les choses de cette façon. En tout cas, je me réjouis que toute la famille se trouve réunie, ce week-end.

Les deux frères échangèrent encore quelques propos, et Jonathon s'en alla. Quand David fut certain qu'il était retourné dans son bureau, il sortit le dossier qu'il s'était empressé de dissimuler. Il le glissa dans son attaché-case, dont il ferma aussitôt les serrures à clé. Ses doigts tremblaient légèrement. La tête lui tournait. C'était cette satanée chaleur, sans doute.

Il prit le relevé bancaire et le considéra un instant, incrédule. Comment avaient-ils pu dépenser autant ? Il avait pourtant prévenu Tiggy, le mois précédent, de l'absolue nécessité dans laquelle ils se trouvaient de réduire leur train de vie. Il avait même menacé de lui confisquer ses cartes de crédit. Mais bien sûr, elle avait éclaté en sanglots, et il avait fini par céder.

Tout était plus facile, pour Jonathon, songea-t-il avec amertume. Son frère n'avait jamais eu de goûts de luxe et il s'était toujours montré prudent dans la gestion de son argent. Sans compter que Jenny devait arrondir le montant de leurs revenus avec ce qu'elle gagnait grâce à sa boutique.

S'il avait pu se douter, autrefois, que Jenny deviendrait un jour une femme d'affaires ! Elle était si timide et effacée, si différente de Tiggy.

La première fois que David avait vu sa future épouse, celle-ci était perchée sur le comptoir d'un bar chic de Londres, entourée par une foule d'admirateurs qu'elle incitait à rivaliser afin de déterminer lequel aurait le privilège de sortir avec elle.

David faisait encore partie de son groupe de rock, et l'un des innombrables magazines qui voyaient régulièrement le jour à l'époque venait de leur consacrer un article. Une des amies mannequins de Tiggy, qui se trouvait avec elle ce soir-là, l'avait reconnu et s'était pendue à son bras.

Il se rappelait encore le frisson d'excitation qui l'avait parcouru lorsqu'il avait croisé le regard de Tiggy, à travers la salle, sachant qu'elle ignorait délibérément tous les autres hommes.

Il était impensable à l'époque — et encore aujourd'hui, bien sûr — d'imaginer Jenny en train de se donner en spectacle sur un comptoir de bar. David revoyait encore Tiggy, vêtue de la plus courte minijupe qui ait jamais existé, révélant des jambes longues et fines, avec ses lèvres boudeuses peintes d'un rose nacré et ses yeux lourdement maquillés de khôl noir.

Jenny ne boudait jamais, et si elle avait mis du khôl, son père l'aurait aussitôt envoyée se laver le visage. Ses jambes étaient solides et faites pour arpenter les champs de la ferme familiale. Jenny était robuste, alors que Tiggy était fragile, délicate et vulnérable. Tout les séparait. Dans les situations où Jenny contrôlait ses émotions et demeurait stoïque, Tiggy pouvait passer du rire aux larmes, et inversement, en l'espace d'une seconde. Jenny représentait le confort d'une vie familière et ennuyeuse. Tiggy était tout le contraire : délicieusement excitante. Dangereuse.

Et cela n'avait pas changé. Chaque jour, David voyait bien la lueur envieuse des hommes lorsqu'ils regardaient Tiggy et la comparaient avec leurs propres femmes, si banales, si fades, la plupart marquées et flétries par les ans, ou arrondies par la maturité.

Tiggy était différente. D'instinct, elle savait parler au mâle qui se nichait en chaque homme ; pour elle, flirter était comme une seconde nature. C'était ainsi qu'elle l'avait séduit, ensorcelé.

Ce soir-là, le premier soir, ils avaient quitté le bar en bande pour se rendre dans une boîte de nuit.

Sur place, Tiggy avait acheté en riant une poignée de pilules euphorisantes et insisté pour qu'il en prît une. C'était chose courante, dans le Londres des années 60 ; tout le monde, ou presque, se droguait. Malheureusement, les membres les plus anciens du cabinet dans lequel David effectuait son stage appartenaient à une autre époque.

Il avait commencé d'arriver en retard, de repartir tôt, sans compter les jours où il ne venait plus du tout, parce qu'il s'était réveillé au milieu de l'après-midi dans les bras de Tiggy et n'avait pas trouvé le courage de s'en arracher. Ce comportement avait fini par lui coûter sa carrière.

Il devait choisir, lui avait-on déclaré sévèrement, quand on l'avait convoqué afin qu'il explique ce laisser-aller : le barreau, ou bien Tiggy et la vie qu'il menait avec elle.

Il n'avait pas vraiment d'alternative. David savait ce qu'on attendait de lui ; ce que son père attendait de lui.

On lui avait accordé vingt-quatre heures pour réfléchir, et il s'était rendu chez Tiggy pour lui faire part de la situation et reprendre ses affaires. Seulement, en arrivant, il avait trouvé la jeune fille en larmes — et enceinte de leur enfant.

Le spectacle du visage si vulnérable de Tiggy, de son corps si juvénile, presque enfantin, et ses pleurs abondants avaient balayé toutes ses résolutions. Il l'aimait. Il ne pouvait pas vivre sans elle. Elle portait son enfant. Son père comprendrait, avait-il décidé. Il le faudrait bien.

Ils s'étaient mariés trois jours plus tard, à Caxton Hall.

Au moment d'embrasser sa jeune épouse, David lui avait déclaré, avec le plus grand sérieux, que c'en était terminé des drogues, des nuits passées à faire la fête et des journées perdues à dormir. Ils devaient penser à leur bébé.

Docile, Tiggy avait approuvé en passant les bras autour de son cou. Puis, elle l'avait embrassé passionnément en lui disant combien elle l'aimait, combien elle regrettait qu'il dût abandonner sa carrière d'avocat. Il aurait sans doute eu l'air terriblement sévère, dans sa robe noire, mais devenir la femme d'une rock star la rendait tout aussi heureuse — car elle ne doutait pas qu'il allait devenir célèbre.

David n'avait pas trouvé le courage de lui expliquer que sa carrière de rock star avait pris fin presque aussi vite qu'elle avait commencé. Et trois semaines plus tard, quand la banque lui avait déclaré qu'il avait largement dépassé le montant de la somme d'argent qui lui était allouée, il avait annoncé à Tiggy qu'ils allaient rendre visite à sa famille, dans le Cheshire.

— Le Cheshire ? avait-elle répété. Mais on reviendra à Londres, n'est-ce pas ?

Là encore, David n'avait pas trouvé la force de lui dire que c'en était fini à tout jamais de la vie qu'ils avaient menée jusqu'alors, dans la capitale. Et au bout du compte, Tiggy l'avait compris elle-même. La bande de joyeux drilles avec laquelle elle écumait les bars à la mode et les boîtes de nuit, avant de se marier, l'avait oubliée aussi vite et aussi facilement qu'elle l'avait portée au pinacle. Tiggy était dépassée. Il en allait ainsi, dans les années 60. Et ni elle ni David n'étaient prêts à mettre un terme à la grossesse, même si leurs motifs étaient différents.

David éprouvait une certaine fierté à l'idée que Tiggy portait son enfant, tandis que celle-ci était incapable d'évacuer les histoires horribles que les mannequins se racontaient, au sujet de ces pauvres filles qu'on avait abandonnées en train de mourir dans leur sang, ou pire encore. Quant à la famille de Tiggy, des commerçants respectables de classe moyenne, ils l'auraient purement et simplement reniée si elle avait tenté de se réfugier chez eux. D'ailleurs, Tiggy savait que David l'aimait. Et elle avait désespérément besoin d'être aimée. David la protégerait des démons qui la poursuivaient. En outre, elle gardait le secret espoir qu'ils ne seraient pas forcés de vivre pour toujours dans le Cheshire.

Au grand soulagement de David, son père avait aimé Tiggy au premier regard ; il n'avait même pas trop protesté, quand David lui avait expliqué les raisons de leur mariage précipité. Et si son renvoi du cabinet avait été plus difficile à faire accepter, David savait comment gagner les faveurs de son père. Il avait toujours su.

De façon curieuse, c'était sa mère, Sarah — l'épouse docile, silencieuse, toujours d'accord avec son mari —, qui avait paru ne pas apprécier Tiggy. Mais, ainsi que David l'avait remarqué, elle n'était jamais acceptée facilement par les autres femmes. Seule Jenny avait fait exception à cette règle en accueillant sa jeune belle-sœur à bras ouverts.

Elle s'était mariée quelques années plus tôt ; à l'époque, David avait pensé que sa gentillesse était due au fait qu'elle-même était enceinte, quand elle avait épousé Jonathon. Il ne s'était pas posé davantage de questions. Il était surtout soulagé d'avoir réussi à amadouer son père, assez en tout cas pour que celui-ci consente à rembourser ses dettes et leur donne, à Tiggy et à lui, une chance de prendre un nouveau départ, dans l'environnement familier de son enfance.

Revenant brusquement au présent, David considéra encore une fois le relevé bancaire avec une grimace. Il lui faudrait de nouveau parler à Tiggy, lui faire comprendre... Il s'était mis à transpirer et une douleur lui transperçait la mâchoire. Il y porta la main en songeant qu'il devait prendre rendez-vous avec son dentiste.

Au contraire de Jon, les festivités du week-end ne lui procuraient aucune joie. Cinquante ans ! Où diable étaient passées toutes ces années ? Cinquante ans. Qu'avait-il fait ? Il glissa le relevé bancaire dans un tiroir de son bureau et le verrouilla aussitôt. Sa tête le faisait encore souffrir, une vague nausée montait en lui. Sans doute était-ce ce problème de tension que le jeune Travers lui avait conseillé de surveiller, la dernière fois qu'il s'était fait examiner.

Repensant à Tiggy, il songea qu'elle ne l'écouterait pas. Elle était bouleversée, la veille, et n'avait cessé de se plaindre à propos d'Olivia, qui se préoccupait davantage de Jenny que d'elle, sa propre mère ; puis, sans transition, elle lui avait demandé s'il la trouvait encore belle et attirante, avant de se comparer à sa fille.

— Olivia a vingt-six ans, avait répondu David.

Il avait aussitôt regretté ses paroles. Mais il était trop tard ; le mal était fait, et les conséquences dramatiquement prévisibles. Il savait avec précision ce qu'il trouverait en rentrant chez lui, ce soir ; de même qu'il savait comment Tiggy réagirait, s'il essayait de lui parler de ce qu'elle leur faisait subir — à elle, à lui, et à leur couple.

Si on lui avait prédit ce qui l'attendait, le jour de son mariage, il aurait éclaté de rire et haussé les épaules sans rien en croire.

David poussa un soupir et se passa une main sur le visage comme si, par ce geste, il pouvait effacer de sa conscience certains souvenirs trop pénibles.

4

— Tiggy…

Olivia marqua une pause avant de rentrer dans le petit salon inondé de soleil. Tiggy était assise devant le joli secrétaire ancien que son mari lui avait offert, un Noël. Lorsqu'elle se tourna vers Olivia, avec un sourire, il ne restait sur son visage aucune trace de l'anxiété du matin. En fait, elle semblait presque sereine, songea Olivia en la regardant glisser un chèque dans une enveloppe.

— Je paye quelques factures, indiqua Tiggy. Ton père n'est pas encore rentré. J'ai pensé que nous pourrions dîner à Knutsford, ce soir. Tu sais, dans ce restaurant que tu aimes tant ? Mais où est Caspar ?

— Ici, répondit celui-ci en entrant à son tour dans le salon.

— Il est extraordinairement bel homme ! dit Tiggy à Olivia en même temps qu'elle décochait un sourire séducteur à Caspar. Et tellement grand !

Elle se leva et s'approcha de lui, les yeux mi-clos, puis demanda :

— Combien mesurez-vous exactement ?

— Un mètre quatre-vingt-huit, lui répondit Caspar, de bonne grâce. A quelques millimètres près.

— Et vous êtes musclé aussi, reprit Tiggy dans un souffle.

Comme elle faisait glisser le bout de son index sur l'avant-bras de Caspar, Olivia croisa le regard de ce dernier, par-dessus la tête de sa mère ; le voyant près de se rétracter, elle lui lança un appel muet. Elle savait avec quelle rapidité sa mère pouvait passer du rire aux larmes, et l'importance vitale qu'elle accordait à l'opinion des autres, le besoin qu'elle avait de sentir qu'on l'aimait et qu'on l'approuvait.

Enfant, Olivia avait accepté tout cela comme un trait inhérent à la personnalité de Tiggy, mais maintenant qu'elle était adulte…

— Je ne dois pas oublier de programmer mon réveil, ce soir, dit-elle pour faire diversion. J'ai promis d'aller à Queensmead tôt demain matin, afin d'aider tante Ruth avec les fleurs. Au fait, Jenny m'a demandé de te rappeler que les cousins de Chester arriveront à l'heure du déjeuner. Pense aussi à la prévenir si tu as besoin de draps ou de serviettes. Apparemment, elle a fait l'inventaire de la vieille armoire à linge, à Queensmead, afin de s'assurer que grand-père aurait tout ce qu'il lui fallait pour accueillir la famille de Hugh. Nicholas, Saul et Hillary, ainsi que les enfants, vont dormir là-bas. Jenny dit qu'elle a trouvé assez de draps pour équiper tout un hôtel.

Voyant l'expression de sa mère changer, Olivia demanda avec inquiétude :

— Que se passe-t-il ?

— Je ne comprends pas pourquoi nous devons loger Laurence, Henry et leurs familles. C'est beaucoup trop. Et Mme Phillips ne peut pas m'aider parce que Jenny a déjà réservé toutes ses heures libres.

Laurence et Henry, les deux frères, étaient des cousins du père d'Olivia. Ils étaient un peu plus âgés que lui. Laurence avait trois enfants, à présent adultes, tandis que Henry en avait quatre, qui lui avaient donné trois petits-enfants ; tous appartenaient à la branche de la famille qui n'avait jamais quitté Chester.

Un jour, Caspar avait demandé à Olivia si elle se sentait concernée par la rivalité qui opposait les deux clans familiaux. Elle avait souri et secoué la tête. Pour elle, c'était de l'histoire ancienne. De plus, elle connaissait à peine ceux de Chester ; ils ne se voyaient guère que pour les mariages, les baptêmes et les enterrements.

— Ils n'auraient pas pu rester chez Jenny et Jon ? protesta Tiggy.

— Ils n'ont pas assez de place, souligna Olivia avec douceur.

— Il y en a suffisamment à Queensmead !

— En effet, mais oncle Hugh et sa famille dorment là-bas.

Et sans doute Jenny avait-elle voulu éviter d'imposer trop de soucis et de responsabilités à Ben en remplissant la maison.

— Allons, Tiggy ! reprit-elle sur un ton enjôleur. Tu as toujours aimé recevoir.

— Oui, mais c'était avant… Tu sais à quel point je tiens à ce que tout soit parfait. Or, ton père se plaint sans arrêt du fait que nous n'avons plus les moyens de…

Elle s'interrompit brusquement, et ses yeux s'emplirent de larmes.

Olivia sentit un frisson lui parcourir le dos. Pour autant qu'elle sût, ses parents avaient un confortable train de vie.

Enfant, en tout cas, elle ne les avait jamais vus surveiller leurs dépenses ou faire des économies. Elle avait toujours été persuadée que le cabinet, bien que petit, rapportait assez pour garantir un revenu confortable à son père et à son oncle. N'était-ce pas le seul de la ville et des environs ?

Mais Tiggy avait tendance à tout exagérer, se dit-elle aussitôt. Sans doute son père s'était-il plaint de sa propension à dépenser des fortunes en vêtements et en produits de beauté, et elle en concevait du dépit.

Olivia savait de quelles extravagances sa mère était capable ; elle l'avait vue faire venir tout exprès de Chester ou de Londres tel ou tel article qu'elle tenait absolument à voir figurer sur sa table, lors d'un dîner.

— Si tu veux mon avis, reprit-elle à l'adresse de Tiggy, grand-père tenait à ce que tu reçoives la famille de Chester parce qu'il ne peut pas résister au besoin de les épater.

Surprenant le regard sardonique que lui jetait Caspar, elle réprima une grimace. Elle imaginait déjà le genre de réflexion qu'il ne manquerait pas de lui faire, plus tard. Car si Caspar avait un défaut, c'était de ne pas chercher à adoucir la portée de ses propos ; il disait toujours ce qu'il pensait et ne s'embarrassait jamais de nuances.

Cependant, le visage de Tiggy s'était éclairé.

— Oui, tu as sûrement raison, approuva-t-elle. Jenny est un amour, bien sûr, et une excellente cuisinière, mais... bon, on ne peut pas dire qu'elle soit très douée en matière de décoration intérieure. Sa maison a toujours l'air d'être pleine d'enfants et d'animaux.

A part elle, Olivia pensa que la demeure de sa tante, avec ses meubles anciens cirés avec soin, ses pots-pourris faits maison et ses bouquets de fleurs fraîchement cueillies dans le jardin, correspondait parfaitement à son idée d'un foyer où il faisait bon vivre. Elle aimait en particulier les vieux tissus que Jenny dénichait ici et là, mêlant avec bonheur brocarts et velours souples, cotons ou lins finement tissés ; elle les préférait de loin à toutes les tapisseries d'ameublement et autres tentures modernes un peu trop « tendance » que sa mère choisissait pour décorer sa maison.

Bien sûr, elle se garda d'exprimer cette opinion.

Tiggy tirait une telle fierté du fait que son intérieur, comme sa garde-robe, obéissait strictement aux canons de la mode. En grandissant, Olivia s'était habituée à voir sa mère sombrer, chaque année, dans des périodes de profonde insatisfaction dès que les épais magazines au papier glacé qu'elle achetait religieusement décrétaient l'émergence d'une nouvelle tendance, laquelle venait remplacer la précédente. Des pièces entières étaient aussitôt redécorées afin de respecter ces diktats esthétiques, et Tiggy passait des journées entières à chercher, de manière obsessionnelle, le nouvel abat-jour ou l'objet d'art indispensable.

— Est-ce que ta mère a toujours été aussi dépendante de l'opinion qu'ont les autres d'elle ? lui demanda Caspar, plus tard, dans la soirée, comme ils étaient blottis dans les bras l'un de l'autre.

Olivia s'était glissée dans la chambre de son amant, sous les toits, avec la même excitation mêlée de peur qu'une collégienne en train de faire le mur.

— Oui, répondit-elle. Encore que…

— Encore que quoi ?

— Eh bien, je ne sais pas. Je ne me rappelais pas que c'était aussi…

Elle s'interrompit de nouveau et secoua la tête, avant d'enchaîner :

— Ça ne doit pas être facile, pour elle. Tiggy s'est toujours reposée sur sa beauté, et ce pour tout. Elle est encore très belle, bien sûr, mais…

— … elle vieillit et elle devient plus… désespérée, compléta Caspar.

En silence, Olivia ne put qu'approuver.

Une part d'elle-même avait toujours regretté que Tiggy ne fût pas davantage à l'image de Jenny, plutôt que cette créature fragile et presque enfantine. Elle en concevait un sentiment de culpabilité qui, encore maintenant, la mettait mal à l'aise dès qu'on abordait le sujet de sa mère. Le fait d'en parler ainsi avec Caspar lui donnait plus que jamais l'impression de la trahir. D'autant qu'elle avait bien senti combien il avait désapprouvé le comportement charmeur de Tiggy à son égard. Déjà, alors, Olivia avait été partagée entre son désir d'approuver son amant, et le besoin instinctif de protéger sa mère.

— J'ai soif, dit-elle tout à coup en se glissant hors du petit lit. Je vais descendre et préparer un peu de thé. Tu en veux ?

— Avec plaisir. Et si je t'accompagnais ?

— Non. Je ne serai pas longue, promit Olivia.

Elle se pencha pour lui déposer un baiser léger sur les lèvres, enfila son peignoir et sortit dans le couloir, pieds nus. Elle connaissait assez la maison pour se passer de lumière ; en outre, la lumière brillante de la pleine lune se déversait par les fenêtres et baignait l'escalier. Seul le craquement occasionnel d'une marche trahissait sa présence.

La porte de la cuisine était entrouverte. Alors qu'elle s'en approchait, Olivia identifia le bruit d'un paquet qu'on déchirait. Des biscuits, se dit-elle en entendant quelqu'un les croquer bien trop rapidement.

Ce devait être Jack, dont l'appétit dévorant avait alimenté une partie de la conversation du dîner. Un sourire aux lèvres, Olivia poussa la porte et tourna l'interrupteur. Aussitôt, la lumière inonda la pièce, révélant la silhouette accroupie devant le réfrigérateur ouvert.

Tout autour, le sol était couvert d'emballages de nourriture, de paquets arrachés, et même de boîtes de conserve. Pétrifiée par ce spectacle, choquée, incrédule, Olivia regarda le visage de cendre de sa mère, puis le désordre qui l'environnait, puis de nouveau sa mère.

— Tiggy..., chuchota-t-elle. Qu'est-ce que... Qu'est-ce...

Mais alors même qu'elle posait la question, elle comprit qu'elle en connaissait la réponse. Elle avait d'ailleurs déjà compris, le matin, quand elle était entrée dans la chambre de Tiggy et avait découvert tous ces paquets et ces vêtements neufs éparpillés sur le lit et la moquette ; elle avait reconnu l'odeur écœurante de vomi qui flottait dans la pièce, une odeur que n'arrivaient pas à recouvrir totalement les effluves lourds du parfum de Tiggy. Elle avait compris et, toute la journée, elle s'était désespérément efforcée d'ignorer ce qu'elle avait vu. Elle avait même essayé de refouler les sentiments de honte et de colère qu'elle éprouvait à se trouver ainsi confrontée à l'évidence du désespoir et de la misère abjecte de sa mère.

Anorexie. Boulimie. On associait ces maux à de jeunes adolescentes vulnérables, dominées par des sentiments d'autodestruction — pas à des femmes adultes âgées de plus de quarante ans ! Pourtant, l'évidence était là, sous les yeux d'Olivia.

— Oh ! maman, murmura-t-elle dans un sanglot, espérant encore qu'elle vivait un mauvais rêve, un cauchemar.

Sa mère allait se lever, sourire, et le carnage, autour d'elles, disparaîtrait aussitôt. Comment une personne pouvait-elle manger autant ? Des boîtes de conserve vides jonchaient le sol, ainsi que des barquettes de plats préparés éventrés, des emballages de tablettes de chocolat et les restes d'un pain de mie ; on eût dit qu'une poubelle venait d'être renversée.

Le cœur au bord des lèvres, Olivia regarda sa mère. Cette dernière faisait des efforts évidents pour respirer ; d'un geste mécanique, elle se massait le ventre, sous son peignoir. Son visage était d'une pâleur de cire et ses yeux, lourds, paraissaient regarder sans rien voir.

— Pourquoi ? demanda Olivia. Pourquoi... ?

— Je ne sais pas... Je ne sais pas...

Tiggy s'était mise à trembler et à pleurer, enroulant ses bras maigres autour de ses genoux et se balançant d'avant en arrière.

— N'en parle à personne… Ne dis rien à ton père… Je n'avais pas l'intention de dépenser autant d'argent… Je n'ai pas pu m'en empêcher… Tu comprends, hein ?

Olivia demeura muette.

— Ne dis rien à ton père, répéta Tiggy. Je lui avais promis que je ne recommencerais pas. Il ne m'aime pas quand je suis malade.

Elle leva ses yeux baignés de larmes vers Olivia.

— Il essaie de faire semblant, mais je sais bien… Il refuse de m'approcher.

A présent, elle sanglotait bruyamment. Comme une enfant. Et elle avait l'air d'une enfant, avec ses bras si fins et son corps recroquevillé. Olivia voulait aller vers elle, la serrer contre elle, mais l'odeur des divers aliments que Tiggy venait d'ingurgiter, le rappel des relents de vomi qui planaient dans sa chambre, ce matin, après qu'elle s'était purgée de tout ce qu'elle avait mangé auparavant, tout cela lui donnait la nausée. Elle ne pouvait pas. Elle ne pouvait l'approcher.

Comment n'avait-elle pas compris plus tôt ce qui se passait ? Pourquoi n'avait-elle pas deviné, posé des questions ?

— Olivia ?

Celle-ci se raidit en entendant Caspar entrer dans la cuisine. Lorsqu'elle croisa son regard, elle vit qu'il avait, comme elle, immédiatement saisi ce qui se passait.

— Je ne savais pas, s'entendit-elle chuchoter, comme si elle éprouvait le besoin de justifier son ignorance.

Tiggy essayait de se redresser.

— Je veux aller me coucher, dit-elle. Je suis fatiguée.

Elle parlait et se mouvait comme quelqu'un qu'on a drogué ou gavé de sédatifs.

— Laisse-la, dit Caspar, comme elle s'apprêtait à protester.

Etait-ce vraiment sa mère ? se demanda Olivia en voyant Tiggy sortir d'un pas titubant de la cuisine et se diriger, non pas vers l'escalier, mais vers les toilettes du rez-de-chaussée.

— Mon Dieu ! gémit-elle. Mon Dieu, Caspar... Je ne...

Machinalement, elle entreprit de ramasser les reliefs que sa mère avait abandonnés derrière elle. Puis, elle s'arrêta soudain et pivota sur ses talons, les yeux noyés de larmes. Sans un mot, Caspar ouvrit les bras et elle y tomba en fermant les yeux, comme pour conjurer les images trop vivaces qui la tourmentaient.

Dans ce monde devenu irréel, la chaleur de l'étreinte de Caspar, la dureté de son corps contre le sien, lui semblèrent merveilleusement familières. Elle sentait le battement régulier de son cœur, elle s'imprégnait de son odeur, elle écoutait sa respiration, toutes ces choses qu'elle connaissait bien, à présent, et qui lui donnaient le sentiment de sécurité dont elle avait tant besoin en cet instant.

Le choc qu'elle éprouvait était comparable à celui qu'avaient dû ressentir les passagers du *Titanic* en découvrant que leur paquebot sombrait ; Caspar était son seul refuge, le seul élément stable dans un univers qui venait de basculer. Comment sa mère, si jolie, si mince, si délicate, comment cette femme élégante et frêle pouvait-elle se transformer en un monstre méconnaissable engloutissant de la nourriture comme… comme…

Elle se mit à trembler violemment, aussi bouleversée par ses pensées que par la scène dont elle venait d'être témoin.

— Caspar…

Elle rouvrit les yeux et le regarda avec détresse, avant de passer les bras autour de son cou et de l'embrasser furieusement, mue par une passion farouche.

L'espace d'une seconde, il parut hésiter. Puis, il répondit à son baiser. Son corps réagit bientôt, et ses mains se plaquèrent sur les seins d'Olivia.

— Seigneur, Livvy ! chuchota-t-il. Si je le pouvais, je te mangerais…

La manger !

Olivia se dégagea brutalement, l'estomac soulevé. Le seul mot « manger » avait suffi à raviver les images qu'elle essayait justement d'effacer de son esprit — sa mère en train de se livrer sans retenue à son orgie de nourriture, véritable parodie du plaisir sexuel dans laquelle elle semblait trouver le soulagement physique, le relâchement émotionnel dont elle avait désespérément besoin.

— Livvy, qu'y a-t-il ? demanda Caspar en l'attirant de nouveau contre lui. Viens, retournons nous coucher.

Mais Olivia, secouée par un frémissement de dégoût, le repoussa avec violence. C'était de son amour qu'elle avait besoin, de son soutien, du réconfort de ses bras autour d'elle. Pas de sexe.

— Retourner nous coucher ? répéta-t-elle avec colère. Comment peux-tu dire une chose pareille ? Tu crois peut-être que je suis disposée à faire l'amour, après ce que je viens de surprendre ? Tu l'as vue, toi aussi ! Tu as vu ma mère...

Elle se détourna et se mit à arpenter la cuisine.

— Ce matin, je suis entrée dans sa chambre, dit-elle à voix basse. Tiggy était assise sur le lit, au milieu d'un océan de paquets et de sacs, des vêtements pour la plupart encore enveloppés dans leur papier de soie. Il y en avait des douzaines... Et cette odeur...

Elle tressaillit.

— J'aurais dû dire quelque chose, alors... J'aurais dû faire quelque chose...

— Quoi donc ? répliqua Caspar avec humeur. Ta mère souffre manifestement d'un problème de dépendance, que ce soit à la nourriture, au shopping ou à l'amour. C'est un besoin compulsif, pour tenter de combler un vide qui ne peut pas l'être — pas de cette façon, en tout cas.

— Mais j'aurais dû deviner plus tôt ! J'aurais dû faire quelque chose, protesta Olivia.

Des larmes de pitié et de compassion pour sa mère lui brûlaient les yeux. Comme un adulte qui s'avise soudain qu'il a déçu un enfant, elle se sentait coupable, impuissante, et prise du désir irrépressible de se racheter.

— Mais que pouvais-tu faire ? insista Caspar.

Olivia le considéra un instant en silence, songeant qu'il ne paraissait guère ému par la scène qu'il venait de surprendre, ni par le comportement de Tiggy. Mais après tout, celle-ci n'était pas sa mère. Et puis, ainsi qu'elle l'avait déjà remarqué à plusieurs reprises, Caspar pouvait se montrer très dur, parfois ; dès que le besoin s'en faisait sentir, il s'entourait d'une épaisse carapace.

— Autoprotection naturelle, avait-il expliqué, un jour qu'elle abordait la question. Tout le monde en passe par là.

— Mais tu as dû être touché par ce que nous venons de voir, avait insisté Olivia. Tu as bien dû ressentir quelque chose !

Ils venaient de regarder les informations, à la télévision, et un reportage consacré à un village du tiers-monde, misérable, dont les habitants étaient privés de tout, avait ému Olivia aux larmes.

— Bien sûr que j'ai été touché, avait affirmé Caspar. Mais mes émotions ne leur sont pas d'une grande utilité.

— Peut-être. Néanmoins, elles pourraient t'amener à leur venir en aide.

— Ce qui revient à dire qu'on pourrait me manipuler et m'obliger, presque malgré moi, à sortir mon portefeuille ? Une industrie de plusieurs milliards de dollars a été construite sur ce principe ; et pourtant, comme tu viens de le voir, des millions d'êtres humains meurent encore de faim. Non, je ne trouve pas bien ou même normal que des hommes, des femmes et des enfants aient à vivre dans la misère. Et oui, je trouve lamentable le gaspillage auquel se livre notre société de consommation ; oui, je trouve que nous sommes trop matérialistes. Mais même si nous possédons tout alors que d'autres n'ont rien, on ne peut rien faire pour rendre les hommes égaux, Livvy. La seule chose qui soit en notre pouvoir, c'est d'aider ces pauvres gens à s'aider eux-mêmes — et cela ne signifie pas nécessairement leur donner de l'argent. Tu applaudirais un adulte qui donnerait un billet de cent dollars à un enfant qui réclame de l'attention ?

— Le problème n'est pas l'argent, mais ce qu'il permet d'acheter, avait insisté Olivia.

En même temps, elle savait qu'il était inutile de discuter avec Caspar. Il était beaucoup plus dur qu'elle, plus inflexible. Surtout, il n'était pas homme à se laisser influencer par qui ou quoi que ce fût. S'il venait à se ranger du côté de la majorité, ce serait toujours et uniquement parce qu'il l'aurait choisi en toute liberté.

Tout en remuant ces pensées, Olivia contemplait le visage de son amant et son expression cynique.

— Je ne sais pas ce que j'aurais pu faire, murmura-t-elle, mais il doit y avoir un moyen de l'aider... Il n'est pas trop tard.

— Vraiment ? Après ce que je viens de voir, je serais tenté de penser que le problème de ta mère ne date pas d'hier. Elle a besoin d'aide, c'est certain — mais de l'aide d'un professionnel. Ce que tu fais, là, ajouta-t-il alors qu'Olivia se baissait de nouveau pour ramasser les déchets abandonnés sur le sol, ne va contribuer qu'à lui permettre de continuer. En fait, tu l'encourages à continuer.

— Ce n'est pas vrai ! J'essaie seulement de nettoyer un peu, pour le cas où...

— Où quoi ? Pour le cas où quelqu'un d'autre se rendrait compte de ce qui se passe ? Tu crois vraiment que ton père n'est pas au courant ? S'il est possible qu'il ait choisi de fermer les yeux, des scènes comme celle de ce soir ont déjà dû se produire.

Olivia se mordit la lèvre, gardant le silence.

— Ce n'est pas en essayant de dissimuler tout cela que tu aideras ta mère, poursuivit Caspar en désignant le sol. Tenter de la protéger n'est pas une bonne chose, non plus. Si tu étais descendue et que tu avais surpris ton père assis au milieu de bouteilles d'alcool vides, tu crois que tu te serais empressée de tout nettoyer et de faire disparaître les traces ? Ça m'étonnerait ! Tu ne comprends donc pas ? La nature de la dépendance est la même. C'est juste la substance qui change. Et le schéma de…

— Je ne veux plus parler de tout ça ce soir ! déclara brusquement Olivia. Je ne peux pas. Demain, il y a la réception et…

Elle ferma les yeux, refoulant le sentiment de panique qui menaçait de la submerger. Il ne servait à rien de se dire qu'elle ne pouvait pas ou ne voulait pas affronter la réalité effroyable qu'elle venait de découvrir. Il fallait bien que quelqu'un le fasse.

Depuis combien de temps sa mère souffrait-elle de ce mal secret et honteux ? Pourquoi aucun autre membre de la famille n'avait-il rien remarqué ? Comment se faisait-il que personne n'ait entendu son cri de détresse ?

Et Caspar n'était pas d'un grand secours ! Etait-il donc incapable d'un peu de compréhension et de compassion ? Ne voyait-il pas combien elle se sentait coupable ? Ne comprenait-il pas la nécessité absolue qu'elle avait de faire quelque chose, n'importe quoi, pour aider sa mère ? Comment pourrait-elle continuer à vivre normalement, sinon ? Aurait-elle le courage de se regarder dans un miroir en sachant qu'elle avait poursuivi son petit bonhomme de chemin sans se poser plus de questions, sans s'inquiéter de ce qui se passait chez elle ?

Quand ils arrivèrent sur le palier du premier étage, Olivia fut presque soulagée de pouvoir se séparer de Caspar.

— Il vaut mieux que je dorme dans ma chambre, lui dit-elle, au cas où…

— Au cas où quoi ? riposta Caspar sur un ton acide. Au cas où ta mère aurait besoin de toi ?

Il secoua la tête.

— Tu fonces tête baissée dans une voie sans issue, Olivia.

Mais elle refusa de l'écouter et lui tendit simplement la joue, veillant à garder une certaine distance entre eux.

Ne voyait-il pas à quel point elle était choquée et bouleversée ? Ne comprenait-il pas qu'elle avait besoin de sentir qu'il était avec elle, qu'il la soutenait et partageait ses inquiétudes ? Ne pouvait-il pas, pour une fois, renoncer à demeurer sur le rocher de ses convictions et la rejoindre là où elle se trouvait, au lieu d'attendre toujours qu'elle franchisse l'espace qui les séparait, qu'elle fasse chaque fois l'effort d'aller vers lui ?

— Tu sais, murmura-t-elle avec lassitude, c'est bien joli de juger Tiggy et de me dire ce qu'il faudrait faire ou ne pas faire. Mais tu sembles oublier qu'elle est ma mère et que… Oh ! et puis à quoi bon ? s'interrompit-elle en secouant la tête.

Elle était trop épuisée pour continuer à discuter.

Pourtant, tandis que Caspar continuait de monter vers sa chambre, sous les toits, elle espéra de toutes ses forces qu'il allait s'arrêter et faire demi-tour, qu'il allait revenir vers elle.

Il ne ferait jamais une chose pareille, bien sûr ! Ses principes étaient bien trop importants ; ils comptaient par-dessus tout : ses sentiments, ses besoins à elle… En définitive, ils comptaient plus qu'elle, tout simplement.

5

Ruth ouvrit les yeux lentement, avec appréhension, avant de pousser un soupir de soulagement. Les prévisions météorologiques se confirmaient : il allait faire beau.

Elle avait volontairement laissé les rideaux ouverts, la veille au soir, et depuis son lit, dans la lumière du soleil levant, elle voyait le ciel bleu et lumineux.

Comme elle se levait, elle se mit à fredonner un de ses hymnes religieux favoris. Elle n'était pas spécialement pratiquante, mais en vivant à proximité de l'église qui abritait la meilleure chorale du comté, elle avait fini par s'habituer à son répertoire, dont cet hymne, pour lequel elle avait un goût tout particulier. De plus, il s'accordait à merveille aux promesses de cette belle journée.

Elle-même n'attachait pas une importance particulière au temps — du moment que celui-ci n'affectait pas ses arrangements floraux… C'était Jenny qui tenait beaucoup à ce qu'il fût favorable. Et Ruth tenait énormément à Jenny — encore plus que cette dernière ne l'imaginait, d'ailleurs. En fait, au plus profond de son cœur, Ruth chérissait Jenny avec la même intensité et le même amour qu'elle aurait réservés à sa fille, si le destin lui en avait donné une.

Son humeur s'assombrit un instant tandis qu'elle traversait sa chambre, pieds nus.

Ben, son frère, n'approuverait pas de la voir ainsi sans chaussons, et encore moins sans chemise de nuit. Certes, reconnut Ruth, la vision de son corps de vieille dame n'était sans doute pas des plus jolies. Elle approchait tout de même les soixante-dix ans ! Mais vieillir présentait certains avantages ; ainsi, elle ne se sentait plus bridée, ni même concernée, par la désapprobation, les volontés ou les opinions des mâles de la famille. Et si elle préférait dormir toute nue, plutôt que de revêtir l'uniforme nocturne que la société jugeait convenable pour une femme de son âge, cela ne regardait qu'elle, et personne d'autre.

Ruth n'avait pas toujours joui d'une telle liberté — loin s'en fallait. Aussi la goûtait-elle désormais sans réserve.

Durant son enfance, puis son adolescence, ses moindres faits et gestes avaient été contrôlés de façon stricte par ses parents, en particulier son père ; ce dernier avait des idées très précises et fort vieux jeu sur la façon dont il convenait d'élever les filles et sur ce qu'on devait — ou non — leur permettre de faire.

Dans la salle de bains, Ruth considéra un instant son visage dans le miroir. Ses yeux bleu vif avaient conservé le brillant et l'intensité qui lui avaient valu, dans sa jeunesse, d'être plus d'une fois demandée en mariage. Mais ils vivaient une époque dramatique, et les jeunes gens qui avaient exprimé le désir d'unir leur vie à la sienne se trouvaient à l'aube d'une existence sur laquelle planait déjà la menace de la guerre — et de la mort.

Ruth fronça les sourcils et secoua brusquement la tête, comme pour chasser ces souvenirs de son esprit. Elle avait mieux à faire, ce matin, que de rêvasser au passé ! songea-t-elle en se glissant sous la douche. Elle devait s'occuper des bouquets de fleurs pour l'anniversaire des garçons, et la tâche lui prendrait sans doute une bonne partie de la matinée, si tout se passait comme prévu.

Pieter arriverait dans moins d'une heure. Elle lui avait donné rendez-vous à Queensmead, afin de n'avoir pas à transporter les fleurs et éviter ainsi le risque de les abîmer.

Bien sûr, elle comptait sur Ben pour les attendre de pied ferme, prêt à grogner et se plaindre à propos de tout et de rien. Ruth ne s'était jamais très bien entendue avec son frère. Il ressemblait trop à leur père. Elle préférait Hugh, son demi-frère.

De la même façon, bien que David et Jonathon fussent les fils de Ben, et donc ses propres neveux, Ruth leur préférait Jenny, la femme de Jon. Quant à la génération suivante, Ruth n'avait jamais caché le peu de sympathie que lui inspirait Max, même s'il avait droit à toute l'affection de Ben — à moins que ce ne fût à cause de cela... En revanche, elle aimait bien Olivia, ainsi que les jumelles de Jenny. Enfin, il y avait Joss, songea-t-elle avec un sourire léger. Son meilleur ami.

Elle se faisait toujours une joie des visites impromptues du garçon, et celui-ci ne la décevait jamais. Il avait pour habitude de se présenter chez elle avec de drôles de petits cadeaux — du moins étaient-ils étranges aux yeux des autres. Car Ruth comprenait le plaisir que Joss pouvait prendre à lui offrir les cailloux polis par l'eau qu'il venait de ramasser dans la rivière, ou encore les fossiles qu'il avait découverts lors d'une de ses promenades à travers la campagne. Une fois, il avait recueilli un hérisson ; une autre, c'était une portée de chatons abandonnés dans un sac qu'il avait repêchée dans une mare boueuse. Le hérisson s'était remis, et ils lui avaient rendu sa liberté au fond du jardin de Ruth. Quant aux chatons, ils avaient vite récupéré, et on leur avait trouvé des foyers d'accueil. Les cailloux et les fossiles trônaient pour leur part sur une des étagères du vaisselier de la salle à manger.

Ruth avait tout de même mis le holà à la générosité de Joss le jour où il était arrivé chez elle avec un renardeau ; elle avait déclaré fermement qu'on s'occuperait mieux de lui dans une réserve pour animaux.

Il y avait été emmené, mais ils étaient allés lui rendre visite, ensemble, et ils étaient encore présents le jour où il avait pu renouer avec la vie sauvage.

Avec Joss, Ruth faisait souvent de longues promenades dans la campagne. Elle lui racontait tout ce qu'elle savait à propos de la région et de son histoire. Joss était pour elle un lien précieux avec le futur ; et de même, elle représentait pour le garçon un lien avec le passé.

Leur attachement l'un pour l'autre était plus fort que tout ce que Ruth avait pu connaître avec n'importe quel autre membre de sa famille.

Evidemment, Ben ne voyait pas tout cela d'un très bon œil. Ruth savait bien, d'ailleurs, que si Joss avait été l'aîné de sa famille, le patriarche ne l'aurait jamais autorisé à suivre ainsi ses inclinations. Or, de façon ironique, Ruth avait la conviction que Joss, de tous les enfants Crighton, était justement celui qui réaliserait le mieux les ambitions et les espoirs les plus chers de Ben. Pour lui, le droit serait une vocation, et non une carrière qu'on le pousserait à choisir — ou qu'on lui imposerait.

C'était au cours d'une de leurs pérégrinations dans les environs de la ville que cette certitude l'avait frappée. Ce jour-là, Joss lui expliquait l'influence des Romains sur leur civilisation ; et au lieu de vanter leur art de la guerre ou leurs prouesses en matière d'ingénierie, ainsi que l'eût fait n'importe quel garçon de son âge, c'étaient leurs lois qui avaient paru le fasciner.

Oh oui ! Joss était bien un Crighton ! Et potentiellement, il apparaissait comme le meilleur.

Olivia, aussi, était une Crighton. Mais dans le monde de Ben, les femmes de la famille ne comptaient pas.

Pauvre Olivia ! Ruth l'avait regardée grandir et elle avait vu la souffrance dans son regard, chaque fois que son grand-père la rejetait, ou qu'il louait avec exagération les succès de Max — pourtant toujours nettement inférieurs aux siens —, s'obstinant à l'ignorer, elle.

Ruth avait souvent éprouvé de la compassion pour Olivia. Elle aussi avait rêvé, autrefois, de se lancer dans la carrière juridique. A l'époque, les choses étaient plus difficiles, pour une femme, mais elle était intelligente et bien décidée à poursuivre des études universitaires. Hélas ! la guerre avait bouleversé tous ses projets. Et quand Ben avait rejoint la RAF, elle avait dû aider son père, au cabinet et à la maison. Puis, la guerre avait pris fin. Mais à ce moment-là…

Elle secoua la tête. Que lui arrivait-il, ce matin ? Il ne servait à rien de revenir de la sorte sur le passé ; après tout, il était trop tard pour le changer.

Les cloches de l'église sonnèrent l'heure, lui rappelant qu'elle n'avait pas de temps à perdre. Elle ne voulait pas abandonner Pieter et le laisser seul aux prises avec Ben et ses sautes d'humeur.

*
* *

Jenny se réveilla tôt et poussa un soupir de soulagement en constatant que le soleil brillait dans un ciel sans nuages.

Près d'elle, Jon dormait encore, mais il était agité. Deux fois, au cours de la nuit, il l'avait réveillée en parlant dans son sommeil — ce qu'il faisait généralement lorsqu'il était inquiet ou troublé par quelque problème. Elle n'avait pas compris ce qu'il disait ; toutefois, le prénom de David était revenu à plusieurs reprises dans le flot de mots sans suite prononcés avec anxiété. Le fait que David perturbât le sommeil de son frère n'avait rien d'anormal, d'ailleurs.

Jenny considéra le visage endormi de son mari, et une vague de tendresse et d'amour lui emplit le cœur. Doucement, elle se pencha pour l'embrasser, sans savoir si elle devait être déçue ou soulagée qu'il continuât à dormir.

A diverses périodes de leur mariage, Jenny avait éprouvé de la colère, de l'indignation mêlée d'impuissance, chaque fois qu'elle voyait la manière dont son mari plaçait David avant tout le reste. Elle se moquait bien, alors, que ce fût une réaction involontaire, une habitude, ou encore une sorte d'instinct que leur père avait développé chez lui, depuis la naissance ou presque. Bien avant d'épouser Jon, elle avait compris la dynamique de la relation entre David et son frère ;

cela remontait à l'époque où elle était la petite amie de David.

Avec un sourire amusé, elle se rappela sa réaction quand il l'avait invitée à sortir avec lui pour la première fois. Elle avait seize ans, et elle en avait presque perdu l'usage de la parole.

Par la suite, elle devait découvrir que David, au départ, ne s'intéressait pas à elle, mais à une de ses camarades de classe. Toutefois, ayant entendu dire que cette dernière avait l'intention de le rejeter, il avait décidé de reporter son attention sur Jenny, pour la simple raison qu'elle partageait le même pupitre que l'autre jeune fille. Ils en avaient ri, lorsqu'il lui avait tout raconté — même si le rire de Jenny était un peu forcé.

Oh ! elle savait bien qu'elle n'était pas assez jolie pour attirer l'attention d'un garçon comme David ! Depuis toujours, la lucidité était l'un des traits les plus marquants de son caractère. Pourtant, en dépit de son physique banal, elle n'avait pas douté de la sincérité de David quand, plus tard, il lui avait déclaré qu'il l'aimait.

Leur relation était devenue officielle peu de temps après le dix-septième anniversaire de Jenny. Là encore, même si les parents de David donnaient l'impression de l'accepter, la jeune fille savait pertinemment que Ben considérait qu'elle n'était pas assez bien pour son fils.

Elle revoyait encore ces longs après-midi pluvieux au cours desquels elle allait assister aux matches de rugby de David, en compagnie du père de celui-ci. Entre deux encouragements lancés de sa voix de stentor, Ben profitait de l'opportunité qu'il avait de se trouver seul avec Jenny pour évoquer les espoirs qu'il nourrissait pour son fils. Son garçon aurait un avenir brillant ! Autrement dit, un avenir qui se ferait sans elle…

Jenny était fille de paysans et, comme pour David, on avait déjà décidé de son futur sans rien lui demander. Une fois son baccalauréat en poche, elle suivrait une formation afin de devenir réceptionniste dans l'un des grands hôtels de Chester. Son parrain y avait des relations, et Jenny était presque sûre de pouvoir décrocher un emploi. Entre-temps, elle continuerait d'aider à la ferme.

Oui, elle avait toujours su comment cela finirait. Sans doute était-ce la raison pour laquelle elle avait refusé de laisser David lui acheter une bague de fiançailles, quand il avait été reçu à l'examen d'entrée d'Oxford. Peu de temps après, Jenny avait fait ce qu'on attendait d'elle : elle avait rompu.

Comment oublier cette nuit ? Au début, David refusait de la croire, alors qu'elle lui expliquait que tout était fini, que le moment était venu, pour eux, de suivre chacun son chemin. Puis, il y avait eu la colère — et aussi, elle l'avait bien senti, comme un soulagement ; peut-être inconscient, mais non moins réel.

Car il ne l'aurait jamais quittée de son propre chef. Une telle initiative, de sa part, aurait terni l'image qu'il tenait tant à donner de lui-même : David ne supportait pas d'être considéré autrement que parfait. Aussi, avait-il veillé à ce que chacun sût bien, autour d'eux, que c'était Jenny qui avait mis fin à leur relation. Seul Jonathon avait paru soupçonner la vérité et comprendre qu'elle l'avait fait pour David, parce que ce dernier avait besoin de sa liberté, et parce qu'elle ne voulait jamais être un poids pour lui — ou pire, un sujet d'embarras.

Au contraire de David, et bien que ses notes fussent aussi bonnes que celles de son frère, Jonathon n'entrait pas à Oxford. Il étudierait le droit, lui aussi, mais à un niveau beaucoup plus modeste que David.

Et puis, brusquement, Jonathon et Jenny avaient annoncé qu'ils se mariaient. Nul n'avait paru s'en étonner. Moins de sept mois plus tard, elle avait mis au monde un enfant dont la naissance aurait sûrement donné lieu à de nombreux commérages, s'il n'était décédé aussitôt. Elle avait aussitôt proposé à Jonathon de divorcer. Après tout, la raison pour laquelle il l'avait épousée n'existait plus. Jon s'était montré inflexible, déclarant qu'il considérait le mariage comme un engagement à vie. Jenny n'avait pas insisté ; elle était trop éprouvée par la mort de Harry pour discuter.

Et ils avaient fait un bon mariage, songea-t-elle. Même si…

Mais qu'avait-elle, à paresser au lit et à revivre le passé, alors qu'elle avait de multiples tâches à accomplir ? Elle comptait se rendre à Queensmead aussi tôt que possible, au cas où un problème de dernière minute se présenterait.

Jenny ne s'inquiétait pas au sujet de Ruth ; celle-ci pouvait très bien se débrouiller toute seule. Ben, en revanche, risquait de causer des problèmes. Et le frère et la sœur étaient toujours prompts à se chamailler.

— Si seulement il admettait qu'il vieillit et qu'il souffre de rhumatismes, j'aurais beaucoup plus de compassion pour lui, avait déclaré Ruth, un jour qu'elle bavardait avec Jenny, l'hiver précédent. Mais non, c'est notre faute si monsieur est de mauvaise humeur. Cela ne devrait même plus m'étonner, d'ailleurs. Rien n'est jamais sa faute.

— Il doit penser que le fait de reconnaître qu'il a mal sera interprété comme un signe de faiblesse, avait répondu Jenny.

— Peu importent les raisons. C'est un emmerdeur !

Souriant au souvenir de cette conversation, Jenny se leva sans bruit et se rendit dans la salle de bains.

*
* *

Jonathon attendit d'être sûr que Jenny se trouvait sous la douche pour ouvrir les yeux. Il était réveillé quand elle s'était penchée sur lui et l'avait embrassé ; il avait alors retenu son souffle, de crainte de devoir répondre à une sollicitation inopportune.

Il avait mal dormi, et son sommeil avait été entrecoupé de rêves déplaisants. Dans l'un d'eux, il était de nouveau un enfant et cherchait désespérément un livre d'école, sachant que s'il ne le retrouvait pas, il serait tenu pour responsable de sa disparition — quoique le livre appartînt à David.

Il pressa les poings sur ses paupières, espérant ainsi chasser ce souvenir. Mais il n'était plus un enfant et ne pouvait plus se comporter comme tel. Pas plus qu'il ne pouvait continuer d'ignorer certains faits. Une confrontation devenait nécessaire. Et à l'aube de ce jour, cette perspective pesait lourdement sur son cœur. Le jour de leur anniversaire… Pas le sien, seulement, mais le leur. Celui de David et le sien.

La douche cessa de couler, dans la salle de bains, et Jon ferma les yeux. Jenny, toutefois, ne revint pas dans la chambre. Quelques minutes plus tard, il l'entendit descendre l'escalier vers la cuisine.

Elle avait travaillé si dur pour organiser la réception. Pourtant, loin de s'en faire une fête, Jon la redoutait ; il éprouvait une sensation étrange, pareille à un mauvais pressentiment.

Surgi du passé, retentit à ses oreilles l'écho de la voix pleine de colère de son père, au matin de son septième anniversaire — leur septième anniversaire. Jon se tenait devant lui, qui était si grand, si intimidant, et il essayait désespérément de refouler les larmes de déception et de colère qui avaient jailli de ses yeux.

— Mais, je ne voulais pas une bicyclette ! protestait-il sur un ton farouche. Je voulais autre chose… Je voulais une chose que David n'a pas !

— Tu es jaloux de ton frère, voilà tout, avait rétorqué Ben avec dégoût. Seigneur, je n'arrive pas à le croire ! Tu ne te rends pas compte à quel point tu as de la chance d'avoir un frère ?

Jonathon se moquait bien de cela. Il voulait un train électrique. La bicyclette, c'était le choix de David.

Au bout du compte, il n'avait eu ni l'un ni l'autre. Le vélo avait été confisqué jusqu'à ce qu'il se repente de son ingratitude ; quant au train, David n'ayant manifesté aucun intérêt pour un tel jouet, et leur père veillant strictement à leur offrir toujours la même chose…

Aujourd'hui, Jon avait cinquante ans. Où diable étaient passées toutes ces années ? Qu'en avait-il fait ? Qu'avait-il accompli ? Ces interrogations le traversaient de plus en plus souvent, ces derniers temps. Sans qu'il fût en mesure de leur apporter de réponse satisfaisante.

Oh ! il avait été un fils modèle, un bon frère, un bon mari et un bon père ! Mais lui, dans tout ça ? Certains jours, il se demandait qui il était, comme s'il n'avait pas d'identité propre, comme s'il était condamné à n'être jamais que le frère de David. Le jumeau de David. L'ombre de David. Pourquoi cela le dérangeait-il, tout d'un coup ? Pourquoi ressentait-il de plus en plus le besoin d'être quelqu'un d'autre, de faire autre chose ? Juste pour lui. Traversait-il simplement une crise, comme beaucoup d'hommes de son âge ?

Enfin ! Le moment était mal choisi pour se poser ce genre de questions, songea-t-il avec lassitude. Il y en avait d'autres, beaucoup plus graves et plus urgentes, qui réclamaient son attention. Des questions qui concernaient d'autres personnes, ainsi que leur avenir, et leur vie. Des questions qu'il allait devoir poser, et pour lesquelles il lui faudrait obtenir des réponses.

Mais pas aujourd'hui...

A Pembrokeshire, Hugh Crighton fut réveillé très tôt par les pleurs de Meg, sa petite-fille.

Ils étaient tous arrivés la veille, avec beaucoup de retard : Saul, son fils, et son épouse américaine, Hillary, ainsi que leurs trois enfants. Les deux adultes étaient manifestement de mauvaise humeur tandis que les trois petits ne cessaient de pleurnicher.

Hillary et Ann, la femme de Hugh, avaient couché les enfants, pendant que lui-même débouchait une bouteille de vin en compagnie de ses deux fils, Saul et Nicholas.

Celui-ci avait confié à ses parents, après le dîner, que Saul et Hillary semblaient traverser une période difficile.

— Tous les couples connaissent de temps en temps des problèmes, avait fait remarquer Ann.

— Mmm... mais il y a problèmes et problèmes, avait déclaré Nicholas.

Il avait refusé d'en dire davantage.

Hugh savait que le mariage de Saul et Hillary était tumultueux, mais c'était la première fois qu'il voyait les enfants aussi visiblement affectés par les différends opposant leurs parents.

Quand il était contrarié, ou en colère, Saul avait tendance à se replier sur lui-même, et Hillary, d'une nature beaucoup plus émotive et versatile, l'accusait alors de faire sa mauvaise tête. Si Hugh admettait volontiers que son fils pouvait se montrer exaspérant, Hillary paraissait prendre un malin plaisir à le provoquer plutôt que d'user de son charme féminin et d'un peu de diplomatie afin de l'amadouer.

Comme Hugh faisait un jour part de ses réflexions à Ann, celle-ci avait répliqué :

— Je te conseille de ne pas répéter cela devant Hillary. Comme la plupart des jeunes femmes modernes, elle se refuse à amadouer les hommes.

— Tu as raison, avait approuvé Hugh avec regret.

Sans doute était-il un peu vieux jeu, mais il lui semblait que les relations entre les hommes et les femmes avaient perdu quelque chose avec l'avènement du féminisme.

Dieu merci, Ann était une de ces épouses douces et aimantes qui n'aimaient rien tant que materner et gâter tous ceux qui les approchaient ! Leur mariage était une réussite, et même si Hugh avait parfois nourri des pensées inavouables à la vue d'une paire de jambes fuselées ou d'un décolleté plongeant, il avait toujours eu assez de bon sens pour penser à ce qu'il risquait de perdre, s'il se laissait entraîner par ses instincts naturels.

Au cours de sa carrière de *barrister*, puis de juge, il avait pu constater les dégâts occasionnés chaque fois qu'un homme — ou de plus en plus, désormais, une femme — s'abandonnait à ses désirs les plus primaires. Hugh se disait souvent que si l'on guérissait l'être humain de sa soif inextinguible de sexe et d'argent, la société n'aurait pas besoin d'hommes comme lui, pas plus que de cours de justice, de prison, ni peut-être même de lois.

Il poussa un soupir. La petite Meg avait enfin cessé de pleurer. Mais lui n'avait plus sommeil.

Ils étaient attendus à l'heure du déjeuner chez Ben, où ils passeraient la nuit, après la réception. Cette perspective ne le réjouissait guère. Il n'avait rien contre les réunions de famille — bien au contraire ; toutefois, Saul et David ne s'aimaient pas beaucoup, et le premier ne pouvait s'empêcher d'adopter un comportement sarcastique dès qu'il se trouvait en présence du second. Hillary l'avait d'ailleurs remarqué, qui ne s'était pas gênée pour accuser son mari d'être jaloux de son cousin.

La remarque contenait assez de vérité pour que chacun se fût gardé du moindre commentaire ; dans le même temps, Hugh n'avait pu s'empêcher de penser que la jeune femme manquait singulièrement d'empathie, tant à l'égard de son mari, le père de ses enfants, qu'à celui de l'homme qu'il était — avec ses défauts, certes, mais avec ses qualités, aussi, et surtout avec ses points faibles, qui le rendaient vulnérable et appelaient un peu de gentillesse et de tendresse.

Décidément, Nicholas devait avoir raison. Ce mariage-là ne fonctionnait pas bien.

Saul fut réveillé par les cris de sa petite dernière, Meg, et il se leva pour aller la voir. En même temps, il songea à la journée qui se préparait. Il appréciait les réunions de famille, et cette fois, afin de préserver son plaisir, il avait résolu de se tenir autant que possible à l'écart de David.

Car nul ne l'irritait plus que cet homme tout gonflé d'orgueil et d'autosuffisance, qui vivait de manière irresponsable, et attendait des autres qu'ils lui accordent la même considération et le même respect qu'il était habitué à recevoir de la part de son père et de son frère jumeau — alors même qu'il ne les méritait nullement.

Oh ! David avait assez de charisme et de confiance en soi pour tromper ceux qui le rencontraient la première fois ; mais dans l'opinion de Saul, tout cela n'était que de la poudre aux yeux. Il jugeait son cousin creux et vain et, plus que tout, il était scandalisé par son égoïsme et son manque d'égard envers les autres. Que les gens tombent si facilement sous le charme d'un être aussi superficiel l'ulcérait. Surtout, il était exaspéré de sentir qu'outre le ressentiment qu'il éprouvait pour David, il lui arrivait aussi, trop fréquemment, d'éprouver de l'envie.

Saul était assez lucide pour comprendre que la violente antipathie que lui inspirait son cousin n'était pas fortuite — bien au contraire. Elle mettait en évidence une dualité en lui, deux tendances opposées de sa personnalité qu'il aurait préféré ignorer. Dans l'ensemble, il était un homme dévoué, sérieux et travailleur ; mais une part de lui-même, beaucoup moins acceptable, rêvait de se trouver sous les projecteurs, recherchait l'attention et l'admiration des autres. Et Saul détestait cette faiblesse — autant qu'il s'en méfiait.

En définitive, ce n'étaient pas tant les différences existant entre lui et David — ou le jeune Max, d'ailleurs, qui était taillé dans le même bois — qui lui rendaient son cousin si antipathique, mais bien les ressemblances. Il craignait que ces faiblesses, qu'il remarquait si clairement chez eux, ne fussent un trait de famille dont il aurait hérité lui aussi ; s'il était parvenu à le contrôler jusque-là, il redoutait de le voir un jour jaillir brusquement à la surface…

Et puis, Saul était blessé que sa femme, Hillary, ne comprenne pas cela ; qu'elle ne l'aime pas assez pour chercher à découvrir ce que cachait son antipathie foncière à l'égard de David.

David se retourna dans le lit. Il avait mal dormi. Au milieu de la nuit, il avait été réveillé par Tiggy, qui s'était encore enfermée dans la salle de bains. Il savait ce que cela signifiait, bien sûr, et il s'était contenté de remonter le drap sur sa tête, comme s'il pouvait ainsi se préserver des bruits causés par les vomissements de sa femme.

Durant les premiers temps de leur mariage, il avait d'abord cru, naïvement, que ces malaises à répétition étaient dus à la grossesse de Tiggy ; puis, plus tard, au fait que Tiggy avait l'estomac fragile. Il en avait conçu un mélange d'impuissance et de sollicitude inquiète, restant auprès d'elle chaque fois qu'elle était malade, et cela malgré les relents qui lui soulevaient le cœur. Il l'aimait, alors, tout aveuglé qu'il était par sa beauté délicate, et aussi par les sentiments de triomphe et de soulagement qui l'emplissaient. Triomphe, parce qu'il avait enlevé cette belle sirène au nez et à la barbe de tous les hommes qui la convoitaient, à Londres ; et soulagement, parce que la grossesse de Tiggy et leur union soudaine avaient distrait l'attention des uns et des autres de la raison véritable pour laquelle on l'avait sommé de quitter le cabinet et d'abandonner ses ambitieux projets professionnels.

Par une sorte de loi tacite du silence, l'épisode était devenu une anecdote acceptée du folklore familial : David était retourné dans le Cheshire à cause de son mariage et de son désir de rester avec Tiggy. Sa décision de renoncer au barreau avait été jugée, non comme un échec, mais comme la preuve qu'il était un homme d'honneur.

Seuls les membres les plus proches de la famille connaissaient la vérité, et encore…

Aux clients du cabinet, on avait fait comprendre, avec délicatesse, que Jon éprouvait des difficultés à assumer tout le poids du travail. Et quand on demandait à David s'il nourrissait des regrets, ce dernier haussait les épaules avec une élégante désinvolture, assurant que non, il n'était pas si déçu d'avoir dû renoncer à ses ambitions. Ses interlocuteurs se disaient aussitôt que cet homme, qui avait placé son devoir et ses responsabilités envers sa famille et son frère avant sa carrière, était exactement le genre de personne à qui ils souhaitaient confier la gestion de leurs intérêts juridiques ; un homme honnête et d'une moralité au-dessus de tout soupçon.

Le cabinet avait prospéré, et si Jon avait éprouvé un quelconque ressentiment à se voir présenté comme le moins capable des deux frères, il n'en avait jamais rien dit. Jon était ainsi, qui exprimait rarement ce qu'il pensait ou ressentait. Il n'y avait qu'à voir la façon dont il avait épousé Jenny, si vite après leur rupture, et alors même qu'il n'avait à aucun moment confié à qui que ce fût qu'il s'intéressait à elle.

Soudain, David se raidit en sentant Tiggy bouger à côté de lui. Il voulut l'ignorer, mais elle tendait déjà la main pour le toucher et faisait courir ses doigts sur son torse. Il réprima un haut-le-cœur, même si le sursaut d'énergie sexuelle de Tiggy signifiait qu'elle était dans un de ses bons jours.

David connaissait si bien ses humeurs. Celles-ci suivaient un schéma aisément identifiable, dont il connaissait le déroulement par cœur. Toute la semaine, elle s'était montrée nerveuse, émotive, collante et exigeante ; en larmes à tel moment, elle se laissait emporter par la colère et l'amertume l'instant d'après. Souvent, David se demandait comment un corps aussi fragile pouvait supporter des sentiments si intenses.

Il savait maintenant exactement à quoi s'attendre. Il était habitué aux virées dans les magasins, aux achats de vêtements, de chaussures et de produits de beauté, qui restaient le plus souvent dans les sacs, entassés au fond d'un placard. Suivaient les crises de remords, les démonstrations de culpabilité et de dégoût de soi, si violentes que Tiggy finissait toujours par se jeter à ses genoux. C'était sa grande scène de tragédienne. Elle le suppliait de la pardonner, jurait que plus jamais elle ne recommencerait ; elle allait même, au milieu de ses larmes, jusqu'à lui demander de déchirer ses carnets de chèques, ses cartes de crédit… Tout !

Autrefois, David avait joué le jeu. Il l'avait crue. Il avait espéré chaque fois qu'elle était sincère, qu'elle avait fini par comprendre qu'elle était en train de les détruire, elle, lui, et leur vie de couple. Mais au bout du compte, c'était lui qui avait compris. Il ne servait à rien de détruire des carnets de chèques ou des cartes de crédit : Tiggy en avait d'autres, dissimulés un peu partout. Car ce jeu était le sien ; il n'obéissait qu'à ses règles à elle.

Ainsi, il était certaines remarques qu'il n'avait pas le droit de faire. Tiggy exigeait en outre de jouer son rôle de suppliante dévorée de remords jusqu'au bout ; elle exigeait de pouvoir se flageller verbalement, ne cessant que lorsque David avait accordé le pardon qu'elle demandait. Après cela, venait l'accalmie. Celle-ci durait parfois quelques jours — ou quelques heures à peine. Commençaient alors les disparitions furtives au milieu de la nuit, avec l'apparition de véritables montagnes de nourriture dans la cuisine et, enfin, les séances de purge, dans la salle de bains.

David avait été pétrifié par le choc, le jour où il avait enfin compris que les crises de vomissements de Tiggy n'étaient pas causées par une quelconque faiblesse, ou par le fait qu'elle mangeait à peine de quoi se maintenir en vie, mais au contraire par l'absorption d'aliments en énormes quantités, au cours d'orgies qui pouvaient se prolonger des heures — le temps pour Tiggy d'atteindre un état de stupeur physique et émotionnelle !

Ces séances étaient suivies de stations interminables dans les toilettes, durant lesquelles Tiggy purgeait son corps, encore et encore, jusqu'à ce qu'elle fût certaine que son estomac était bien vide, qu'elle ne risquait pas de compromettre sa sveltesse. Alors, seulement, détendue et apaisée, rassasiée par cette orgie punitive, elle sombrait dans un état de bien-être, comme un drogué après une injection.

En attendant que le cycle reprenne, bien sûr, alimenté par le besoin désespéré qu'avait Tiggy de s'entendre dire qu'on l'aimait.

Ces derniers temps, ses crises étaient suivies de sollicitations sexuelles presque frénétiques, et d'autant plus inopportunes qu'elles se manifestaient justement durant les rares moments que David jugeait être, pour lui, des moments de répit.

Le sexe… Quelle bonne plaisanterie ! Et dire qu'il avait tant désiré Tiggy, autrefois…

Maintenant, la seule pensée d'avoir à la toucher — ou de subir ses attouchements — suffisait à lui donner des sueurs froides et à le rendre impuissant. Il n'éprouvait plus qu'un immense sentiment de dégoût, pas seulement d'elle, mais du sexe en général.

Et il avait beau savoir qu'en rejetant sa femme, il ne faisait que favoriser et accélérer le cycle infernal de son comportement déséquilibré, il n'arrivait pas à se contrôler.

Car le problème ne venait pas seulement du fait qu'il ne la désirait plus. Il lui en voulait, aussi. Il la détestait. Il la haïssait.

Au début, avant de s'apercevoir que le cas de Tiggy était désespéré, il avait essayé, en vain, de la persuader de consulter un spécialiste. Elle avait même menacé de se suicider. Un après-midi, elle lui avait téléphoné au cabinet pour lui annoncer qu'il serait bientôt débarrassé d'elle. David s'était aussitôt précipité chez lui et l'avait trouvée vautrée sur le lit, nue, et soûle. Elle avait avalé le contenu d'un flacon d'analgésiques. Heureusement, le médecin était un vieil ami de la famille ; il s'était montré compréhensif. Mais l'épisode était vieux d'une quinzaine d'années ; si une situation identique se reproduisait, il ne fallait pas compter sur la même discrétion, de la part du praticien qui interviendrait. Aujourd'hui, le cabinet médical de Haslewich comptait quatre généralistes, tous beaucoup plus jeunes que David. On y trouvait aussi un acupuncteur, un homéopathe et plusieurs psychothérapeutes. L'époque des rapports privilégiés entre le médecin et certains de ses patients était révolue.

David se crispa. La main caressante de Tiggy était descendue jusqu'à son ventre, et il était parfaitement conscient de la mollesse persistante de son pénis — qui demeurerait dans cet état.

Sous le drap, Tiggy s'approcha de lui, frottant ses seins nus contre son bras.

David réprima un frémissement de répulsion. L'odeur de vomi collait encore à la peau de sa femme — à moins qu'elle n'exsude de tous ses pores. Et bien qu'elle se fût rincé la bouche avec de la menthe, son haleine était chargée d'une saveur âcre. Les mêmes relents devaient emplir la salle de bains ; mais avec Olivia dans la maison, il pouvait difficilement en utiliser une autre sans risquer d'attirer l'attention.

Olivia… Bien sûr, son arrivée avait précipité la crise de Tiggy même si, dernièrement, celle-ci n'avait plus besoin d'excuses : tout et n'importe quoi pouvait déclencher un de ses accès. Depuis quelque temps, toutefois, elle était obsédée par le fait qu'elle vieillissait. De plus en plus souvent, elle flirtait ouvertement avec des hommes plus jeunes qu'elle, adoptant un comportement inapproprié de la part de l'épouse d'un homme dans la position de David. Il ne pensait pas qu'elle eût une liaison, non. En tout cas, pas pour le moment. Mais si une opportunité se présentait…

Seigneur ! Si seulement elle pouvait le tromper ! Si seulement elle trouvait un autre homme pour se charger du fardeau de ses exigences, de son besoin constant d'être rassurée ! Si seulement elle allait faire ses scènes à un autre que lui ! Il ne supportait plus de l'entendre hurler qu'il ne l'aimait plus, ne la désirait plus, qu'il avait une maîtresse…

La voix de Tiggy susurra à son oreille :

— Bon anniversaire, mon chéri.

David subit son baiser en silence, réprimant un violent désir de se dégager. Il ne voulait pas la provoquer. La main de Tiggy se referma sur son pénis flasque.

— Oh ! le pauvre petit bonhomme triste, murmura-t-elle. Il ne veut pas se lever et venir jouer ?

David serra les dents.

— Il boude ? poursuivit Tiggy. Il veut peut-être que maman le caresse, qu'elle l'embrasse ?

Cette fois, David réagit.

— Nous devons nous lever, lança-t-il d'une voix rauque, avant de repousser draps et couvertures. Tu as dit, hier soir, que tu voulais aider Jenny.

Tiggy regarda David enfiler sa robe de chambre et fit la moue. Il vieillissait mal, décidément. Il avait grossi et sa bedaine naissante, alliée à la mollesse de son pénis, manquait pour le moins d'érotisme. Contrairement à elle, il ne semblait pas se soucier de son apparence et négligeait de surveiller son poids.

D'un geste machinal, elle toucha son ventre, sous le drap. Il était bien dur, bien plat. Elle poussa un soupir de soulagement et examina ses ongles. Le vernis de l'un d'eux était écaillé. Cela avait dû arriver au cours de la nuit, songea-t-elle en fronçant les sourcils, quand…

Bien vite, elle repoussa ce souvenir dans un coin reculé de son esprit. Ce qui se produisait durant ces nuits effrayantes n'était pas une chose à laquelle elle souhaitait penser. C'était fini, maintenant, et mieux valait oublier. Il ne servait à rien de s'appesantir sur la mauvaise habitude qu'elle avait prise, mais dont elle pourrait se débarrasser dès qu'elle le déciderait. David le savait aussi bien qu'elle, du reste.

Elle ne s'était pas bien comportée, ces temps-ci. Elle avait dépensé beaucoup trop d'argent. David ne comprenait pas à quel point elle se sentait isolée et abandonnée. Lui, il avait le cabinet, son travail. Mais elle ? Elle était condamnée à rester à la maison. Toujours seule.

Certes, elle avait quelques amies. Toutefois, elle n'était pas comme Jenny, dont les journées étaient occupées par des activités diverses, par les enfants, la cuisine, les tâches domestiques. Tiggy avait besoin d'autre chose. Elle n'était pas une femme de la campagne. David devrait la sortir plus souvent, s'occuper un peu mieux d'elle. Il devrait lui montrer qu'il l'aimait. Car enfin, malgré ses quarante-cinq ans, elle était toujours belle et désirable. Même Olivia, pourtant plus jeune, ne serait jamais aussi attirante qu'elle. A son âge, alors qu'elle était déjà mariée et mère d'une enfant, Tiggy avait des soupirants par douzaines.

Elle regarda sa robe, accrochée à un cintre, sur la porte de la chambre. C'était un fourreau de soie argenté qui ressemblait à de la nacre quand elle bougeait. Une taille trente-six qui tombait parfaitement sur son corps.

De nouveau, Tiggy se toucha le ventre.

L'eau de la douche coulait, dans la salle de bains.

Si elle l'essayait, encore une fois. Juste pour être tout à fait sûre…

6

— Est-ce que je peux faire autre chose pour t'aider ? demanda Olivia.

— Non, je crois que nous avons fini, répondit Ruth.

Elle recula d'un pas afin d'étudier l'arrangement floral qui ornait la table d'honneur.

— Les fleurs sont vraiment magnifiques, commenta Oliva.

Ruth la considéra avec un sourire amusé.

— A quoi t'attendais-tu donc ? interrogea-t-elle d'un ton moqueur. A des bouquets figés, tenus par des tiges de fer, et qui auraient eu l'air plus artificiels que réels ?

Olivia ne put s'empêcher de rire.

— Plus ou moins, admit-elle. En tout cas, je n'imaginais pas que le résultat serait aussi spectaculaire, ajouta-t-elle en désignant l'intérieur de la tente d'un geste de la main.

Ici et là, Ruth avait créé des cascades de fleurs, de fruits et même de légumes, aux couleurs chaudes et vibrantes que rehaussait encore le ton uni et crème de la toile de tente ; c'était une véritable symphonie de rouges, d'orange et de jaunes.

Un peu plus loin, Jenny circulait entre les tables, vérifiant que tout était en place. Les traiteurs étaient déjà arrivés et s'affairaient eux aussi.

Ben, qui n'avait cessé de grommeler et de gêner tout le monde depuis le début de la journée, avait fini par se laisser convaincre de regagner la maison, en compagnie d'Ann, l'épouse de Hugh.

— Caspar semble bien s'entendre avec Hillary, remarqua Ruth en jetant un coup d'œil de l'autre côté de la tente, où ils discutaient depuis un moment déjà.

— Ils sont tous deux américains, souligna Olivia d'un ton neutre.

Elle n'avait jamais beaucoup aimé Hillary, sans être capable de s'expliquer pourquoi.

C'était Saul qui s'était occupé des enfants durant tout l'après-midi ; mais cela ne signifiait rien, bien sûr. Peut-être ne passait-il pas beaucoup de temps avec eux, pendant la semaine, auquel cas Hillary méritait bien un petit répit.

Jack, le jeune frère d'Olivia, et son cousin Joss avaient été enrôlés pour transporter les fleurs et les outils de Ruth. Si Jack se comportait normalement, comme n'importe quel garçon de son âge, Olivia, tandis qu'elle l'observait de loin, ne put s'empêcher de se demander s'il avait conscience du problème de leur mère.

Toute la journée, elle avait essayé de ne pas trop penser aux événements de la veille ; toutefois, elle ne pourrait pas les ignorer indéfiniment. Tôt ou tard, il faudrait…

Elle se raidit en entendant Caspar éclater de rire. Hillary se tenait près de lui, la main sur son bras, et elle se pencha pour glisser une rose crème à la boutonnière de sa veste. C'était un geste presque intime — ou du moins, Olivia le ressentit-elle comme tel. D'autant que Caspar semblait avoir totalement oublié sa présence.

— Si tu rentrais avec Caspar ? lui suggéra Ruth avec douceur. Il n'y a plus grand-chose à faire, ici, à part un peu de nettoyage. Et les garçons peuvent m'aider.

— Tante Ruth…

Olivia s'interrompit. Elle éprouvait un besoin urgent, presque douloureux, de se confier, de faire part à quelqu'un de son inquiétude pour sa mère. Pourtant, par loyauté envers celle-ci, elle se tut. Ruth n'avait jamais beaucoup aimé Tiggy. A quoi bon ternir encore l'opinion que la vieille dame avait d'elle ?

— Qu'y a-t-il, ma chérie ? demanda Ruth.

— Rien. Je… je vais chercher Caspar.

— Les fleurs sont prêtes ? s'enquit Caspar, comme Olivia le rejoignait.

— Oui, répondit-elle en glissant le bras sous le sien.

Elle adressa un sourire factice à Hillary.

Cette dernière était venue dans la tente afin d'aider. Mais pour autant qu'Olivia ait pu voir, elle avait passé tout son temps à bavarder avec Caspar.

— Il faut que nous partions, insista Olivia à l'intention de son compagnon. La bande de Chester ne va pas tarder à arriver, et j'ai promis à maman d'être là pour l'assister.

— Mon pauvre ! s'exclama Hillary sur un ton compatissant. Vous devez trouver tout cela affreusement intimidant. C'est une si grande famille ! Moimême, je me suis sentie perdue la première fois que je les ai tous rencontrés. Quel sentiment d'isolement, de solitude ! Rendez-vous compte : j'étais la seule Américaine, je venais de l'extérieur...

— C'était le jour de ton mariage avec Saul, n'est-ce pas ? coupa Olivia. Je ne crois pas que tu avais rencontré toute la famille, auparavant.

Se tournant vers Caspar, elle ajouta :

— Il faut vraiment qu'on parte.

Caspar se contenta de hocher la tête. Il ne dit mot, jusqu'à ce qu'ils se soient installés dans la voiture.

— Tu as été un peu dure, non ? lança-t-il alors d'un ton critique.

— Un peu dure ? répéta Olivia, feignant de ne pas comprendre.

Entre la tension provoquée par les derniers préparatifs, et l'angoisse et la détresse dont l'avait emplie sa découverte de la nuit précédente, la journée avait été assez difficile comme ça ; elle n'avait pas besoin en plus de se disputer avec Caspar. Néanmoins, elle était agacée de constater qu'il ne semblait pas se rendre compte du genre de femme qu'était Hillary, et blessée — oui, blessée — qu'il ait passé tout l'après-midi avec elle. En outre, elle lui en voulait encore de s'être montré aussi peu compréhensif, la veille.

— Tu sais très bien de quoi je veux parler ! répliqua-t-il alors qu'elle tournait la clé de contact. Ce commentaire, juste avant de partir... Ce n'était pas très gentil.

— Penses-tu ! Pour te dire le fond de ma pensée, je trouve étrange que Hillary ait fait une telle remarque. Mais il est vrai qu'elle ne peut jamais résister à la tentation d'attirer l'attention ou de susciter la sympathie d'un homme qu'elle pense être disponible.

— Je comprends ! Tu es jalouse...

— Pas du tout ! protesta Olivia avec colère. Je n'aime pas Hillary, voilà tout. Elle est avide, rapace, froide, calculatrice, et beaucoup trop...

— ... américaine, compléta Caspar d'un ton dur. Pas étonnant qu'elle se sente aussi seule et rejetée, si c'est ainsi que ta famille la traite.

— C'est ce qu'elle t'a dit ? Qu'elle se sentait seule et rejetée ?

— Elle m'a confié qu'elle avait beaucoup de mal à s'intégrer et à s'habituer à la vie dans ce pays.

— Vraiment ? s'indigna Olivia. Eh bien, elle semble avoir trouvé en ta personne un interlocuteur compatissant, si j'en crois la manière dont elle te monopolisait. Tu me parais faire preuve de beaucoup plus de compréhension avec elle qu'avec moi, la nuit dernière. Mais j'imagine que c'est normal. Vous êtes sur la même longueur d'onde, forcément ! Etre né dans le même pays et…

— Cela aide à créer un lien, confirma Caspar posément. Et je dois t'avouer, Livvy, que j'ai eu le sentiment qu'elle gérait la menace de rupture de son mariage de façon beaucoup plus responsable que tu…

— La rupture de son mariage ? l'interrompit Olivia, stupéfaite. Qu'est-ce que tu racontes ? Leur mariage se passe très bien.

— Ah oui ? Et comment le sais-tu ? D'après ce que m'a dit Hillary, aucun de vous n'a fait le moindre effort pour l'accueillir dans la famille ou l'aider à s'adapter à sa nouvelle vie.

Olivia bifurqua dans la propriété de ses parents et coupa le contact. Elle tremblait légèrement.

— Je n'en crois pas mes oreilles ! Si Hillary a l'impression d'avoir été négligée, j'aurais tendance à penser que c'est sa faute, à elle, bien plus que la nôtre. Que t'a-t-elle dit, encore ?

— Pas grand-chose, excepté qu'il y a toujours eu dans ta famille un antagonisme et de l'antipathie envers les Américains.

— Quoi ? Mais c'est archifaux ! Elle est la première Américaine à avoir épousé quelqu'un de la famille et…

— A avoir épousé, peut-être, mais certainement pas à avoir eu une histoire avec un de ses membres, la corrigea Caspar. Il y a eu la liaison de Ruth avec ce commandant américain, pendant la guerre.

— La liaison de Ruth ? répéta Olivia, abasourdie.

Elle était sous le choc, et cela devait se voir, car Caspar parut mettre un instant sa colère de côté.

— Allons, rentrons dans la maison, marmonna-t-il en se tournant pour ouvrir la portière.

Mais Olivia l'attrapa par la manche.

— Oh, non ! Pas avant que tu ne te sois expliqué. Qu'est-ce que c'est que cette histoire de liaison entre Ruth et… je ne sais qui ? Elle était fiancée, pendant la guerre, à un aviateur britannique dont l'avion a été abattu. Il est mort.

— Peut-être. Mais d'après Hillary, qui aurait entendu l'histoire de la bouche même de ton grand-oncle Hugh, elle est aussi tombée amoureuse d'un officier américain qui était en garnison par ici. Quand ton grand-père et son père ont découvert l'idylle naissante, ils ont dénoncé l'officier à ses supérieurs et exigé qu'ils interviennent et mettent un terme à cette relation. Apparemment, à l'époque du moins, un Américain n'était pas assez bien pour être accepté dans la famille ! Et Hillary affirme que ce genre de préjugé tend à se passer de génération en génération, chez vous.

Olivia demeura silencieuse. Elle était si choquée et confuse qu'elle ne trouvait rien à dire. Non seulement elle était vexée de devoir admettre qu'elle ignorait tout de la liaison de sa grand-tante avec un Américain, durant la guerre, mais elle avait en plus le sentiment qu'une barrière de doute et de méfiance s'était soudain dressée entre elle et Caspar. Ce dernier semblait maintenant croire que sa famille cultivait une sorte d'antipathie envers les Américains. Le plus troublant, dans cette affaire, était qu'elle ne savait comment réfuter ce soupçon de manière convaincante, et donc, comment réparer le dommage causé par Hillary.

— Mais tu sais ce que j'éprouve pour toi, Caspar, murmura-t-elle en lui touchant le bras.

— Vraiment ? répliqua-t-il avec dureté. En fait, je m'interroge sur la raison profonde pour laquelle tu es avec moi. Ne serait-ce pas, justement, parce que je suis américain ? Parce que tu as trouvé là un moyen de te venger de ton grand-père ?

Sans attendre de réponse, il sortit de la voiture et se dirigea à grandes enjambées vers la maison, sous le regard consterné d'Olivia. Elle n'avait d'autre choix que de le suivre, tout en sachant qu'il ne leur serait plus possible de parler en tête à tête une fois à l'intérieur. D'un moment à l'autre, la maison serait pleine de visiteurs ; puis, la réception commencerait. Pourtant, ils devaient dissiper leur différend, faire la paix.

Comment Caspar avait-il pu prononcer des paroles aussi affreuses, au sujet de ses sentiments pour lui ? Une telle accusation était injuste, sans fondement. Surtout, il n'avait pas le droit de lui lancer au visage des propos aussi fielleux, puis de s'en aller comme ça, sans lui donner une chance de se défendre. A croire qu'il avait voulu provoquer une dispute. Un tel comportement ne lui ressemblait guère, qui allait à l'encontre de tout ce qu'il était : un homme mature et conscient de sa valeur.

Abattue, Olivia gagna à son tour l'intérieur de la maison. Au même moment, elle entendit un bruit de moteur et un crissement de pneus sur le gravier.

La bande de Chester arrivait.

Poussant un soupir, elle leva le menton, redressa les épaules et s'efforça de débarrasser son esprit des multiples appréhensions qui l'habitaient.

7

D'un geste nerveux, Jenny lissa sa robe du plat de la main. Jon ne l'avait pas encore vue ainsi vêtue. En fait, nul n'avait vu le modèle, à l'exception de Guy Cooke.

Elle avait d'abord été amusée, puis sincèrement touchée, quand il lui avait proposé un jour de la conduire à Manchester, afin qu'elle s'y achète une robe pour l'anniversaire de Jon et de David.

— Manchester ? s'était-elle exclamée, sans savoir s'il était sérieux ou s'il plaisantait. Pourquoi aller jusque-là ? Chester est beaucoup plus près.

— Peut-être, avait rétorqué Guy, mais il n'y a pas d'Emporio Armani, à Chester.

Face à la confusion de Jenny, il avait alors pris le ton qu'adoptent les adultes pour expliquer certains concepts un peu complexes aux enfants :

— Au cas où tu compterais parmi les rares habitantes de cette planète à ne pas être au courant, sache, ma chère Jenny, que Giorgio Armani est un créateur de mode. « Le » créateur, pour ce qui concerne la grande majorité des femmes élégantes. De vraies femmes — pas des adolescentes attardées, des mannequins ou des victimes de la mode. Et il existe une branche de son vaste réseau de boutiques à Manchester.

— Merci, Guy, avait répondu Jenny, mais j'ai entendu parler de lui. Pour ce qui est d'acheter une de ses créations, ou même d'aller les voir...

Elle avait secoué la tête en riant.

— Mon budget ne me permet pas ce genre d'extravagance.

— Un vêtement d'Armani n'est jamais une extravagance, l'avait corrigée Guy. En plus, la gamme de ses créations est vaste et ouverte à tous les budgets. Si tu ne viens pas avec moi, j'irai tout seul ; et c'est moi qui te choisirai une robe.

Voyant que Jenny ne le prenait pas au sérieux, il avait ajouté d'un ton sévère :

— Je ne plaisante pas ! Il est hors de question que tu assistes à cet anniversaire avec une robe sans allure que tu auras encore dénichée au dernier moment, en solde, sous prétexte que tu n'auras pas eu le temps de trouver mieux et parce que, de toute façon, même si tu l'avais eu, tu ne dépenserais jamais ton argent ou celui de Jon pour acheter quelque chose qui soit uniquement pour toi. Alors, pour une fois dans ta vie, tu vas porter une robe qui te mettra en valeur ; et pour une fois dans ta vie, même si tu refuses de te mettre en avant, je veillerai à ce que quelqu'un le fasse pour toi !

Stupéfaite par la détermination de son ami, Jenny s'était assise sur la chaise la plus proche.

— Mais… pourquoi ? avait-elle demandé.

— Pourquoi ? Si je te réponds que tu le mérites, tu vas encore trouver le moyen d'essayer de me persuader du contraire ! C'est pourtant la vérité. Alors, je vais utiliser un argument qui a plus de chances de te convaincre : je pense que tu le dois, à toi-même, bien sûr, mais aussi à Jon, et à moi, et à notre affaire… et avant que tu ne protestes encore, je te préviens que c'est la boutique qui va payer ! Ne t'avise pas de refuser, surtout. Soit tu viens avec moi, soit j'irai tout seul et…

— Et quoi ? s'était exclamée Jenny pour le taquiner. Tu comptes me forcer à porter ce que tu auras choisi pour moi, sous peine de m'envoyer au lit pour me punir, avec un verre d'eau et du pain sec ?

— Si jamais j'avais l'opportunité de t'envoyer au lit, Jenny, ce ne serait pas pour te punir, crois-moi. Pour ce qui est de t'obliger à porter la robe… disons que je me sens capable d'amener Jon à te persuader de le faire.

Jenny aurait voulu poursuivre cette conversation sur le mode de la plaisanterie. Mais le ton de Guy, doux et posé, ainsi que la façon qu'il avait de la regarder, droit dans les yeux, prouvaient qu'il était, lui, tout à fait sérieux.

A plusieurs reprises, son instinct avait soufflé à Jenny que Guy aurait aimé voir leur relation évoluer au-delà de l'amitié ; mais elle avait chaque fois écarté cette pensée, l'imputant à son imagination trop fertile de femme vieillissante. Ce jour-là, pourtant, elle avait compris qu'elle s'était trompée — ou plutôt que son instinct ne l'avait pas trompée.

Et elle s'était rendue à Manchester avec Guy, lequel avait déjà œuvré à son insu en parlant de son plan à Jon — lequel, du reste, n'avait sans doute pas une idée très précise de qui était Armani. Jenny avait accepté de se laisser faire parce que les propos de Guy avaient touché un point particulièrement sensible, lui rappelant les nombreuses occasions en lesquelles, lors de réunions familiales, elle s'était sentie mal habillée, fagotée — et pas seulement quand elle se comparait à Tiggy, mais aussi par rapport aux autres femmes présentes. Même Ruth avait plus d'allure et d'élégance qu'elle, ainsi que Joss le lui avait fait remarquer, un jour, avec la franchise désarmante et parfois si cruelle des enfants.

C'était ainsi qu'elle se tenait à présent devant le miroir sur pied de la chambre à coucher, arborant une robe griffée Armani. Celle-ci était en crêpe crème, toute simple, avec un corsage de style Empire duquel coulait un nuage fluide de tissu descendant jusqu'aux chevilles. Le modèle, ainsi que l'avait déclaré avec enthousiasme la vendeuse quand Jenny l'avait essayé, semblait avoir été créé pour mettre le corps de la femme en valeur. Et elle avait raison. Sans aucun pli, aucune fronce, et sans même coller à ses formes, la robe paraissait souligner et rehausser les courbes les plus gracieuses de la silhouette de Jenny.

A tel point que celle-ci, une nouvelle fois, était muette de stupeur face à son propre reflet.

Dans cette robe, elle se sentait femme, elle se rappelait son adolescence… quand elle rêvait à l'homme qui, un jour, la trouverait désirable. Cette robe réveillait des besoins qu'elle avait cru enfouis dans des recoins secrets de sa conscience, avec les autres souvenirs de cette époque révolue ; des besoins qu'elle jugeait tout à fait inappropriés pour une femme de son âge. Malgré cela, ou peut-être à cause de cela, elle s'était acheté la robe, ainsi qu'un tailleur-pantalon qu'elle comptait porter le lendemain, au cours du déjeuner de famille. En plus, la robe se mariait à merveille avec les perles que Jon lui avait offertes pour leur vingt-cinquième anniversaire de mariage.

Elle retint son souffle tandis qu'elle passait le collier autour de son cou.

Le téléphone sonnait, dans le vestibule, et Olivia répondit en passant. Elle rejoignait les autres dans le salon, où Tiggy les avait réunis pour prendre l'apéritif avant de partir.

— Papa ! appela-t-elle en posant le combiné sur la console. Tu as un appel de la clinique Cedars.

David sentit une coulée de sueur froide glisser le long de son dos. Les battements de son cœur s'accélérèrent. Une tension soudaine envahit sa poitrine et contracta ses muscles, se propageant dans tout son corps et s'accompagnant d'une vague de nausée. Il avait peur, soudain. La paume de ses mains était si moite qu'il dut s'essuyer, avant de s'emparer du combiné.

Il s'éclaircit la gorge.

— Oui, David Crighton à l'appareil.

Sa mâchoire lui faisait mal, de nouveau ; il la frotta avec sa main libre, tournant le dos à la porte ouverte du salon.

En haut, dans sa chambre sous les toits, Caspar fit la grimace tandis qu'il réussissait enfin à nouer sa cravate. Il prit ensuite sa veste, sur le dossier d'une chaise.

La perspective de la soirée à venir ne le réjouissait guère, et pas seulement à cause de sa querelle avec Olivia ; dans son opinion, celle-ci avait eu tort de s'en prendre à Hillary, et il n'y avait rien de plus à ajouter.

Il avait remarqué un changement chez la jeune femme, depuis deux jours. Sa famille qu'elle dédaignait presque, à distance, était soudain devenue plus importante que tout le reste. Et brusquement, lui et ses opinions se trouvaient relégués au second plan. Pour s'en convaincre, il n'avait qu'à songer à la façon dont Olivia l'avait rejeté quand il avait évoqué la nécessité d'une prise en charge de Tiggy par un spécialiste.

— Leurs fréquentes disputes n'ont que peu d'importance, lui avait dit Hillary, cet après-midi. Au bout du compte, ils font toujours corps ensemble. Ils font corps, et ils vous rejettent, avait-elle ajouté en jetant un coup d'œil amer en direction de son mari.

Elle avait marqué une pause, avant de reprendre :

— Je suppose que j'aurais dû m'en douter, quand j'ai entendu Hugh évoquer l'histoire de Ruth avec cet Américain. Mais à l'époque, je n'ai pas bien compris ce qu'il essayait de dire ; pas plus que je n'ai compris le sens d'un des grands projets de Ben : marier Saul avec Olivia.

Saul et Olivia !

Caspar fronça les sourcils. La jeune femme ne lui avait jamais parlé de l'espoir que nourrissait son aïeul de la voir épouser le cousin de son père. Pas plus qu'elle n'avait parlé de la liaison passionnée de sa grand-tante pour un officier américain, lequel avait été contraint de renoncer à elle.

Que lui avait-elle encore caché au sujet de sa famille ? Et sur elle ?

***

— Tu es magnifique, murmura Guy. J'ai toujours su que tu étais ainsi. Merveilleuse. Parfaite... Toi.

C'était étrange, songea Jenny. Etrange comme ces paroles, et les émotions qu'elles véhiculaient, pouvaient être sans réelle portée, et même causer plus d'embarras que de plaisir, quand elles venaient d'un autre que celui dont on espérait tant qu'il les prononcerait. Dans la bouche de celui-ci, elles...

Bien sûr, Jenny aurait dû se douter que Guy ne manquerait pas de la complimenter. Il lui avait même pris la main et l'attirait vers lui.

Soudain, la voix de Tiggy retentit, critique, perçante, un peu trop aiguë :

— Jenny, Seigneur, tu as l'air...

Elle ne put terminer sa phrase, car Ruth l'interrompit.

— Tu es merveilleuse, Jenny ! déclara la vieille dame avec chaleur et une évidente sincérité. J'adore ta robe.

Même David, qui se tenait derrière Tiggy, la contemplait avec une évidente stupeur, les yeux légèrement écarquillés.

— C'est Armani, n'est-ce pas ? reprit Tiggy.

Jenny dut s'arracher au regard brûlant dont l'enveloppait David, avant de répondre en hâte :

— Oui, oui.

— Qu'est-ce qui t'a pris d'acheter une robe pareille ? Ce n'est pas du tout toi.

— Tiggy ! l'interrompit Olivia, avant de lancer un coup d'œil désolé à Jenny.

Celle-ci les suivit du regard, les sourcils froncés, tandis que la jeune femme entraînait sa mère. Face à la réaction mesquine et méchante de Tiggy, une réaction qui ne lui ressemblait pas, Jenny se demanda brusquement si elle avait eu raison de porter sa nouvelle robe. Jon ne lui avait fait aucune remarque à son propos, et elle avait cru qu'il n'avait rien vu ; mais peut-être avait-il gardé le silence afin de ne pas la critiquer…

— Tiggy a tort, tu sais…

Jenny tourna la tête vers David, qui s'était approché d'elle en souriant.

— Cette robe te va à ravir.

Incapable de prononcer la moindre parole, le visage en feu, Jenny ne sut que hocher la tête.

— Tiggy est jalouse de toi, voilà tout.

— Jalouse de moi ? s'exclama Jenny. Voyons, c'est impossible. Elle est si…

— Quoi donc ? fit David en lui prenant le bras et en l'entraînant vers la piste de danse.

Jenny secoua la tête.

— David, je ne peux pas danser maintenant ! Je dois surveiller le travail du traiteur et…

— Oublie-le un instant, veux-tu ? Il peut attendre. Pas moi. Mmm, comme c'est bon de te sentir dans mes bras, murmura-t-il en l'attirant contre lui.

Jenny comprit que David n'avait pas l'intention de la lâcher et qu'ils se feraient moins remarquer si elle se laissait faire plutôt que de résister.

Au contraire de Jon, il avait toujours été bon danseur. Trop bon, songea-t-elle, comme il ignorait ses efforts pour garder une distance respectable entre eux et la serrait plus fort encore.

— Qu'y a-t-il ? chuchota-t-il contre ses cheveux. Il fut un temps où tu aimais danser avec moi.

Jon s'entretenait avec Ruth, de l'autre côté de la piste. Il ne paraissait pas les avoir remarqués.

— Tu es vraiment magnifique, ce soir, reprit David, qui fit glisser une main caressante dans le dos de Jenny. Oui, tu es magnifique, merveilleuse ! Tu ne peux pas savoir ce que je donnerais pour effacer le passé et l'erreur que j'ai commise en te laissant partir.

— David ! protesta Jenny.

— Quoi ?

Son haleine était chargée d'un léger parfum de whisky. Sans doute cela expliquait-il des propos aussi outrageants.

— Depuis combien d'années n'avions-nous pas dansé ensemble, Jenny ? demanda-t-il. Combien de temps que je ne t'avais pas tenue comme ça, dans mes bras ?

Du coin de l'œil, Jenny constata que Jon venait de les apercevoir ; il fronça les sourcils. Max aussi les avait remarqués, qui dardait un regard meurtrier dans le dos de David.

— Sais-tu ce que j'aimerais faire ? murmura celui-ci à l'oreille de Jenny. J'aimerais…

— David, il faut vraiment que nous retournions à la table ! bredouilla Jenny. Il va y avoir les discours, et les toasts.

— Et les félicitations. Et les baisers…

Il la regarda droit dans les yeux.

— Tu ne m'as pas encore embrassé, Jenny.

— Si. Je t'ai embrassé à ton arrivée.

— Vraiment ? Tu m'as donné un petit baiser sur la joue, le baiser qu'une sœur donne à son frère, mais tu ne m'as pas embrassé. Je me souviens encore de la première fois où tu m'as embrassé, tu sais. Tes lèvres avaient un goût de mûres, la fraîcheur de…

— David, arrête !

— Tes lèvres avaient un goût de mûres, la fraîcheur d'une brise printanière, insista-t-il. Et c'est le baiser le plus délicieux qu'on m'ait jamais donné. Tu étais…

Au grand soulagement de Jenny, l'orchestre s'arrêta de jouer.

— Rejoignons la table, déclara-t-elle d'un ton ferme.

Son cœur battait la chamade, et elle avait le feu aux joues.

A contrecœur, David accepta enfin de relâcher son étreinte, et Jenny s'éloigna rapidement en direction de la table d'honneur.

« Je me souviens encore de la première fois où tu m'as embrassé », lui avait-il dit.

Elle aussi s'en souvenait, même si elle doutait que ses souvenirs fussent les mêmes que ceux de David.

Elle venait en effet de cueillir des mûres. Ses mains et sa bouche devaient être tachées de leur jus. Mais c'était David qui avait provoqué ce baiser. C'était lui qui l'avait taquinée et défiée, devinant qu'aucun garçon ne l'avait encore jamais embrassée. Elle avait évidemment nié. Alors, il avait exigé qu'elle lui prouve le contraire, qu'elle lui montre combien elle était expérimentée !

Jenny avait posé son panier de mûres et marché lentement vers lui, la tête haute, en dépit des battements effrénés de son cœur.

Bien sûr, elle avait entendu les autres filles de sa classe évoquer les baisers qu'elles échangeaient avec des garçons ; n'ayant elle-même rien à raconter, elle avait fait mine de ne pas s'intéresser à ces conversations. En secret, cependant, elle étudiait tous les baisers qu'elle voyait au cinéma, se demandant sans cesse comment elle ferait, le jour où, enfin, un garçon l'embrasserait. Or, ce jour tant attendu venait d'arriver. Et le garçon n'était autre que David Crighton !

Elle avait fermé les yeux, serré les lèvres et, prenant son courage à deux mains, elle s'était dressée sur la pointe des pieds. Sa bouche n'avait rencontré d'autre résistance que celle de l'air. Le visage brûlant d'humiliation, elle avait rouvert les yeux.

David la considérait en souriant.

— Tu n'as aucune idée de la manière dont on s'y prend, n'est-ce pas ?

— Si !

— Menteuse, avait-il dit avec douceur, avant d'ajouter : ça ne fait rien, tu sais. En fait, j'aime bien l'idée d'être celui qui va t'apprendre.

— Je n'ai pas besoin qu'on m'apprenne quoi que ce soit !

— Non ?

Jenny avait pivoté sur ses talons, avec l'intention de ramasser son panier et de s'éloigner, mais David avait été plus rapide. Il s'était placé devant elle et l'avait forcée à reculer, lentement, jusqu'à ce qu'elle se retrouve acculée, le dos au mur de pierre qui se trouvait derrière elle.

La suite était inévitable.

Il avait embrassé ses lèvres closes, brièvement, une fois, deux fois... Puis il s'était penché pour ramasser une poignée de mûres dans le panier ; il en avait glissé une dans sa bouche, avant de lui en offrir une autre.

Naïvement, Jenny avait entrouvert les lèvres, et...

Le souvenir de ce qu'il était advenu du reste des mûres l'avait fait trembler pendant des semaines, après coup, avant d'être gâché à jamais le jour où elle avait surpris une autre fille en train de raconter que le tour préféré de David Crighton consistait à faire passer des bonbons de sa bouche à celle de la fille qu'il embrassait.

Depuis, elle n'avait plus jamais mangé de mûres.

D'un coup d'œil furtif, Jenny vit Jon s'agiter sur sa chaise ; les toasts étaient sur le point de commencer.

Pour le moment, la réception s'était déroulée parfaitement, sans la moindre anicroche — à l'exception du moment où David avait insisté pour danser avec elle, bien sûr. Même Ben l'avait complimentée sur le menu, et la plupart des invités lui avaient parlé de la beauté de la tente et des arrangements floraux de Ruth. On avait beaucoup admiré sa robe, aussi.

La petite formation musicale engagée pour jouer durant le dîner s'était révélée une excellente idée, quoique fort coûteuse ; son répertoire classique apportait une touche de solennité et d'élégance idéale qui s'accordait au mieux avec les robes de soirée et les smokings des convives. Même le comportement des plus jeunes membres de la famille était irréprochable.

Pourquoi, dans ce cas, éprouvait-elle ce sentiment, au fond de son cœur ? Comme un vide. Comme une… déception.

David venait de se lever tandis que le responsable du service embrassait l'intérieur de la tente d'un œil aiguisé, vérifiant que toutes les coupes de champagne des invités étaient pleines. Jenny remarqua le regard débordant d'amour et de fierté dont Ben couvait son fils préféré ; et elle savait, sans qu'il lui fût besoin de vérifier, que le même devait briller dans les yeux de Jon.

Son malaise s'intensifia encore.

David s'éclaircit la gorge. Il connaissait son discours par cœur et n'avait pas besoin des notes qu'il avait posées sur la table, devant lui. C'était un de ses dons ; la capacité de mémoriser des pages entières de texte écrit.

Il regarda autour de lui. Le col de sa chemise lui serrait le cou, et il avait chaud — trop chaud. Les muscles de son ventre étaient tendus. Le repas qu'il venait d'avaler pesait lourdement sur son estomac. C'était ce maudit coup de téléphone ! Soudain, un spasme de douleur le traversa, si intense qu'il en fut paralysé. La douleur avait paru jaillir de nulle part, le transperçant comme un éclair, avec la rapidité meurtrière d'un serpent venimeux. D'abord, il y eut la morsure empoisonnée. Puis, vint une vague brûlante de souffrance, intolérable, plus violente que tout ce qu'il avait jamais connu. Il entendait du bruit, autour de lui, sans que cela le concerne.

Plus rien n'existait pour lui que cette douleur atroce.

***

Quelqu'un hurlait.

C'était Tiggy, songea Jenny tandis qu'elle luttait avec Jon pour retenir le corps de David.

— Qu'est-ce… Que s'est-il passé ?

C'était la voix de Ben, cette fois, incrédule et chevrotante ; la voix effrayée d'un vieil homme.

Quelqu'un — un des fils de Hugh ? — s'efforçait de calmer tout le monde, de contenir le courant de panique qui avait envahi la tente lorsque David s'était effondré sur la table.

— L'ambulance est en route.

Jenny se tourna vers Neil Travers, leur médecin.

— Dieu merci, vous étiez là, lui dit-elle, avant d'ajouter avec anxiété : est-ce qu'il va… ?

— Je l'ignore, répondit le généraliste en secouant la tête. Il est trop tôt pour le dire. Pour l'instant, il est en vie. Nous n'en saurons pas davantage avant qu'il soit examiné à l'hôpital. De toute évidence, il vient d'avoir une crise cardiaque.

Le hurlement d'une sirène se fit brusquement entendre au loin.

— Restez avec lui, recommanda Travers. Je vais les chercher et leur expliquer ce qui s'est passé.

Tandis qu'ils attendaient les ambulanciers, Jenny se tourna vers son mari. Il était encore plus pâle que David. Le premier, il avait réagi en voyant son frère s'écrouler.

— Pour l'amour de Dieu, avait-il hurlé, faites quelque chose ! C'est une crise cardiaque.

Sans qu'on l'aide, il avait soulevé le corps de David et l'avait allongé sur le sol, doucement. Depuis, il n'avait pas prononcé une seule parole. Il tenait la main de son jumeau entre les siennes et le couvait d'un regard fixe, comme s'il cherchait à lui communiquer toute son énergie et lui permettre ainsi de vivre ; comme s'il espérait voir sa force, son sang, couler de son corps dans celui, inerte, de David.

Rien ni personne d'autre ne semblait plus exister pour lui.

— David… David… !

Tiggy se mit à hurler lorsque les ambulanciers soulevèrent son mari pour le placer sur la civière. Si Olivia et Caspar ne l'avaient pas retenue, elle se serait jetée sur le corps immobile de David. Olivia dut même la gifler pour qu'elle se calme un peu. Aussitôt, elle se mit à sangloter.

— David… David… où est-il ? Je veux être avec lui. Où est-il ?

— On le transporte à l'hôpital, Tiggy, lui expliqua Jenny avec douceur. Il est entre de bonnes mains.

— Ils ne peuvent pas l'emmener sans moi. Il risque de mourir, sans moi. Je veux être avec lui…

— Oncle Jon est à son côté, maman, intervint Olivia.

Le choc se lisait sur tous les visages ; les invités semblaient regarder Jenny comme s'ils attendaient quelque chose d'elle.

Elle prit une profonde inspiration et dit avec tout le calme dont elle était capable :

— Caspar, si vous pouviez conduire Olivia, sa mère et Ben à l'hôpital. Vous n'avez qu'à prendre ma voiture et…

— Je m'en charge, l'interrompit Saul, sur un ton sans appel. Ça ira plus vite, ajouta-t-il à l'adresse de Caspar, qui paraissait sur le point de protester. Je connais le chemin. Allons-y.

Il s'empara du bras de Tiggy, libérant ainsi Olivia qui put aller s'occuper de son grand-père.

Pendant ce temps, Ann, l'épouse de Hugh, s'était approchée de Jenny.

— Je vais rester ici et m'occuper de tout le monde, dit-elle. Tu vas sans doute vouloir te rendre à l'hôpital, toi aussi.

Elle lui tapota le bras.

— Et ne t'inquiète pas. Jon et David ont beau être jumeaux, cela ne signifie pas que… Ce sont deux personnes séparées, conclut-elle.

— Je sais, murmura Jenny en hochant la tête.

Cette horrible pensée, pourtant, la hantait.

Elle s'obligea à respirer profondément. Ce n'était pas le moment de perdre son sang-froid.

— Tu es sûre que ça ne te dérange pas ? demanda-t-elle à Ann.

— Certaine. Appelle-nous dès que tu auras du nouveau.

— C'est promis.

Jenny s'approcha de Ruth, qui se tenait un peu à l'écart.

— Je vais à l'hôpital. Veux-tu venir avec moi ?

Comme celle-ci acceptait la proposition d'un signe de tête, Jenny se tourna, cherchant du regard son fils aîné.

— Max.

Ce dernier était resté pétrifié depuis l'instant où David s'était écroulé. Son visage demeurait figé en une expression incrédule, comme s'il ne pouvait croire à ce qu'il venait de voir.

— Max ! répéta Jenny d'une voix plus forte, quand il la regarda sans paraître comprendre.

Lorsqu'elle fut certaine d'avoir enfin toute son attention, elle dit :

— Nous ne pouvons pas tous nous rendre à l'hôpital. Je veux que tu restes ici pour aider Ann. J'appellerai aussitôt que nous aurons des nouvelles.

Puis elle enchaîna :

— Luc va reconduire ses parents et son oncle Laurence, et James s'occupera des autres. Apparemment, Luc est le seul que son père autorise à conduire sa Rolls. C'est une chance qu'il soit arrivé tard ; il n'a rien bu.

La mention du prénom de Luc parut faire réagir Max, pour la première fois.

— Dieu bénisse saint Luc ! ironisa-t-il d'un ton méchant.

Jenny le fusilla du regard, ravalant une réflexion acerbe. L'instant était malvenu pour une querelle. D'ailleurs, Ann la poussait doucement vers la voiture.

— Allez, va, je m'occupe de tout.

Quand Jenny et Ruth arrivèrent à l'hôpital, le cardiologue se trouvait au chevet de David.

Dès qu'elle pénétra dans la salle d'attente, Jenny chercha son mari du regard. Jon était assis dans un coin de la pièce, en compagnie d'Olivia et de Tiggy. Cette dernière pleurait sur son épaule, et il avait passé un bras protecteur autour d'elle.

Jenny les considéra gravement.

— C'est pour Olivia que je me fais le plus de souci, murmura Ruth. Si elle ne fait pas attention, elle va devenir une béquille pour Tiggy.

Jenny s'approcha de son mari. Encore sous le choc, il parut à peine la reconnaître. Il leva les yeux, la regarda, mais son visage resta totalement dénué d'expression.

— Est-ce qu'on a des nouvelles ? demanda-t-elle.

Ce fut Olivia qui lui répondit :

— Non. Encore rien de concret. Ils ont confirmé que papa avait eu une crise cardiaque, mais ils ne savent pas encore…

Elle se couvrit la bouche avec sa main, et ses yeux s'emplirent de larmes.

— Allons, allons ! fit une voix d'homme, à côté d'elle. Au moins, est-il vivant et entre les mains de personnes compétentes…

Olivia eut un regard de gratitude à l'adresse de Saul, qui venait de s'approcher. Il avait été merveilleux, durant le trajet jusqu'à l'hôpital, faisant preuve d'un grand sang-froid et parvenant même à calmer Tiggy sans trahir le moindre sentiment de dédain ou de désapprobation — ce dont Caspar n'aurait peut-être pas été capable, souffla une petite voix à Olivia. Et dès leur arrivée aux urgences, Saul s'était encore occupé de tout. C'était lui qui était allé glisser quelques mots à une infirmière, à propos de Ben.

Ce dernier, en effet, semblait avoir pris dix ans en autant de minutes ; on avait bien du mal à reconnaître le patriarche dominateur et irascible chez ce vieillard si frêle et à l'air si vulnérable. Comme si la crise cardiaque de son fils l'avait privé de toutes ses forces vitales.

Oncle Jon, aussi, paraissait effondré, quoique différemment.

Fermant les yeux, Olivia essaya de ne pas penser, pendant au moins quelques instants.

De son côté, Jon tentait de se forcer à réfléchir. Le choc qu'il avait éprouvé en voyant son frère s'écrouler devant lui avait été si violent, si insupportable, qu'il lui semblait presque s'être dédoublé, alors. Il avait l'impression étrange de ne pas participer vraiment à ce qui se passait autour de lui, comme s'il était sorti de son enveloppe corporelle. Il agissait, se mouvait et parlait normalement, mais son esprit était ailleurs.

Il essaya d'imaginer qu'il se trouvait à la place de son frère et gisait sur un lit de cet hôpital.

Jenny sangloterait-elle ? Serait-elle désespérée, effondrée, inconsolable à l'idée de le perdre ? Ou bien regarderait-elle David en se disant… en espérant…

Il les avait observés alors qu'ils dansaient ensemble, plus tôt dans la soirée ; il avait vu leurs corps tout près l'un de l'autre, leurs têtes qui se touchaient presque tandis que David chuchotait quelque chose à l'oreille de Jenny. Que lui disait-il ?

Jon n'avait jamais entretenu la moindre illusion sur les raisons qui avaient poussé Jenny à l'épouser. Si elle n'était pas tombée enceinte… Et après tout, c'était lui qui avait insisté pour qu'ils se marient. Il ne pouvait pas lui en vouloir d'avoir accepté. Il avait toujours su, aussi, ce qu'elle éprouvait pour David.

Il revoyait le visage de son père et le soulagement évident de celui-ci lorsqu'il lui avait annoncé qu'il épousait Jenny — et pourquoi. Il avait prévu ce que Ben penserait : une fois mariée avec Jon, la jeune fille ne représenterait plus aucune menace pour l'avenir de David, tel qu'il avait été déjà tracé. La cérémonie avait été discrète, et David, qui se trouvait alors à Oxford, avait écrit pour dire qu'il ne pourrait pas y assister.

Jenny avait vraiment fait son possible pour que leur mariage fonctionne — tout comme lui. Elle avait été une bonne épouse et une mère modèle. Mais Jon avait surpris la lueur dans ses yeux, ce soir, alors qu'elle contemplait son reflet dans le miroir de leur chambre à coucher. Bien qu'elle ne s'en fût sans doute pas rendu compte, il n'avait pu s'arracher à la vision de sa femme, si différente, si... désirable et si... féminine. Elle ne ressemblait pas à la Jenny qu'il connaissait. Et en constatant le soin qu'elle avait apporté à son apparence, Jon avait senti son cœur chavirer.

Jamais, durant toutes leurs années de mariage, elle ne s'était donné autant de mal pour le séduire ! Car pour Jon il était évident que cette robe, cette silhouette élégante, transformée, ces préparatifs, ne lui étaient pas destinés. Elle avait fait tout cela pour David, bien sûr.

Et ce dernier n'était pas resté insensible.

Comme la plupart des autres hommes présents à la réception, d'ailleurs. Jon n'était pas aveugle. Il avait vu les réactions que Jenny suscitait — d'abord le petit froncement de sourcils étonné, lorsqu'ils la reconnaissaient, puis aussitôt, un long regard plus appuyé, appréciateur. Flatteur.

Que lui avait dit David, alors qu'ils dansaient ensemble ? se demanda encore Jon. Lui avait-il chuchoté à quel point elle était séduisante et attirante ? Lui avait-il rappelé que tous les deux, autrefois...

Et Jenny, qu'avait-elle ressenti ?

Il secoua la tête. Voulait-il seulement le savoir ?

David était son frère, son jumeau, et Jon s'était entendu répéter, depuis sa naissance, que cette relation créait un lien entre eux ; un lien d'amour et de loyauté indestructible.

Or, que voyait-il, alors que David se mourait peut-être ? Non pas le visage tordu de douleur de son frère, terrassé par l'infarctus, mais ce dernier en train de danser avec Jenny.

Il voulait que son frère vive, bien sûr ! Pourquoi, dans ce cas, ressentait-il un tel vide, à l'intérieur de lui-même ? Pourquoi n'éprouvait-il pas la moindre émotion ?

Tiggy continuait de pleurer et de trembler, et Jon la serra plus fort contre lui. Elle, au moins, ne nourrissait pas des sentiments ambivalents. Elle ne pensait qu'à David.

Jon garda la tête baissée. Il ne pouvait se résoudre à regarder Jenny. Il craignait trop de voir ce qu'elle éprouvait, de lire, dans ses yeux, son angoisse et son amour pour un autre.

*
* *

La porte de la salle d'attente s'ouvrit, et le cardiologue entra dans la pièce. Jenny remarqua qu'il avait l'air grave et fatigué.

— David est hors de danger, déclara-t-il. Pour le moment. Il a eu une crise cardiaque très grave et…

Il s'interrompit, tandis que Tiggy se mettait à sangloter de plus belle, s'accrochant à Jon.

— En fait, il a beaucoup de chance d'être encore en vie, reprit-il.

Jenny fit un pas en avant.

— Qu'essayez-vous exactement de nous dire ? demanda-t-elle.

— David est gravement malade. Son état est critique, et les prochaines vingt-quatre heures seront décisives. Jusque-là, nous ne saurons pas…

— Risque-t-il d'avoir une deuxième attaque ? insista Jenny.

— C'est une possibilité.

— Est-ce… est-ce qu'on peut le voir ? demanda Jon d'une voix sourde.

Le médecin secoua la tête.

— Non. Pas pour l'instant. Il est impératif qu'il reste au calme, et sous sédatif. En fait, ce que vous pouvez faire de mieux pour lui, maintenant, c'est de rentrer chez vous et de vous reposer.

Il surprit le regard appuyé que Jenny posa sur Ben, sortit dans le couloir et appela une infirmière. En revenant, il prit Jenny à part.

— Je vais prescrire quelque chose à votre beau-père. Son cœur n'est peut-être pas aussi fort qu'il devait l'être.

Un moment plus tard, comme Saul faisait sortir tout le monde de la salle d'attente, Jon s'approcha de Jenny.

— Tiggy est vraiment bouleversée, dit-il. On ne peut pas la laisser seule. Je vais la ramener et rester chez eux, ce soir, au cas où elle aurait besoin de moi.

— D'accord, murmura Jenny.

Elle s'abstint de lui rappeler que la maison de Tiggy était pleine de parents de Chester vers lesquels elle pourrait se tourner si elle avait besoin d'une épaule pour pleurer — sans parler d'Olivia et de Caspar.

Mais à quoi bon ? Jon n'aurait pas compris. Il attendait d'elle qu'elle accepte, comme il avait lui-même toujours tout accepté, sans discuter. Les besoins et les désirs de David, et par conséquent ceux de ses proches, passaient systématiquement avant le reste.

Tandis qu'elle retournait vers sa voiture, Jenny s'avisa soudain que Jon ne lui avait rien dit au sujet de sa robe. C'était ridicule, vraiment, de penser à un détail aussi trivial, alors qu'ils devaient affronter une affreuse tragédie. Ridicule et scandaleusement égoïste !

Pourtant…

Elle n'avait même pas réussi à danser avec Jon ! En fait, elle ne se souvenait même plus de la dernière fois qu'ils avaient dansé ensemble, tous les deux. Et pourquoi ne lui avait-il pas parlé de sa robe ? Lui avait-elle déplu ?

« Arrête ! se dit-elle. Tu n'es plus une adolescente. Tu es une adulte ! »

8

— Au moins, le cardiologue a-t-il l'air sûr de lui quand il affirme que David a passé le pire, remarqua Saul.

Olivia se tourna vers lui.

— Il a survécu à cette attaque, d'accord, mais le Dr Hayes nous a prévenus qu'il faudrait un certain temps avant que papa soit totalement hors de danger. Ils le gardent dans l'unité de soins intensifs jusqu'à la fin de la semaine ; après, il devra rester à l'hôpital. En tout cas, il n'est pas question qu'il travaille pendant au moins trois mois.

— Mmm. Que va faire Jon, à ton avis ? Engager un suppléant ?

— Je ne sais pas. Jusqu'à maintenant, la question n'a pas vraiment été abordée. Nous étions trop préoccupés par l'état de papa. Il va falloir y penser, à présent.

— J'aimerais pouvoir vous aider, mais c'est impossible. Nous sommes en train de négocier de nouveaux contrats avec le Japon et, sans entrer dans le détail, cela se révèle extrêmement complexe du point de vue légal. Hillary se plaint sans cesse qu'elle ne me voit jamais — ou plutôt, elle s'en plaignait il y a encore quelque temps. Maintenant, j'ai plutôt l'impression que moins elle me voit, mieux elle se porte.

L'amertume, dans la voix de Saul, fit tressaillir Olivia. Il avait décidé de rester à Haslewich avec sa famille, le temps que la crise provoquée par l'infarctus de David se résorbe un peu. Et durant les trois derniers jours, Olivia avait pu constater que le mariage de Saul ne tenait en effet plus qu'à un fil. Si celui-ci faisait encore des efforts pour maintenir un vague statu quo avec Hillary, c'était avant tout pour le bien de ses enfants, qu'il adorait.

Ils se trouvaient dans le salon de Queensmead en compagnie du reste de la famille la plus proche, réunie pour entendre le dernier rapport des médecins concernant l'état de David.

C'était Olivia qui était allée le voir, aujourd'hui. Elle et Jon accompagnaient tour à tour Tiggy au chevet de son mari. Tacitement, il avait été décidé que Tiggy, très éprouvée par la crise cardiaque de David, était incapable de lui rendre visite seule, sans quelqu'un pour la soutenir. Si David était conscient et en mesure de communiquer, il était encore sous sédatif et on le gardait dans l'unité de soins intensifs.

Hugh et Ann étaient restés à Queensmead jusqu'à ce que le danger le plus immédiat soit écarté. Puis, ils étaient rentrés chez eux, Hugh devant siéger au tribunal. Saul, pour sa part, était en vacances.

— J'avais espéré que nous partirions quelque part avec les enfants, mais Hillary se refuse à passer du temps coincée entre eux et moi, avait-il expliqué à Olivia. Elle parle de se rendre aux Etats-Unis pour aller voir sa famille.

En silence, Olivia s'était contentée de hocher la tête. Que pouvait-elle dire ? Elle-même n'avait-elle pas déjà des problèmes avec Caspar ?

Celui-ci était descendu s'installer dans sa chambre, après la crise cardiaque de David, et la nuit dernière…

Elle ferma les yeux, dépassée soudain par l'ampleur des malentendus qui paraissaient s'accumuler entre eux, et qui éveillaient en elle des sentiments d'anxiété, de panique et de ressentiment qu'elle ne savait pas gérer.

Comment les choses avaient-elles pu se détériorer de la sorte ?

Bien sûr, elle n'avait pas oublié combien Caspar avait souffert de se sentir rejeté en grandissant. Il lui en avait parlé souvent, ouvertement, et elle aussi lui avait parlé de ses blessures d'enfance. Elle avait cru qu'ils se comprenaient. Et même si Caspar soulignait parfois l'incapacité d'Olivia à exprimer ses sentiments, il devait savoir que sa peur de prononcer les mots « je t'aime » ne diminuait en rien la profondeur de son engagement envers lui. Et s'il était conscient du besoin que lui-même avait de réécrire le scénario émotionnel de son enfance en réclamant la première place, dans le cœur et dans la vie d'Olivia, cela signifiait qu'il avait réglé le problème. Du moins l'avait-elle pensé.

Car elle n'en était plus si certaine, à présent. Elle avait été choquée de découvrir que Caspar, loin d'être l'adulte mature sur lequel elle pouvait s'appuyer, qu'elle pouvait respecter et même admirer — ce qu'elle n'avait jamais pu faire avec son père —, Caspar, donc, était capable comme ce dernier de se laisser dominer par ses émotions et de se comporter de manière irresponsable ou égoïste, exigeant d'elle qu'elle ignore ses propres besoins pour ne se préoccuper que des siens à lui.

Comme la veille au soir…

C'était elle qui avait suggéré qu'il quitte sa chambre, sous les toits, et vienne dormir avec elle. Elle avait besoin de la présence réconfortante de son corps, dans le même lit qu'elle ; besoin de sa chaleur ; besoin de le sentir à son côté, tout simplement. Bien sûr, les événements des derniers jours l'avaient profondément ébranlée. Mais elle était surtout bouleversée de constater que la découverte de la boulimie de sa mère l'affectait plus que la crise cardiaque dont son père avait été victime. Et les raisons de cette réaction, qu'elle devinait, ne faisaient qu'ajouter à sa honte. Un infarctus était un accident qu'on pouvait expliquer, comprendre, dont on pouvait discuter. Alors que la maladie de sa mère…

Elle éprouvait la nécessité urgente, désespérée, de parler de tout cela avec Caspar ; il lui fallait savoir s'il se montrerait compréhensif et compatirait à son déchirement. Une part d'elle ne voulait rien tant que s'échapper et tourner le dos à tout cela, la maison, la famille, le passé, pour aller commencer une nouvelle vie avec lui, à Philadelphie, où on ne la jugerait que sur ses propres mérites, sans chercher à savoir qui elle était, ni d'où elle venait. Et puis, il y avait cette autre part d'elle-même, rongée par la culpabilité, qui se sentait tenue d'agir pour protéger et aider sa mère, qu'elle découvrait soudain si vulnérable.

Olivia était perdue, et elle avait besoin de Caspar ; besoin de sa compréhension et besoin d'un peu de temps. Mais, de toute évidence, il n'était prêt à lui donner ni l'un ni l'autre, ainsi qu'il le lui avait prouvé la nuit passée.

Elle ferma les yeux, et se retrouva aussitôt dans sa chambre, éclairée par le pâle rayon de lune qui filtrait à travers les rideaux.

— Caspar, chuchota-t-elle. Tu dors ?

— A ton avis ?

Il se retourna et l'attira contre lui, enfouissant son visage dans son cou.

— Mmm, tu m'as manqué !

Apparemment, songea Olivia, il était trop occupé à savourer le goût de sa peau pour s'apercevoir combien elle était crispée.

— Caspar ! protesta-t-elle.

Mais il l'ignora et, jetant une jambe en travers de son corps, il lui saisit le visage et l'embrassa à pleine bouche.

Olivia hésita une fraction de seconde, avant de répondre à son baiser. Elle n'avait rien contre l'idée de faire l'amour. Simplement, en cet instant, elle avait surtout besoin de parler, d'exprimer tous les sentiments contradictoires qui la déchiraient ; et Caspar était la seule personne à qui elle pouvait se confier.

Mais lui ne pensait qu'à la caresser. Abandonnant ses lèvres, il prit la pointe d'un de ses seins entre ses lèvres. Aussitôt, le corps d'Olivia répondit à cette caresse tandis que son esprit continuait de se rebeller.

En temps normal, elle aurait plongé les doigts dans la chevelure épaisse de Caspar, afin de le presser plus fort contre elle ; en cet instant, elle n'avait qu'une envie : le repousser. Ne sentait-il donc pas sa réticence ? Etait-il à ce point aveugle, indifférent ?

La pression des lèvres de Caspar sur son sein s'accentua ; celle de son corps contre le sien aussi. Olivia sentit son érection entre ses cuisses. Pour la première fois depuis le début de leur relation, elle éprouva le besoin d'en finir. Les préliminaires qu'elle aimait tant, et auxquels elle prenait toujours beaucoup de plaisir, n'étaient plus qu'un devoir, une corvée dont elle rêvait de se débarrasser. Puisque le besoin sexuel de Caspar était si important pour lui — tellement plus important que ce qu'elle pouvait désirer — et puisqu'il était manifestement prêt, qu'attendait-il ?

Elle s'agita avec impatience contre lui, mais il interpréta mal son invitation et commença de la caresser, descendant vers ses hanches, lui massant le ventre et les fesses, avant de glisser une main entre ses jambes.

Olivia serra les dents ; elle dut aussi se raidir un peu plus car, enfin, Caspar lui demanda :

— Qu'y a-t-il ? Qu'est-ce qui ne va pas ?

Il avait tout de même remarqué ! songea Olivia.

— Rien, répondit-elle d'un ton sec, avant d'ajouter : écoute, Caspar, est-ce qu'on pourrait en finir ? Je suis fatiguée, et puisque tu tiens absolument à…

Alors même qu'elle les prononçait, Olivia se rendit compte combien ses paroles étaient affreuses ; mais elle n'avait pu les garder pour elle. Etait-ce sa faute si Caspar était aveugle et égoïste au point de ne pas comprendre qu'elle n'était pas disposée à faire l'amour ? Elle voulait juste qu'il la tienne dans ses bras et qu'il la réconforte. Elle voulait qu'il l'écoute, et non qu'il la traite comme un objet lui permettant de soulager sa tension sexuelle.

Un instant, il scruta son visage dans la pénombre. Puis, il se dégagea. Il n'était pas homme à prendre une femme contre son gré. Il lui avait confié un jour que pour jouir du sexe, il avait besoin que le plaisir soit partagé, que les deux partenaires donnent et prennent mutuellement. Mais alors qu'Olivia s'apprêtait à lui tourner le dos, il lui saisit le bras et, roulant sur elle, il la bloqua sous son poids. Il avait agi avec une telle force et une telle rapidité qu'elle n'avait pu se défendre. Lorsqu'elle leva les yeux vers lui, choquée, il déclara avec colère :

— Très bien, si c'est ce que tu veux !

— Caspar…, protesta-t-elle.

Trop tard. Il était déjà en elle.

Malgré ses réticences et sa résistance, Olivia dut reconnaître qu'elle était prête à le recevoir.

— Tu voulais qu'on en finisse, non ? lui rappela Caspar.

Et il se mit à bouger en elle, de plus en plus vite, de plus en plus fort.

A sa grande stupéfaction, Olivia se réjouit presque de l'avoir fait ainsi sortir de ses gonds. A croire qu'en le provoquant, en suscitant sa colère, elle pouvait se permettre de reconnaître et d'accepter ses propres besoins sexuels.

Bientôt, en effet, elle sentit son corps répondre aux coups de boutoir de Caspar. Elle voulait encore le repousser, l'obliger à se retirer en le griffant, en le mordant ; et dans le même temps… dans le même temps…

Elle poussa un cri rauque, alors que les premières contractions de l'orgasme la prenaient par surprise.

Il était trop tard, beaucoup trop tard pour faire autre chose que s'enrouler autour de lui et crier son prénom tandis qu'elle sentait aller et venir en elle l'intensité dévorante de son désir d'homme.

Jamais, jusqu'alors, ils ne s'étaient servis du sexe comme d'un moyen de se faire du mal.

Quand tout fut terminé, Olivia tourna le dos à Caspar ; lorsqu'il lui toucha le bras, avec douceur, et qu'il l'appela d'une voix hésitante, elle fit semblant de dormir.

Au bout d'un moment, elle sentit qu'il s'écartait. Elle demeura immobile, crispée. Elle aurait voulu se blottir contre lui, sentir ses bras autour d'elle... Mais elle était trop en colère, trop blessée pour le lui avouer.

Quand elle s'était réveillée, ce matin, Caspar se trouvait déjà dans la salle de bains. Et toute la journée, ils avaient adopté une attitude distante et réservée l'un envers l'autre.

Pour Olivia, Caspar était le seul fautif. C'est lui qui avait tort ; pas elle. Il aurait dû sentir ce qu'elle ressentait ; il aurait dû comprendre.

Ne voyait-il pas la distance qui s'installait entre eux ? Il lui semblait qu'elle ne pouvait plus se confier à lui, désormais, qu'elle ne pouvait plus lui parler de ses nuits d'insomnie, durant lesquelles, incapable de dormir, elle s'inquiétait à propos de son père, mais surtout de sa mère ; l'oreille tendue, elle attendait le moment où elle l'entendrait gagner le rez-de-chaussée afin de sombrer dans une nouvelle crise de boulimie.

Revenant au présent, Olivia vit Jon qui s'approchait d'elle, et elle lui adressa un sourire las. Son oncle était sans doute celui qui souffrait le plus du malaise de David. Non seulement il était son jumeau, ce qui devait rendre l'épreuve particulièrement difficile, sur le plan psychologique, mais il supportait en plus tout le poids de l'inquiétude familiale, en particulier celle de Tiggy et de Ben.

Dans le cas de la première, la peur panique qu'elle ressentait se manifestait par des crises de sanglots hystériques et le besoin constant de s'accrocher à Jon, tant physiquement qu'émotionnellement — ce qui ne devait pas être facile pour lui.

Quant à Ben…

Olivia jeta un regard sévère en direction de son grand-père, installé de l'autre côté de la pièce. Il donnait l'impression de regretter que ce fût David, et non Jon, qui ait été terrassé par une crise cardiaque. S'en rendait-il compte ? Probablement pas. Néanmoins, malgré son calme et son stoïcisme, Jon devait être blessé par le comportement de son père. Celui-ci, avec colère, lui avait fait remarquer que son incapacité à endosser une part égale du travail, au cabinet, avait conduit David à s'épuiser à la tâche, au point de s'abîmer le cœur.

Soudain, la voix de Saul, qui s'adressait à Jon, arracha Olivia à ses pensées :

— Je demandais à Livvy, tout à l'heure, comment tu allais te débrouiller, au cabinet. J'imagine que tu vas vouloir engager un suppléant.

— Non !

La violence de la réaction de Jonathon stupéfia Olivia. Son oncle était toujours si pondéré. Jamais il ne haussait le ton.

— Je... je n'ai pas encore eu le temps de prendre une décision à ce sujet, ajouta-t-il.

— Mais tu vas devoir y penser rapidement, intervint Jenny, installée dans un fauteuil voisin. Tu ne peux pas faire tourner le cabinet seul. Il y a beaucoup trop de travail et...

— Et quoi ? s'exclama Jon en se tournant pour faire face à sa femme. Je ne suis pas David et, par conséquent, je suis totalement incapable d'endosser une telle responsabilité ? C'est ça ?

— Jon, tu sais très bien que je ne pense rien de tel...

— Je pourrais peut-être aider, pendant quelque temps...

A peine Olivia eut-elle prononcé ces paroles qu'elle se demanda quelle mouche l'avait piquée. Ne devait-elle pas se rendre aux Etats-Unis, avec Caspar ? Tout n'était-il pas déjà prévu ?

— Oh ! Livvy, tu ferais ça ? s'exclama Jenny avec un évident soulagement. Mais... et ton travail ?

Olivia sentait peser sur elle le regard de Caspar, depuis l'autre côté de la pièce. Hillary était assise à côté de lui, comme bien souvent ces derniers temps, et elle se pencha pour lui chuchoter quelques mots à l'oreille.

Aussitôt, Olivia pinça les lèvres et leva le menton.

— En fait, dit-elle à sa tante, je n'ai pas de travail à proprement parler, en ce moment. Je n'ai pas encore eu l'occasion de l'annoncer à la famille, mais j'ai démissionné de mon poste. Rien ne m'empêche de remplacer papa et de travailler au cabinet — au moins pendant une petite période.

— Vraiment ? Oh ! Livvy, ce serait merveilleux ! s'écria Jenny. N'est-ce pas, Jon ?

— Quoi ? Quoi ? Qu'est-ce que c'est ? fit Ben, à qui Max venait d'expliquer ce qui se passait.

— Livvy vient de nous proposer de remplacer David au cabinet, répondit Jenny. Jusqu'à ce qu'il soit en état de reprendre son travail.

— Elle ne peut pas, voyons ! C'est une fille…

— Je suis peut-être une fille, grand-père, déclara Olivia d'une voix ferme, mais je suis aussi avocat, avec des qualifications et de l'expérience.

Son cœur battait follement dans sa poitrine. Néanmoins, elle réussit à regarder son aïeul droit dans les yeux, sans rien laisser paraître de son trouble.

— Je sais que c'est ce que papa aimerait me voir faire. A moins, bien sûr, que Max ne veuille…

— C'est impossible ! l'interrompit Ben avec humeur. Tu sais très bien qu'il se prépare pour le barreau.

— Dans ce cas, le problème est réglé, conclut Olivia.

Puis, voyant que son oncle Jon paraissait encore hésiter, elle reprit, d'un ton sans réplique :

— Ma décision est prise. Je serai au cabinet demain matin, à la première heure. Point final.

Olivia retint son souffle. Elle s'attendait à des réactions vives, à une levée de boucliers ; on allait lui répondre qu'elle bluffait. Mais rien de tel ne se produisit. Ils avaient besoin d'elle, comprit-elle avec amertume. Même si, à l'exception de Jenny, nul n'était disposé à l'admettre. Eh bien, elle allait leur montrer de quoi elle était capable ! Elle leur prouverait qu'elle était aussi professionnelle que n'importe quel Crighton mâle — et même bien plus que certains.

En face d'elle, Max la considérait de son air méprisant, et elle se demanda s'il avait annoncé à Ben que son accession au statut de membre junior de son cabinet était loin d'être aussi acquise qu'il avait voulu le laisser croire. C'était son affaire, après tout. Mais elle préférait ne pas être à sa place si la sélection finale se faisait à son détriment, comme Caspar le pensait.

— Pourquoi ? lui avait-elle demandé, le jour où ils en avaient parlé. Quels sont les motifs invoqués ?

— Il y en a plusieurs. D'abord, il n'est pas du bon sexe. Ensuite, je ne crois pas qu'il ait les compétences nécessaires pour emporter la partie.

— Il a réussi ses examens.

— Peut-être, mais sans se distinguer particulièrement. Et il n'est pas très apprécié. Oui, je sais ce que tu vas me dire : il n'est pas mauvais, pour un *barrister*, d'avoir la réputation d'être un peu craint par ses pairs. En l'occurrence, toutefois, je crois que ses pairs le méprisent bien plus qu'ils ne le craignent.

Tandis qu'elle considérait la mine hautaine de son cousin, Olivia songea brusquement qu'elle comprenait pourquoi.

Puis, comme son regard glissait à travers la pièce, elle croisa celui de Caspar, fixé sur elle. Son cœur fit un bond dans sa poitrine. Comment allait-il réagir à sa décision impulsive de remplacer temporairement son père au cabinet ? Forcément, leurs projets devraient être différés. Caspar comprendrait-il les raisons qui l'avaient poussée à offrir son aide ?

— Bien ! Tu t'es sentie tenue de le faire pour ton père. C'est tout à fait admirable. Et nous, dans tout ça, Livvy ? Et moi ? Tu ne crois pas que j'avais au moins le droit d'être consulté ?

Olivia tressaillit. Caspar avait brusquement cessé d'arpenter la pièce, et il la regardait droit dans les yeux.

— Je n'ai pas réfléchi, admit-elle. Je… j'ai juste pensé que tu comprendrais.

— Oh ! je comprends très bien, en effet. Je comprends que tu n'as pas pu résister à l'opportunité de gagner l'approbation de ton grand-père et de le voir enfin te dire à quel point il est fier de toi… à quel point il t'aime. Mais ça n'arrivera pas, Livvy. Parce que ton grand-père n'admettra jamais qu'il est capable de commettre une telle erreur de jugement, ou qu'une femme est aussi capable qu'un homme de faire une bonne juriste. Il ne peut pas. Il faudrait qu'il renie tout ce en quoi il croit, et il est bien trop vieux et bien trop têtu pour ça.

Caspar s'interrompit, le temps de recouvrer son souffle.

— Tu penseras à tout ça quand tu seras en train de jouer les filles modèles — au détriment de ta vie de femme. Tu pourras penser à autre chose, aussi, ajouta-t-il avec amertume. Moi, je suis fier de toi. Moi, je t'apprécie pour ce que tu es. Moi, je t'aime. Mais mes sentiments n'ont plus l'air de compter pour toi. Comme les projets que nous avons faits ensemble.

Il secoua la tête.

— Heureusement, je m'en suis aperçu avant qu'il ne soit trop tard. Il est hors de question que je construise ma vie autour d'une femme qui va toujours courir vers sa famille, chaque fois qu'on a besoin d'elle, et qui place toujours celle-ci au premier plan. Tu es aussi…

— C'est faux ! coupa Olivia avec fureur. Je ne suis pas en train de t'abandonner pour ma famille, Caspar. Quant à nos plans, je les ai simplement différés de quelques semaines, le temps que mon père soit en état de reprendre le travail. Tu sais quel est ton problème ?

Une petite voix intérieure lui souffla de mesurer ses propos, mais elle ne l'écouta pas.

— Tu es très fort pour m'accuser de m'accrocher à un schéma de comportement datant de mon enfance, ou pour interpréter l'aide que j'apporte à ma famille comme un besoin puéril de gagner l'approbation de mon grand-père. Et toi ? Si on parlait un peu de toi, du fait que tu agis encore comme le petit garçon qui souffrait de ne pas occuper la première place dans la vie de ses parents ? Ce n'est pas ma faute, si tes parents ont divorcé, Caspar. Ce n'est pas ma faute si ton père a eu d'autres enfants. Oh ! et puis, tout ça ne mène à rien ! conclut-elle d'un ton las.

Elle ne voulait pas se disputer avec Caspar ; maintenant moins que jamais. Elle avait tellement besoin de son soutien ! Poussant un soupir, elle écarta une mèche de son visage et considéra Caspar d'un air suppliant. Il demeura de marbre.

— Non, cela ne mène nulle part, en effet, répliqua-t-il avec froideur. Peut-être, justement, parce que nous n'avons plus nulle part où aller ensemble. Tu as pris ta décision, Olivia. Tu as fait ton choix, sans éprouver le besoin de m'en parler d'abord. Cela me paraît très révélateur de l'importance que tu accordes à notre relation. Par conséquent…

— Caspar, que fais-tu ? s'exclama Olivia, comme il se dirigeait vers la porte.

Il l'ouvrit et marqua une pause.

— Tu le sais très bien, répondit-il en posant un regard froid sur elle. Il est trop tard pour que je rentre à Londres, ce soir. Mais dès demain matin, je prendrai les mesures nécessaires pour partir. Je ne vois aucune raison de demeurer ici plus longtemps.

— Caspar ! protesta encore Olivia.

Trop tard. Il était déjà sorti. Et d'ailleurs, en dépit de sa détresse, Olivia éprouvait trop de colère et de ressentiment pour se lancer à sa suite.

Soit, elle avait agi impétueusement. Soit, elle aurait dû s'ouvrir à Caspar, avant de faire son offre à Jon. Mais devait-il pour autant juger ses motifs comme il le faisait ? Il n'avait pas le droit de réagir ainsi, sans chercher à comprendre sa position, en exigeant d'elle qu'elle concentre toute sa vie sur lui, et lui seulement. Et puis, elle avait essayé de lui parler, la veille au soir. Etait-ce sa faute s'il avait alors d'autres priorités ?

Elle se leva et marcha jusqu'à la fenêtre. Caspar était dans le jardin, lui tournant le dos, les mains dans les poches. La brise du soir ébouriffait ses cheveux.

Elle aurait dû le rejoindre et essayer de lui faire comprendre son point de vue ; elle aurait dû lui présenter ses excuses pour ne pas l'avoir consulté, lui montrer qu'elle l'aimait, l'assurer qu'une fois qu'elle serait libérée de son devoir envers ses parents, envers sa famille, ils pourraient être ensemble, ainsi qu'ils l'avaient projeté. De son côté, il lui faudrait accepter le fait qu'elle ne pouvait pas reprendre la parole donnée. Pas maintenant. Si elle se désistait, cela ne ferait que confirmer l'opinion négative de son grand-père vis-à-vis des femmes et de leur incapacité à poursuivre sérieusement une carrière, à placer la logique avant les émotions.

Mais Caspar était-il capable de comprendre tout cela ?

Saul avait peut-être raison, cet après-midi, quand il avait déclaré avec tristesse que les Américains avaient une façon différente d'aborder la vie, que leurs priorités n'étaient pas les mêmes. En l'entendant, Olivia avait imputé sa désillusion aux problèmes qu'il connaissait avec Hillary.

Tout à coup, elle n'était plus si sûre…

— Au moins, l'offre de Livvy va-t-elle t'ôter une épine du pied, déclara Jenny.

— Oui, répondit Jon de façon laconique.

Ils se trouvaient tous deux dans la cuisine, où Jenny avait commencé de préparer le dîner.

Celle-ci considéra son mari d'un air pensif. Sa brusquerie ne faisait que confirmer ce qu'elle avait déjà pressenti : pour quelque raison mystérieuse, Jon ne souhaitait pas qu'Olivia travaille au cabinet. Elle le connaissait assez pour savoir que cela n'avait rien à voir avec le fait qu'elle fût une femme.

— Tu n'as pas l'air très enthousiaste, insista-t-elle. Tu ne peux pourtant pas tout assumer tout seul. Tu as besoin…

— Oui, je sais cela, Jenny, l'interrompit Jon. Mais ma vie serait considérablement facilitée si certains membres de cette famille cessaient de décider de ce qui est mieux pour moi, et si on me donnait la latitude de prendre mes propres décisions.

Jenny le regarda fixement. Elle savait que l'accusation lui était adressée ; en même temps, elle était si injuste, et si peu dans le caractère de Jon, qu'elle avait peine à croire que ces mots étaient sortis de sa bouche.

— Jon ! protesta-t-elle.

— Il faut que j'aille voir Tiggy, fit-il froidement. Elle est dans tous ses états à cause de je ne sais quel problème avec la banque. J'ai promis de passer ce soir.

— Olivia est là-bas, tu sais, rappela Jenny en s'efforçant de garder un ton neutre. Si Tiggy lui a parlé de son problème, elle est capable de le régler.

— Sans doute, mais Tiggy préfère peut-être me demander mon aide, plutôt que de s'adresser à Olivia. Elle a l'impression que sa fille la désapprouve, qu'elle la juge trop… irresponsable. Elles ont des personnalités assez discordantes, comme tu l'as souvent dit toi-même.

— Je doute d'avoir un jour dit qu'elles avaient des personnalités discordantes, souligna Jenny. Différentes, oui. En plus, je pense que tu as tort d'accuser Olivia de désapprouver sa mère.

— Je n'accuse Olivia de rien. Je répète simplement ce que Tiggy m'a confié sous le sceau de la confidence. D'ailleurs, toi aussi, tu pourrais essayer de faire preuve d'un peu plus de compassion et de compréhension, Jenny. Je sais que tu n'as jamais été très proche de Tiggy et qu'il lui est arrivé, dans le passé, de se montrer un peu maladroite, mais cela ne signifie pas qu'elle ne ressent pas…

Jon marqua une pause, visiblement mal à l'aise, comme s'il prenait conscience d'en avoir trop dit, de s'être trahi. Depuis quand jugeait-il nécessaire de prendre la défense de Tiggy contre elle ? se demanda Jenny.

— Olivia s'est toujours mieux entendue avec toi qu'avec sa mère, remarqua-t-il.

La manière dont il triturait le couteau que Jenny venait de poser sur la table prouvait aussi à quel point il était gêné, tendu.

— Olivia et moi avons toujours été très proches, c'est vrai, admit-elle. Mais ce n'est pas pour autant…

Elle s'interrompit.

— Tiggy a parfois tendance à réagir de manière exagérée, reprit-elle en choisissant ses mots. Elle a besoin…

— Elle a besoin qu'on l'aide. Ce n'est pas pour ça qu'il faut l'amener à en concevoir de la honte ou de la culpabilité.

— Bien sûr que non ! s'exclama Jenny.

Comment la conversation avait-elle pu dévier à ce point ?

A aucun moment elle n'avait eu l'intention de critiquer sa belle-sœur ; toutefois, au point où ils en étaient, il ne servait à rien de le préciser. Jon n'était manifestement pas d'humeur à l'écouter, et il risquait même d'interpréter de travers tout ce qu'elle dirait.

En temps normal, ils se seraient assis et ils auraient discuté posément de la situation. Mais Jon était nerveux et susceptible, ces jours-ci ; le moindre détail lui était prétexte à prendre ombrage. La veille encore, il s'était mis en colère contre Joss, parce que celui-ci avait fait tomber quelques papiers par mégarde. S'il s'était excusé, par la suite, jamais un tel incident n'aurait dû se produire, Jon n'étant pas homme à perdre son sang-froid pour des détails aussi triviaux.

Bien sûr, Jenny savait quelle pression insupportable il devait supporter. David était son frère jumeau, après tout. Mais justement, puisqu'il portait un double fardeau — en étant à la fois le frère et l'associé de David —, il aurait dû accueillir avec joie l'offre d'Olivia, au lieu de réagir comme si on lui imposait un problème supplémentaire à régler.

— Enfin ! cela aurait pu être pire, dit-elle en essayant d'instiller un peu de légèreté dans la conversation. Imagine que Max t'ait proposé de remplacer David.

— Max ! s'exclama Jon avec un regard haineux. Tu veux rire ! Il est bien trop égoïste et imbu de sa propre personne pour qu'une telle idée lui traverse un jour l'esprit…

— Jon ! Tu parles de ton fils !

Que lui arrivait-il donc ? se demanda Jenny, troublée par cette explosion d'émotions antagonistes. Jon était d'ordinaire le plus placide des hommes, il était toujours prêt à donner à chacun le bénéfice du doute.

Devait-elle préciser que l'égoïsme de Max n'avait fait qu'empirer à cause de l'extrême indulgence de son grand-père et de David à son égard ? Elle-même n'approuvait guère le comportement de son fils mais, comme toute mère, elle était tentée de défendre son enfant. Surtout, elle aurait aimé que Jon se montre lucide et admette que son jumeau souffrait des mêmes défauts qu'il déplorait tant chez son fils aîné, que sa crise cardiaque pouvait être pour une bonne part attribuée à son refus d'adopter un style de vie plus modéré.

— Max est peut-être mon fils, répliqua Jon avec colère, mais nous savons très bien qu'il aurait largement préféré être celui de David. Enfant, déjà, il adorait que les gens le prennent pour son fils. Et si ça se trouve…

Il se tut et secoua la tête. Puis, sans donner à Jenny l'opportunité de protester, il se leva et marcha vers la porte, s'arrêtant à peine pour lancer d'un ton brusque :

— Inutile de me laisser à manger. Je dînerai avec Tiggy.

— Maman, où est papa ? demanda Louise en entrant dans la cuisine.

Jenny se tourna vers l'évier ; tant bien que mal, elle essaya de se recomposer un visage.

— Il est allé voir ta tante Tiggy. Elle avait besoin de son aide. Tu veux bien finir de mettre le couvert, s'il te plaît ? Il est presque l'heure de passer à table.

— Il est encore là-bas ? marmonna l'adolescente en prenant des assiettes dans le placard. Il y passe sa vie, ma parole. En fait, il devrait carrément s'installer avec elle. Comme ça, au moins, elle ne lui téléphonerait pas sans arrêt.

— Elle traverse une épreuve difficile, Louise, répondit Jenny.

— Nous traversons tous une épreuve difficile, répliqua Louise avec émotion. Et surtout papa.

— Oui, tu as raison. Au fait, Olivia a proposé de venir aider ton père au cabinet.

— Ah bon ? Caspar ne doit pas être content. Mais Hillary fera sûrement tout son possible pour le consoler… Est-ce qu'elle et Saul vont divorcer ?

— Louise !

De plus en plus souvent, Jenny était stupéfaite de constater à quel point les adolescentes d'aujourd'hui étaient averties des problèmes des adultes — beaucoup plus qu'elle au même âge.

— J'aime bien Saul, poursuivit Louise. Il est vraiment sexy ! Je suis sûre qu'il ne lui faudra pas longtemps pour trouver quelqu'un d'autre. Dommage que…

— Que quoi ? demanda Jenny, avec un mélange de curiosité et de suspicion.

Louise se contenta de secouer la tête.

Quant à Jenny, elle était encore trop bouleversée par sa dispute avec Jon pour y accorder plus d'importance.

Elle ferma les yeux pour ravaler le flot de larmes qui menaçait de déborder. Elle ne voulait pas que Louise, ou qui que ce soit d'autre, la voie pleurer. Mais sur quelle épaule pouvait-elle s'épancher ? Quels bras allaient se fermer sur elle avec chaleur ? Qui prêterait une attention bienveillante à ses angoisses, pendant que son mari s'occupait d'une autre ?

Elle avait été choquée, aussi, par la dureté avec laquelle Jon avait parlé de Max. Elle avait toujours conçu une certaine culpabilité du fait qu'ils ne soient pas plus proches l'un de l'autre, ou de constater comment Max se tournait toujours instinctivement vers David. La nature n'était peut-être pas toujours très sage ni avisée lorsqu'elle transmettait les traits de caractère au sein d'une même famille. Jenny elle-même s'était toujours retenue de tirer trop de conclusions de la stupéfiante ressemblance psychologique qui rapprochait Max et son oncle ; il lui semblait que Jon, comme elle, jugeait préférable de ne pas en parler.

Aussi, avait-elle été choquée d'entendre le ressentiment dans la voix de son mari, de voir l'accusation dans ses yeux. Surtout, elle était blessée qu'il soit parti sans lui donner l'occasion de se défendre, de lui dire que si elle avait eu le choix, elle aurait préféré que leur fils hérite ses qualités et sa force de caractère à lui, plutôt que les faiblesses de David.

9

Jon marqua une pause, alors qu'il sortait de sa voiture, et il considéra les fenêtres éclairées, au premier étage. C'étaient celles de la chambre à coucher de Tiggy et de David — où celui-ci risquait d'ailleurs de ne pas dormir avant un moment. Le cardiologue qui le suivait avait en effet décidé de le garder à l'hôpital. A Jon qui s'en étonnait, persuadé qu'on s'efforçait de remettre le patient sur pied afin de lui permettre de rentrer chez lui aussi vite que possible, après une crise cardiaque, le Dr Hayes avait répondu de façon énigmatique :

— Toutes les crises cardiaques ne se ressemblent pas. Tous les patients non plus.

Jonathon poussa un soupir et se dirigea vers l'entrée d'un pas lourd. Quand il vit Olivia lui ouvrir la porte, son cœur se serra.

— Tiggy est en haut, lui dit-elle, avant de le précéder dans le petit salon de sa mère.

Dans l'esprit de Jon, cette pièce était indissociable de l'épouse de David. Elle était comme elle, délicate et féminine, et son parfum semblait y flotter en permanence.

Se rappelant que David avait son bureau de l'autre côté du vestibule, Jon songea aussi qu'il...

— J'aimerais te parler avant que Tiggy ne descende, déclara Olivia en lui tendant le verre de sherry qu'elle venait de lui servir.

Jon ravala un nouveau soupir. Il n'avait pas besoin de lui demander de quoi elle souhaitait l'entretenir.

— Je sais que rien ne persuadera jamais grand-père, et même papa, puisqu'il se range toujours du côté de son père, qu'une femme — une Crighton en particulier — est en mesure de faire une juriste compétente. Mais toi, je te croyais différent, oncle Jon. J'ai toutes les qualifications requises, tu ne l'ignores pas. Or, à voir l'expression de ton visage, quand j'ai proposé de remplacer papa...

— Je sais très bien que tu es qualifiée, l'interrompit Jon. Quant à tes compétences, nous savons tous les deux qu'elles dépassent largement le cadre des activités courantes du cabinet. Simplement...

— Tu ne veux pas que j'y travaille.

— Il ne s'agit pas de cela.

— Alors, quoi ? Tu ne peux pas t'occuper de tout, tout seul. D'après le Dr Hayes, il semblerait que l'infarctus de papa ait été causé en partie par le stress et le travail. En outre, tu n'as pas le temps de passer une petite annonce, d'examiner les candidatures, de recevoir les gens...

— Il y a des agences d'intérim, Olivia.

Celle-ci secoua la tête.

— Si j'étais un homme — Max, par exemple — tu n'aurais pas hésité une seconde avant d'accepter mon offre.

— Je t'assure que cela n'a strictement rien à voir avec ça.

— Vraiment ? Eh bien, prouve-le.

Jon ferma les yeux, empli soudain de lassitude. A quoi bon s'affronter plus longtemps ? Olivia avait raison : il ne pouvait pas s'acquitter seul des innombrables tâches qui l'attendaient au cabinet. Si seulement il avait eu le temps de fouiller le bureau de David et de consulter ses dossiers ! L'angoise qu'il éprouvait venait de là. Car si la masse de travail en retard était aussi importante qu'il le craignait... Mais comment expliquer cela à Olivia ? Comment lui révéler les raisons véritables pour lesquelles il rechignait à accepter son offre ? Si seulement il avait su ! Si seulement il avait vu venir la catastrophe, il aurait peut-être pu parer au plus pressé.

Finalement, il dit :

— Je ne voudrais pas que tu croies que je ne suis pas sensible à ce que tu fais pour nous, Olivia.

— Dans ce cas, l'affaire est entendue. Je commence demain matin.

— Quelle affaire est entendue ? demanda Tiggy en entrant dans la pièce.

Elle portait une sorte de robe d'intérieur en tissu vaporeux, dans des tons pastel qui rehaussaient la pureté délicate de son teint. Si elle n'avait jamais été robuste, elle paraissait encore plus frêle et vulnérable depuis la crise cardiaque de David.

— Je remplace papa au cabinet jusqu'à ce qu'il soit assez fort pour reprendre le travail, répondit Olivia à sa mère.

Puis, fronçant légèrement les sourcils, elle reprit :

— N'étais-tu pas montée dans ta chambre pour t'habiller ?

Tiggy baissa la tête légèrement de côté, comme si c'était elle, l'enfant, et Olivia, sa mère.

— Oui, oui, je voulais, confirma-t-elle. Mais…

Elle se tourna vers Jon et murmura, d'une voix soudain rauque :

— J'ai commencé à penser à David, et…

Sa bouche se mit à trembler, ses yeux s'emplirent de larmes.

— Tu ne vas pas te fâcher parce que je ne suis pas habillée convenablement, n'est-ce pas, Jon ? Après tout, tu es de la famille. Je suis si contente que tu sois là, ajouta-t-elle sans attendre de réponse. La banque ne cesse de me téléphoner et…

— J'aurais pu leur parler, Tiggy, intervint Olivia.

Sa mère lui jeta un regard baigné de larmes.

— Je sais, mais je préfère que Jon s'en charge. C'est un homme et…

Elle se mordit la lèvre tandis qu'Olivia reposait son verre de sherry d'un geste sec.

— Oh ! Saul a téléphoné, reprit Tiggy à son intention. Il voulait que tu le rappelles…

Elle attendit que sa fille ait quitté la pièce pour se tourner de nouveau vers Jon.

— Olivia n'est pas de très bonne humeur, lui dit-elle sur le ton de l'excuse. Je crois qu'elle s'est disputée avec Caspar.

De nouveau au bord des larmes, elle enchaîna :

— Oh ! Jon, je ne devrais pas t'ennuyer avec mes problèmes. Mais je sais que David…

— Chut, tu ne m'ennuies pas, assura Jon. Je veux t'aider, d'accord ?

Elle lui offrit un regard empli de gratitude et de confiance.

— Je ne sais pas ce que j'aurais fait sans toi, avoua-t-elle. Je suis tellement différente de Jenny, ou d'Olivia. Quoi qu'il leur arrive, elles donnent l'impression de savoir gérer la situation du moment. Moi, je suis tout de suite perdue.

Jon songea qu'en effet, Tiggy n'était pas comme sa femme. Il lui était impossible de se rappeler la dernière fois que Jenny avait eu besoin de lui, qu'elle s'était tournée vers lui… Son cœur se serra lorsqu'il pensa à leur dispute, un moment plus tôt.

— Crois-tu que je sois un fardeau, Jon ? lui demanda encore Tiggy, d'une voix chevrotante.

— Bien sûr que non.

Alors que Jon tendait la main, instinctivement, pour lui tapoter l'épaule, Tiggy se retrouva soudain dans ses bras. Elle était fragile, parfumée et irrésistiblement féminine. Elle s'accrochait à lui en pleurant, de peur et d'anxiété. Tout à coup, Jon prit conscience du fait qu'elle ne portait rien sous sa robe d'intérieur vaporeuse. Le contact inattendu des seins hauts et fermes de Tiggy pressés contre son torse provoqua en lui une réaction physique instantanée. L'odeur de sa belle-sœur lui emplissait les narines ; il se surprit à éprouver le désir irrépressible de...

— Nous ne devons pas ! Olivia pourrait revenir.

Le chuchotement nerveux de Tiggy ramena Jon à la réalité. Aussitôt, il sentit monter à son visage le feu de la honte. Il recula d'un pas, incapable de la regarder dans les yeux, et bredouilla une vague excuse, inintelligible.

— Non, ce n'est pas ta faute, l'interrompit Tiggy d'une voix tremblante, avant de s'exclamer : oh ! Jon, tu n'imagines pas à quel point j'ai besoin de quelqu'un comme toi ! David n'a plus... Notre mariage...

Elle s'interrompit et secoua la tête.

— Je ne devrais pas te parler ainsi. Tu es son frère. Son jumeau.

Puis elle enchaîna :

— Mais à qui puis-je me confier ? J'ai si mal à la tête, parfois, ajouta-t-elle en portant les mains à ses tempes, que je n'arrive plus à penser. Il y a tant de choses que je dois faire. Jenny saurait s'occuper de tout. Moi, je ne…

— Toi et Jenny êtes deux personnes différentes, coupa Jon avec douceur.

— Oui, je sais… Pourtant, je ne peux pas m'empêcher de penser que si Jenny avait été l'épouse de David, elle aurait vu ce qui se passait, elle aurait fait quelque chose. Je sais bien que tout le monde me rend responsable de la crise cardiaque de David, conclut Tiggy d'une voix qui se brisa.

— Tu ne dois pas penser ça ! protesta Jon. Evidemment, que ce n'est pas ta faute… Ecoute, je dois rentrer, maintenant. Mais ne t'inquiète pas. J'appellerai la banque dès demain matin.

Il marqua une pause puis, prenant une profonde inspiration, il s'obligea à prononcer les paroles qui lui nouaient la gorge :

— Tiggy, je me demandais… les clés du bureau de David, ici… est-ce que… ?

— Oh ! elles sont là-haut, répondit-elle sans hésiter. Tu les veux ? Je vais te les chercher.

— Si ça ne te dérange pas. J'ai besoin de récupérer certains papiers… Des dossiers.

— Bien sûr. Je reviens tout de suite.

Jon la regarda sortir, le front perlé de sueur, le cœur battant à se rompre. Pourvu que ses soupçons ne soient pas fondés ! Pourvu qu'il se soit trompé !

Tiggy revint bientôt. Avec un sourire empli de triomphe, elle lui tendit un trousseau de clés.

— Je ne peux pas te dire ce qu'elles ouvrent, admit-elle avec une moue perplexe.

— Ne t'inquiète pas. Je trouverai.

La sonnerie du téléphone retentit brusquement. Tiggy adressa un regard d'excuse à Jon, avant d'aller répondre.

Avec la désagréable impression d'agir en voleur, Jon se rendit aussitôt dans le bureau de son frère et, essayant les différentes clés, il finit par trouver celles qui ouvraient les divers tiroirs de sa table de travail. Il y avait là tout un désordre d'enveloppes et de papiers jetés les uns au-dessus des autres ; sous une pile de relevés bancaires, Jon aperçut le coin d'un épais dossier. Son cœur se mit à battre encore plus fort.

Alors qu'il s'en emparait, la porte du bureau s'ouvrit au même instant.

— Tiggy… Oh ! oncle Jon, c'est toi ?

Olivia s'était figée devant le seuil, étonnée de trouver son oncle dans le bureau de son père.

— Oui, je… prenais quelques papiers, bredouilla-t-il. J'ai promis à ta mère de téléphoner à la banque, demain matin.

Olivia fronça les sourcils en remarquant la nervosité avec laquelle Jon s'efforçait de dissimuler un dossier sous une pile de papiers. Comme il glissait le tout sous son coude et faisait mine de s'éloigner, elle remarqua :

— Tu ne prends pas les relevés bancaires de papa ?

— Hein ? Oh ! si…

Jon revint sur ses pas avec une évidente réticence.

L'instinct souffla à Olivia qu'il se passait des choses anormales. Jon était pâle comme un linge ; il avait presque l'air malade… Mais fallait-il vraiment s'en étonner ? Ne se comportaient-ils pas tous de manière étrange, en ce moment ?

Elle secoua la tête en repensant à la conversation téléphonique qu'elle venait d'avoir avec Saul. Celui-ci l'avait appelée pour lui demander un conseil.

— Hillary et moi avons décidé de nous séparer, lui avait-il annoncé sur un ton crispé. Elle veut rentrer aux Etats-Unis. Nous n'avons pas encore établi clairement les modalités du divorce, mais ce n'est qu'une question de temps. Je vais avoir besoin d'un bon avocat, Livvy. Je veux la garde totale des enfants. Il est hors de question qu'on se les passe comme de vulgaires paquets ; et je n'ai pas du tout l'intention de jouer les pères absents. Tu es plus au fait de ces questions que moi. Peux-tu me recommander quelqu'un ?

— Je suis comme toi, Saul. Je travaille dans le secteur industriel. Max ne serait-il pas mieux placé pour t'aider ? Il a peut-être des idées…

— Max ? Les seules idées qu'il a concernent les moyens de soutirer plus d'argent à Ben. Pourrais-tu venir me voir, s'il te plaît ? J'ai besoin de parler à quelqu'un. A moins que toi et Caspar vous…

— Caspar est sorti, avait répondu Olivia d'un ton sec, peu désireuse d'avouer à Saul qu'ils s'étaient disputés.

— Alors, tu veux bien passer à Queensmead ?

— Oui… Oui, je veux bien.

Olivia avait alors cherché sa mère, afin de la prévenir qu'elle sortait. Voyant de la lumière dans le bureau de David, elle s'y était rendue. Mais au lieu d'y trouver Tiggy, c'était Jon qu'elle avait surpris en train de fouiller dans les papiers de son père, avec des gestes furtifs et une expression presque coupable.

— Tu as trouvé ce que tu cherchais ? demanda soudain Tiggy en les rejoignant.

— Oui, répondit Jon. Bon, il faut que je me sauve.

— Je sais, murmura Tiggy. Jenny sera fâchée, si je te garde trop longtemps. Mais tu m'accompagnes pour rendre visite à David demain, n'est-ce pas ?

— Evidemment !

— Je vais à Queensmead, pour voir Saul, annonça Olivia à sa mère.

Puis, se tournant vers Jon, elle demanda :

— A quelle heure veux-tu que je sois au cabinet, demain matin ?

Jon poussa un soupir.

— J'arrive généralement vers 8 h 30…

— Très bien. J'y serai, déclara Olivia.

Saul attendait Olivia devant la maison, quand elle arriva.

— Ça t'ennuie, si on marche un peu ? demanda-t-il. On pourrait aller du côté de la rivière. Tu te souviens à quel point tu aimais ce coin, quand tu étais gosse ?

— Je me souviens surtout de ton exaspération chaque fois que je venais te déranger dans tes parties de pêche, répondit Olivia en riant. Tu te rappelles, quand je suis tombée dans l'eau ?

— Comment oublier ? Tu m'avais fait une de ces peurs ! Je suis sûr que ta mère a pensé que je t'avais poussée exprès.

— Tu as dû en avoir envie plus d'une fois…

— La tentation était grande, en effet, admit Saul d'une voix chargée de nostalgie. Et je ne parle pas seulement de la tentation de te faire boire la tasse.

— Oh ?

— Non. Je ne pensais pas à te mettre la tête sous l'eau, la nuit où je t'ai surprise en train de prendre un bain de minuit…

— Oh ! répéta Olivia, mais sur un tout autre ton.

— C'était la nuit de la Saint-Jean. Tu étais perchée sur un rocher, au beau milieu de la rivière, complètement nue, et tu faisais la révérence à la lune. Tu avais l'air…

— … d'une idiote intégrale ! compléta Olivia. Ou plutôt, d'une idiote en nu intégral, ajouta-t-elle.

— Tu avais l'air d'une jeune vierge s'offrant en sacrifice à l'astre de la nuit — aussi innocente et pure qu'une enfant, et en même temps déjà instruite de la science d'Eve. Je n'avais qu'une envie : te prendre dans mes bras. Tu avais nagé dans la rivière, et l'eau ruisselait sur ta peau, tes seins, ton ventre… La lumière de la nuit donnait à ton corps une couleur de pierre de lune, pâle, presque translucide. J'aurais voulu enfouir mon visage entre tes jambes et lécher les gouttes d'eau sur ta peau. Je brûlais de me joindre à toi, dans ta nudité païenne, dans ton abandon sensuel à la nature. Et puis, tu as tourné la tête, tu m'as vu et…

— … plouf ! je suis tombée dans la rivière, conclut Olivia d'une voix légèrement tremblante.

Elle se félicitait de la pénombre qui les entourait. Elle n'était pas tant gênée par le souvenir de l'embarras qu'elle avait éprouvé, alors, d'être ainsi surprise nue par ce parent plus âgé et tellement plus mûr qu'elle, que par les sensations et le trouble que les paroles de ce dernier venaient de lui causer.

— Je ne te savais pas une âme de poète, parvint-elle à murmurer, luttant pour ignorer le flot de chaleur qui l'avait envahie.

Elle n'avoua pas à Saul que s'il avait fait une seule des choses qu'il venait de décrire, si joliment, la magie de cette nuit-là eût été complète. Car si elle s'était rendue à la rivière, alors, c'était afin d'obéir à une tradition locale affirmant que toute jeune fille qui offrait une prière à la lune, le soir de la Saint-Jean, était assurée de se voir aimée par l'homme de son choix. Or, à l'époque, son cœur d'adolescente battait follement pour le beau Saul.

Mais il était inutile de jeter de l'huile sur un feu qui pouvait se mettre à brûler dangereusement. Saul était vulnérable, en ce moment. Son mariage venait d'échouer, et il s'était tourné vers elle, sa cousine, pour chercher un soutien.

— Heureusement que c'est toi, et pas grand-père, qui m'a surprise, reprit-elle avec une légèreté forcée.

Puis, changeant de sujet, elle enchaîna :

— Tu ne crois pas que Hillary et toi pourriez donner une autre chance à votre mariage ?

— Une deuxième chance ? répéta Saul d'un ton cynique. Notre mariage a eu plus de deuxièmes chances que je n'ai eu de dîners chauds. Non. Meg est le résultat de notre dernière tentative pour tenter de recoller les morceaux.

Il secoua la tête.

— Quelle erreur de croire qu'un enfant peut sauver un mariage qui bat de l'aile !

— Oh ! Saul, murmura Olivia.

D'un geste instinctif, elle tendit la main pour lui toucher le bras.

Les années qui les séparaient ne représentaient plus un gouffre, comme à l'époque de ses quinze ans ; et Saul ne lui apparaissait plus comme cette créature lointaine, ce demi-dieu qui hantait ses rêves d'adolescente. En fait, elle le préférait ainsi, humain, vulnérable, faillible. Et si l'admiration béate qu'elle avait un jour éprouvée pour lui avait disparu, il lui fallait admettre qu'elle était toujours aussi sensible à son pouvoir de séduction.

Aussitôt, elle lâcha le bras de Saul.

Celui-ci cessa de marcher et chercha son regard, dans la pénombre, avant de reprendre sa main et de la glisser de nouveau sous son bras.

— Caspar n'a aucune raison d'y trouver à redire, si c'est ce qui t'inquiète. Nous sommes cousins.

— Je ne pensais pas à ça. Et puis, nous ne sommes pas cousins. Enfin, pas vraiment… Mon Dieu, on croirait entendre grand-père ! Il tient toujours tellement à rappeler que lui et ton père sont demi-frères.

— Mmm. J'ai toujours été scandalisé qu'il puisse traiter ses deux fils de manière si différente. Si j'étais Jon…

Il secoua la tête et, une nouvelle fois, Olivia changea le cours de la conversation :

— Que vas-tu faire, maintenant ? demanda-t-elle. Que deviendront les enfants si Hillary retourne aux Etats-Unis ?

— Si ? Crois-moi, il n'y a pas de « si ». Elle a passé une partie de l'après-midi au téléphone, à organiser les détails de son vol.

Il marqua une pause, avant d'enchaîner :

— Je vais devoir reprendre le travail, bien sûr. Les parents… enfin, maman m'a proposé de m'aider avec les enfants — en tout cas pour le moment. Mais il ne s'agit que d'une solution temporaire. D'autant que je ne veux pas les trimballer d'un endroit à un autre. Le mieux sera sans doute d'engager une nanny.

— Où est Hillary, en ce moment ?

Ils avaient presque atteint le bord de la rivière, dont les eaux miroitaient sous la lune.

— Elle avait un rendez-vous pour le dîner, le croiras-tu ? Je ne sais pas avec qui.

Il eut un rire amer.

— Hillary n'est pas femme à se laisser abattre ! Tu sais, poursuivit-il sans transition, ce n'est pas très loin d'ici que je t'avais surprise.

— Vraiment ? Je ne m'en souviens plus, mentit Olivia en tournant le dos à la rivière. Nous devrions rentrer.

— Livvy…

— Oui.

Elle savait ce qui allait se passer, bien sûr. Elle n'avait plus quinze ans. Elle était capable de reconnaître cette note particulière, dans la voix d'un homme, et comprendre ce qu'elle signifiait. Et alors qu'elle aurait pu l'ignorer, ignorer l'appel de Saul, elle se tourna vers lui. Il s'approcha d'elle, leva les mains vers son visage et caressa sa peau comme s'il cherchait à en apprendre les contours, avec une lenteur et une sensualité délibérées.

— Saul ! chuchota Olivia.

Elle voulut le repousser, mais il était trop tard pour arrêter le mouvement de sa tête, éviter la pression chaude de ses lèvres sur les siennes, son baiser.

Elle y mit fin aussi vite qu'elle put, s'interdisant de succomber à la tentation d'y répondre. Puis, elle recula et se remit à marcher le long du sentier qu'ils avaient suivi pour venir.

— Livvy ! Je… je suis désolé ! lança Saul en la rattrapant. Je n'aurais pas dû faire ça.

— Non, tu n'aurais pas dû, acquiesça-t-elle sur un ton léger.

— Nous sommes toujours amis ?

— Oui. Nous sommes toujours amis, répondit Olivia en insistant sur le dernier mot.

Saul eut un rire léger tandis qu'il lui prenait la main, la relâchant aussitôt lorsque Olivia se dégagea.

— Bon, bon, j'ai compris ! marmonna-t-il. Caspar est un heureux homme. Même si j'ai eu l'impression qu'il n'était pas trop content quand tu as proposé ton aide à Jon.

— C'est lui qui t'a dit ça ? demanda Olivia d'un ton sec.

— Pas exactement, non.

— Ce ne sera pas long. Quelques semaines, le temps que papa soit capable de reprendre le travail.

Même à Saul, elle ne pouvait confier la véritable raison qui la poussait à rester : sa mère. Celle-ci paraissait si fragile ! Il suffisait pour s'en convaincre de voir la façon dont elle s'accrochait à oncle Jon. Elle avait besoin de quelqu'un pour s'occuper d'elle.

Hélas ! Olivia savait qu'elle ne pouvait attendre de Caspar qu'il la comprenne. Il avait clairement établi son opinion en ce qui concernait le mal dont souffrait Tiggy.

— Tu m'as demandé, grand-père ?

Max s'arrêta avant de franchir le seuil du bureau de Ben.

Sa mère l'avait informé que celui-ci désirait le voir alors qu'il s'apprêtait à partir pour Chester. Etouffant dans l'atmosphère familiale, il avait prétexté la nécessité d'apporter les dernières nouvelles de l'état de David au reste des Crighton, avec l'intention de se payer un peu de bon temps, en ville, une fois remplie sa mission.

Que lui voulait donc le patriarche ? Max espérait que le copain américain d'Olivia n'était pas allé colporter des ragots à propos du poste qui était virtuellement en train de lui échapper ! Il en avait des sueurs froides.

A l'heure qu'il était, il aurait dû être rentré à Londres, en train de mener son enquête afin de découvrir le nom de la femelle qui essayait de lui prendre sa place, et de mettre aussitôt tout en œuvre pour saboter ses chances. Mais tant que l'état de David inspirait des inquiétudes, Max n'osait pas s'en aller. Il savait ce que Ben aurait pensé de ce départ. Jamais encore il n'avait vu le vieil homme à ce point déstabilisé.

Sur le trajet séparant la maison de ses parents de Queensmead, Max avait mis au point une stratégie de défense. Son grand-père serait forcément scandalisé d'apprendre que sa promotion était menacée, et par une femme de surcroît ! La position de Ben, à ce sujet, n'était pas un secret : il désapprouvait violemment l'intrusion du sexe faible dans l'univers des professions juridiques. Max avait trouvé très amusant, d'ailleurs, de voir les efforts désespérés d'Olivia pour se gagner les bonnes grâces du patriarche. Elle en avait été pour ses frais. Il était clair que ni Ben ni Jon ne voulaient d'elle.

Heureusement que sa formation de *barrister* l'exemptait d'un tel sacrifice — ce qui tombait bien, puisqu'il n'avait pas du tout l'intention de proposer son aide. La perspective de finir comme David, coincé à Haslewich, était son pire cauchemar.

— Entre, lui dit son grand-père.

Il était installé à sa table de travail, des papiers étalés devant lui. Max les reconnut, en s'approchant, et son cœur se mit à battre plus fort.

— Je viens de revoir mon testament, déclara le vieil homme. A mon âge, c'est une précaution nécessaire.

Il marqua une pause et laissa son regard dériver vers le feu, dans la cheminée.

Max s'efforça de contenir son impatience. Que lui voulait donc Ben ? Caspar avait-il mis les pieds dans le plat, oui ou non ?

— Au jour d'aujourd'hui, David, en tant qu'aîné, doit hériter de Queensmead et de la plus grosse partie de mes biens, reprit Ben d'un ton solennel. Bien entendu, j'ai pris soin de laisser des legs personnels, comme ta pension, par exemple.

Max se crispa. Il savait tout cela. Où diable le vieux voulait-il en venir ? Devenait-il sénile ? La crise cardiaque de David avait peut-être affecté ses fonctions cérébrales.

— Quoi qu'il en soit, poursuivit Ben, l'infarctus de ton oncle change tout.

Il parlait lentement, avec difficulté, comme si chaque mot prononcé lui causait une douleur physique.

Quant à Max, en comprenant que Ben ne l'avait pas appelé pour lui parler de son poste, il avait commencé à se détendre. Il s'appuya contre le mur et glissa les mains dans ses poches.

— Je ne puis ignorer le fait que David pourrait mourir avant moi, déclara le patriarche. Dans le cours normal des choses, Queensmead devrait revenir à Jack, mais il n'a que dix ans, et sa mère… A mon avis, les femmes et la propriété ne font pas bon ménage. Il suffirait qu'une crapule aux manières enjôleuses passe par là, et Queensmead sortirait de la famille pour toujours. Je refuse de prendre un tel risque.

— David n'est pas encore mort, grand-père, remarqua Max.

— Non, concéda Ben.

Soudain, ses yeux s'emplirent de larmes et il s'écria, d'une voix étouffée :

— Seigneur, que se passe-t-il, avec cette famille ? Pourquoi faut-il que nous perdions ceux… Pourquoi les meilleurs nous sont-ils enlevés ? Quand mon père est mort, je lui ai promis qu'un de mes fils serait appelé au barreau, afin de réaliser l'ambition dont il avait été privé.

Max réprima un soupir d'impatience. Il connaissait par cœur toute l'histoire de la promesse de Ben à son père ; il l'avait entendue maintes et maintes fois. Le vieux devenait vraiment sénile !

— David aurait dû tenir cette promesse pour moi, poursuivit Ben. Mais les circonstances de sa vie ne l'ont pas permis. Toi, en revanche, tu peux me donner cette satisfaction. J'ai l'intention de changer mon testament, annonça-t-il de façon abrupte. Je te laisse Queensmead et le gros de ma fortune… à la condition que tu sois un *barrister* en exercice au moment de ma mort.

Max eut du mal à contrôler le choc que lui causa cette révélation et à contenir son exultation. Dire qu'il avait cru, en arrivant ici... Il s'empressa de recouvrer son sang-froid. Si Ben avait sans doute été durement affecté par la crise cardiaque de David, il n'en demeurait pas moins un homme rusé ; il ne fallait en aucun cas qu'il devine ce qui se passait dans l'esprit de Max, en cet instant, notamment au sujet de la propriété de Queensmead.

Car si son grand-père considérait la maison et les terres environnantes comme un domaine sacro-saint, intouchable, ce n'était pas le cas de Max. Le bourg de Haslewich était en train de se développer et, un jour, la terre de Queensmead deviendrait un site de mise en exploitation de tout premier choix.

Seigneur ! La joie, telle une drogue, s'était mise à chanter dans ses veines. Tout cela rapporterait des millions. Oubliés, les honoraires dérisoires de *barrister* en devenir !

Aussitôt, il mit un bémol à son enthousiasme, pour le moins prématuré. Queensmead lui reviendrait, certes, mais il devrait d'abord remplir une condition incontournable. Et il connaissait assez son grand-père pour savoir que cette condition serait écrite dans le testament, noir sur blanc, en une clause irrévocable que nul ne pourrait contourner ou annuler.

De nouveau, il sentit la sueur perler à son front.

Si l'obtention de son poste était importante, jusque-là, elle était à présent vitale. Il allait devoir se débarrasser de celle qui menaçait ses nouveaux projets, qui qu'elle soit ; il se moquait bien de savoir quels moyens seraient nécessaires pour y parvenir. Il lui fallait ce poste, et au plus vite. David pouvait très bien succomber à une deuxième attaque, demain. Et son grand-père pouvait mourir tout aussi facilement.

Max avait baissé la tête, de peur que l'expression de son regard le trahisse. Se composant un masque solennel, il releva les yeux.

— C'est très généreux de ta part, grand-père, déclara-t-il. Je te promets de faire mon possible pour me montrer à la hauteur de la confiance que tu places en moi.

— Tu es un bon gars, Max, dit Ben, la voix chargée d'émotion. Un autre David.

— Tu sais à quel point j'aimerais pouvoir échanger ma place contre celle d'Olivia, et rester ici afin de vous aider, tous, poursuivit Max avec hypocrisie. Mais je n'ai pas cette liberté...

Il laissait ainsi sous-entendre que sa cousine avait le choix, elle, parce qu'elle n'était pas aussi dévouée que lui à sa carrière, et par conséquent moins responsable.

Avec jubilation, il se félicita de son propre talent, un savoir-faire qu'il avait longuement peaufiné et dont il usait sans le moindre scrupule chaque fois qu'il en avait besoin — et souvent aussi, comme en cet instant, juste pour le plaisir. Il n'avait jamais beaucoup aimé Olivia, avec ses airs de bonne petite fille.

— Je vais devoir retourner à Londres, reprit-il.

S'approchant de son grand-père pour lui serrer la main, il conclut :

— Queensmead sera en sécurité avec moi, grand-père. Je te le promets.

10

Olivia ne rentra pas directement chez elle, après avoir quitté Saul. Elle se rendit à Haslewich et gara sa voiture dans une des rues étroites et désertes débouchant sur la place principale. Elle avait besoin de solitude afin de réfléchir.

Elle sortit du véhicule, verrouilla les portières et enfonça les mains dans ses poches. Il lui sembla étrange de déambuler ainsi dans les ruelles de sa ville natale, sans raison, comme une touriste bien plus que comme une habitante. Mais si elle se trouvait là en touriste, Caspar serait avec elle ; il aurait glissé son bras sous le sien et il accompagnerait leur errance de quelques remarques teintées de son humour mordant, lui arrachant des éclats de rire comme c'était arrivé si souvent, dans le passé.

Dans le passé ?

Le couple que Caspar et elle formaient n'appartenait pas au passé ! A moins que…

Hélas ! Comment ignorer les discordances qui s'étaient révélées au cours des derniers jours, dans leur relation ? Elle prenait soudain conscience qu'ils n'étaient peut-être pas aussi bien assortis qu'elle l'avait naïvement cru.

Elle marqua une pause en arrivant devant la façade éclairée de l'église, avec sa tour carrée qui se dressait vers le ciel, lourde et imposante. Et tandis qu'elle contemplait cette silhouette familière, Olivia ne put s'empêcher de comparer la foi inébranlable de ses bâtisseurs, en Dieu, mais aussi en eux-mêmes et dans le genre humain, au malaise de la société contemporaine, où prévalaient le cynisme et une sorte de désaffection blasée.

Penser qu'à une époque où le seul fait d'atteindre l'âge adulte représentait un exploit, et où dépasser la trentaine tenait pratiquement du miracle, des hommes s'étaient lancés dans la constuction d'un bâtiment dont la réalisation durerait toute leur vie, celles de leurs enfants et de leurs petits-enfants… N'y avait-il pas là de quoi forcer le respect ?

Le regard d'Olivia dériva vers la rangée de maisons géorgiennes, parmi lesquelles se trouvait celle de Ruth. Enfant, elle avait toujours trouvé étrange que sa grand-tante vive seule, qu'il n'y ait pas d'oncle, ou d'enfants, dans son quotidien ; et plus tard, adolescente, elle avait éprouvé de l'amusement ainsi qu'un sentiment de supériorité condescendante quand elle pensait à l'ennui de la vie de Ruth, comparée aux vastes horizons qui s'ouvraient devant elle.

Bizarrement, toutefois, elle ne s'était jamais posé de questions sur le passé de Ruth ; elle jugeait normal que celle-ci ait été condamnée à devenir vieille fille après la mort de son fiancé.

Olivia fronça les sourcils.

Quel rôle l'Américain qui avait été son amant, à en croire Caspar, avait-il joué dans la vie de la vieille dame ? Et pourquoi n'avait-elle jamais entendu parler de lui ?

Perdue dans ses pensées, elle reprit sa promenade, qui l'amena devant la maison qui abritait le cabinet familial. Quelle différence avec le bâtiment moderne dans lequel elle travaillait, à Londres ! Quel contraste avec la vie qu'elle aurait partagée avec Caspar, aux Etats-Unis !

Aussitôt, elle secoua la tête, stupéfaite d'avoir utilisé ce conditionnel passé. Elle allait partager cette existence avec Caspar ! corrigea-t-elle. Elle ne supportait pas l'idée de le perdre. Et d'ailleurs, pourquoi le perdrait-elle ?

Elle hâta le pas pour rejoindre sa voiture. Soudain, elle était désespérément anxieuse de revoir son compagnon, d'être avec lui.

Soit, leurs opinions divergeaient à propos de ce qui se passait au sein de la famille Crighton. Et alors ? Tous deux avaient de fortes personnalités ; fatalement, il leur arriverait de se heurter. Ils ne pouvaient pas toujours être d'accord sur tout. Et plus le sujet de leur discorde serait important, pour l'un comme pour l'autre, plus leur affrontement serait violent, douloureux. Cela ne signifiait pas pour autant qu'un compromis ne pouvait pas être atteint. Au lieu de se rendre à Philadelphie avec Caspar, comme prévu, elle l'y suivrait avec quelques semaines de retard ; et tandis qu'il s'installerait et reprendrait sa vie là-bas, elle aiderait son oncle Jon à faire tourner le cabinet. Il ne s'agissait que d'une séparation momentanée ; ils pourraient toujours se téléphoner.

La main d'Olivia tremblait légèrement lorsqu'elle déverrouilla les portières de sa voiture.

Comme elle approchait de la maison, Olivia vit que les fenêtres de sa chambre étaient éclairées. Elle ouvrit la porte d'entrée et gravit les marches de l'escalier deux à deux, poussée par son impatience de se retrouver avec Caspar, de lui faire part de ses pensées.

Parvenue au niveau de sa chambre, toutefois, elle s'arrêta net au moment de franchir le seuil, coupée dans son élan par la vision de son amant. Debout devant la fenêtre, il lui tournait le dos et ne paraissait pas l'avoir entendue. Son corps ruisselait encore de fines gouttelettes, après la douche qu'il venait de prendre, dont certaines glissaient le long de sa colonne vertébrale, avant de disparaître au creux de son dos.

Olivia sentit ses jambes se dérober. Dans sa poitrine, son cœur se mit à cogner très fort. Pourtant, elle résista au désir de courir vers lui, de l'enlacer. Elle se contenta de murmurer son prénom. A l'instant où il se tournerait, et verrait son visage, il saurait exactement ce qu'elle ressentait.

D'un mouvement lent, il lui fit face.

Alors, n'y tenant plus, Olivia marcha vers lui.

— Oh ! Caspar, chuchota-t-elle en se pressant contre lui. Pourquoi nous faisons-nous du mal ? Pourquoi nous disputer, au lieu de…

— De quoi ? demanda Capsar d'un ton bourru.

Il essayait de la maintenir à distance, mais Olivia se moquait bien de mouiller ses vêtements.

— Au lieu de nous aimer, répondit-elle.

Elle leva son visage vers lui, en même temps qu'elle appliquait une pression sur sa nuque, afin de l'attirer vers elle.

L'espace d'un instant, il parut hésiter. Tandis qu'il scrutait son regard, Olivia ne cilla pas. Elle tentait de lui communiquer cette conscience nouvelle qu'elle avait de leur amour, cette conviction que ce qu'ils partageaient était beaucoup trop important, bien trop vital, pour être menacé par n'importe quelle querelle.

Ensemble, ils trouveraient le moyen d'atteindre un compromis satisfaisant.

Les lèvres de Caspar, contre les siennes, lui parurent étrangement immobiles, froides et sèches. Fronçant les sourcils, Olivia se dégageait déjà lorsqu'il l'attira de nouveau contre lui, prenant le contrôle du baiser, prenant contrôle d'elle. Sa bouche se fit exigeante, ses mains assurèrent leur prise.

Aussitôt, elle se plaqua contre lui.

— Tu es trop habillée, lui dit-il d'une voix rauque, entre deux baisers.

— Je sais.

Mais le besoin qu'avait Olivia de sentir les lèvres de Caspar contre les siennes, de prolonger cette intimité, l'empêchait d'interrompre leur étreinte, même pour se déshabiller. Alors, commença un ballet extravagant, une danse de baisers volés et de caresses que Caspar interrompait seulement pour défaire, détacher et tirer sur ces barrières de tissu qui différaient la fusion ultime des corps. Dans ce jeu, se mêlaient délice et agonie, passion et sensualité. Enfin, ils atterrirent sur le lit, dans un désordre de membres nus et étroitement mêlés.

Olivia frissonna d'une joie sauvage.

Dès la première fois, le sexe avait revêtu le visage de la perfection. Quel bonheur de partager cette intimité avec Caspar. L'amour, mais aussi la confiance qu'elle avait en son partenaire, lui avaient donné, dès le début, un sentiment de sécurité, le sentiment d'être protégée, au point qu'elle n'avait eu aucun mal à s'ouvrir sans réserve aucune, sexuellement et émotionnellement, et à lui communiquer ses besoins de femme en même temps qu'elle répondait à ses besoins d'homme. C'étaient cette franchise, cette honnêteté entre eux qui rendaient leur relation si précieuse aux yeux d'Olivia ; c'était pour toutes ces raisons, aussi, qu'elle avait si mal supporté la tension et les querelles qui les avaient éloignés l'un de l'autre, ces derniers jours.

Ils firent l'amour avec passion, avec abandon, et la sensation de plénitude qu'Olivia éprouva, après, lüi arracha des larmes de joie. Blottie dans les bras de Caspar, elle sentit une bouffée d'amour et de bonheur lui gonfler le cœur. La sensation était si forte, si violente, qu'elle ne put supporter de la garder pour elle. Il lui fallait la partager avec son amant, lui dire combien leur relation comptait pour elle.

Caressant le contour de sa mâchoire et de ses lèvres, elle le regarda et murmura doucement :

— Caspar… Je t'aime…

Un instant, il parut stupéfait, presque choqué. Puis, il la serra contre lui, avec une telle vigueur qu'elle dut protester, en riant, qu'il l'étouffait.

— Enfin ! s'exclama-t-il avec jubilation. Enfin ! Redis-le, Livvy. Redis-le-moi…

— Quoi donc ? le taquina-t-elle.

Puis, elle fit ce qu'il lui demandait, chuchotant les mots à son oreille, contre ses lèvres. Soudain, leur désir, qu'elle croyait assouvi, se ralluma, plus fort que jamais. Et ils s'embrassèrent, se touchèrent ; et ils s'embrassèrent et se touchèrent encore.

Un long moment plus tard, Olivia soupira de bonheur.

— Mmm, c'était merveilleux ! murmura-t-elle.

— « C'était » ? se plaignit Caspar, avec une indignation feinte.

— D'accord, « tu » étais merveilleux, rectifia Olivia, tout alanguie. Je suis si heureuse que nous ne soyons plus fâchés. Tu sais, j'ai vu Saul, tout à l'heure. Il a l'air de penser que son mariage avec Hillary est terminé.

— Oui, je suis au courant, répondit Caspar en étouffant un bâillement.

— Tu es au courant ? répéta Olivia.

Elle se dressa sur un coude et fronça les sourcils.

— Comment ça ?

Olivia sentit son ventre se nouer en voyant Caspar hésiter, puis détourner les yeux avant de répondre :

— Euh… Hillary me l'a dit. Nous avons dîné ensemble, ce soir.

— Tu as dîné avec Hillary ! s'écria Olivia. Tu as invité une femme à dîner sans m'en avertir ?

— Ça s'est décidé comme ça, à la dernière minute, répondit Caspar d'un ton excédé. Pour l'amour du ciel, Livvy, il est plus de 2 heures du matin, et je n'ai aucune envie de subir un contre-interrogatoire comme si j'étais coupable d'un crime majeur. Tu viens de dire toi-même que tu détestes que nous nous disputions, et voilà que tu…

— Je ne me dispute pas avec toi !

— Non ? Eh bien, ça y ressemble drôlement.

— Caspar, nous sommes amants. Nous avons fait des projets d'avenir, ensemble. Jamais je ne dînerais avec un autre homme sans t'en parler d'abord.

— Non, mais ça ne te dérange pas de changer tous nos plans et de me ridiculiser devant ta famille ! rétorqua Caspar d'un air féroce. Tu ne vois pas non plus d'inconvénient à annoncer que tu restes ici, à jouer les bonnes petites filles modèles — me prouvant par la même occasion que c'est plus important pour toi que d'être avec moi —, alors même que personne ne se gêne pour te faire comprendre que ton sacrifice n'est ni nécessaire, ni même désiré.

Olivia s'assit dans le lit et le considéra fixement, dans la pénombre.

— Je crois m'être déjà expliquée là-dessus, protesta-t-elle. Ce ne serait que l'affaire de quelques semaines. Je pensais que tu avais compris. Et ce soir…

Elle se mordit la lèvre, avant de reprendre :

— Ce soir, quand je t'ai dit que je t'aimais, j'ai… j'ai pensé…

— Quoi ? l'interrompit-il avec violence. Tu pensais qu'il te suffisait de t'engager verbalement envers moi pour que tout le reste devienne normal ? Tu imaginais que je serais assez stupide et entiché de toi pour m'en aller et attendre patiemment que tu sois prête ? C'était donc ça, ta petite comédie de ce soir ? Toute cette passion, ce désir, tout cela n'avait donc qu'un but ? Me faire taire ? Eh bien, laisse-moi te dire que ça n'a pas marché !

— Caspar ! protesta encore Olivia.

Mais il lui avait déjà tourné le dos, roulant jusqu'à l'extrémité opposée du lit.

Avec rage, Olivia décida de le laisser bouder. Ce n'était pas elle qui avait tout gâché entre eux. Pas cette fois. Caspar s'en était chargé tout seul. Pourquoi ne lui avait-il rien dit de son dîner avec Hillary ? Lui en aurait-il seulement parlé, si elle n'avait pas découvert la vérité par hasard ?

Ce qu'ils avaient partagé ce soir n'était donc qu'un stratagème destiné à la faire plier, à l'amener à prononcer ces mots d'amour qu'il voulait tant entendre ! Et pourquoi ? Pour mieux les utiliser contre elle ? Dire qu'elle avait imaginé leur amour au-dessus de ces jeux de rapports de forces. S'était-elle leurrée à ce point ? Et si elle s'était trompée sur le reste aussi ? Caspar l'aimait-il vraiment, tout compte fait ?

Lentement, elle s'allongea, lui tournant le dos à son tour.

— Je peux te parler une minute ?

Olivia leva les yeux et considéra Caspar, qui venait de la rejoindre dans la cuisine.

Elle s'était réveillée tôt, afin d'être au cabinet à 8 h 30, ainsi qu'elle l'avait promis à son oncle. Caspar s'était déjà levé. Il avait dû sortir pour aller marcher.

— J'ai décidé d'appeler la compagnie aérienne ce matin, déclara-t-il avec froideur.

Olivia sentit son cœur chavirer.

— Si c'est ce que tu souhaites..., murmura-t-elle. Mais je pensais que nous nous en occuperions à notre retour à Londres.

— Moi aussi. De la même façon que je pensais qu'on ne passerait pas plus de quelques jours ici, le temps que tu dises au revoir à ta famille.

— Mais, c'était avant la crise cardiaque de mon père ! Est-ce que tu ne peux pas…

Olivia se mordit la lèvre, s'efforçant de conserver son calme.

— Je t'en prie, Caspar ! reprit-elle d'un ton suppliant. Ne me fais pas ça… Ne nous fais pas ça.

Sa voix tremblait tant qu'elle ne put continuer.

— Il n'est pas trop tard, Livvy, assura Caspar en s'approchant d'elle et en lui prenant les mains. Dis à ton oncle que tu as changé d'avis, que tu ne peux pas rester. Je nous réserverai des places sur le premier avion et…

D'un geste vif, Olivia se dégagea.

— Je ne peux pas faire ça ! Mais pourquoi refuses-tu donc de comprendre ? ajouta-t-elle en pressant les mains contre ses tempes. Je suis tenue de rester.

— Non, tu n'es pas tenue de rester. C'est ce que tu souhaites, toi, Olivia, et personne d'autre. Ton oncle ne veut pas de toi, ici, et ton grand-père pas davantage. Tu veux rester parce que…

— Parce que c'est la moindre des choses. Parce que mon père…

— La moindre des choses ! répéta Caspar avec un rire plein d'amertume. Allons, tu connais mon opinion à ce sujet…

— Que t'arrive-t-il ? balbutia Olivia. Je ne t'ai jamais vu comme ça.

Bien qu'elle n'eût pas froid, elle se mit à claquer des dents. Enfant, déjà, elle détestait les disputes. Et justement, une des qualités qui l'avaient tant séduite chez Caspar était son calme, son approche raisonnée des choses et des gens, son habileté à éviter les réactions dictées par l'émotion.

— Qu'essaies-tu de me dire ? répliqua-t-il sur un ton défiant. Que tu t'es trompée de bonhomme ? Que tu as mal choisi ? Eh bien, c'est réciproque, figure-toi. Peut-être que moi non plus, je ne suis pas particulièrement heureux de découvrir que tu n'es pas la femme que j'imaginais.

Olivia le considéra d'un regard fixe, incapable de croire, d'accepter ce qu'elle venait d'entendre.

— Caspar ! protesta-t-elle en faisant un pas en avant.

Mais il recula vivement et elle se figea, incrédule.

— Ce n'est peut-être pas plus mal, d'ailleurs, poursuivit-il. Il est sans doute préférable d'avoir compris la vérité avant de nous engager davantage.

La vérité ? Quelle vérité ? Elle l'aimait ! Et lui aussi, l'aimait. N'était-ce pas la seule chose qui comptait ?

Olivia, soudain, ne savait plus. Bien sûr, elle pouvait changer d'avis ; il lui était possible de revenir sur sa promesse et de partir aux Etats-Unis avec Caspar. Mais était-ce là le genre de compromis à partir duquel elle voulait construire leur avenir ? En cédant maintenant, ne donnerait-elle pas à son compagnon des raisons de croire que chaque fois qu'elle aurait une décision à prendre, une décision qu'il désapprouvait, elle finirait par renoncer et se plier à sa volonté ? Par son métier de juriste, elle connaissait mieux que quiconque le danger qu'il y avait à créer de tels précédents.

Elle avala péniblement sa salive.

Jamais elle n'aurait imaginé que Caspar, son Caspar, pourrait faire preuve d'un tel égoïsme ou d'une telle mesquinerie. Comment croire qu'il sacrifierait ainsi, froidement, délibérément, leur amour ? Elle en retirait une souffrance physique, qui lui faisait prendre la mesure de l'expression « recevoir un coup au cœur ». Mais au moins avait-elle son orgueil pour la soutenir, ce même orgueil qui lui avait permis de mener à terme ses études de droit sans jamais recevoir le moindre encouragement de la part de sa famille. Elle avait survécu à cela, et elle survivrait à cette nouvelle épreuve. D'une manière ou d'une autre…

— Si c'est ce que tu penses…, déclara-t-elle posément.

Puis, sans attendre de réponse, elle passa devant Caspar et rejoignit l'escalier en hâte.

Il ne fit aucun geste pour la retenir ou la rattraper, et la prendre alors dans ses bras, lui dire qu'il avait eu tort, qu'il ne supportait pas l'idée d'être séparé d'elle ; qu'il l'aimait et la désirait toujours.

Peut-être leur histoire n'était-elle qu'une vaste erreur, se dit Olivia. Peut-être avait-elle pris pour de l'amour un sentiment superficiel et éphémère. Car l'amour, le vrai, celui qu'elle avait cru partager avec Caspar, ne pouvait pas être détruit si facilement.

Caspar regarda Olivia s'éloigner, le dos bien droit. Il voulait la rappeler, mais son orgueil le lui interdisait. Au cours des deux derniers jours, il avait écouté Hillary lui exposer par le détail toutes les doléances qu'elle avait accumulées, non seulement contre son mari, mais aussi contre sa famille, et il s'était senti conforté dans les doutes qu'il avait commencé de nourrir au sujet de sa relation avec Olivia, depuis le moment où ils étaient arrivés chez elle. Surtout, s'il se montrait honnête avec lui-même, la situation dans son ensemble avait réveillé en lui les fantômes destructeurs de son enfance.

Olivia ne venait-elle pas de lui prouver qu'il n'était pas assez important à ses yeux pour mériter qu'elle se soucie de lui ? Ne venait-elle pas de lui signifier clairement qu'elle ne lui donnerait jamais la priorité, dans sa vie ?

L'intimité et la solidarité qui liaient les divers membres de la famille d'Olivia, au point qu'ils acceptaient aveuglément les défauts les uns des autres, lui étaient étrangères ; et d'instinct, il les rejetait. Il se sentait menacé dans sa relation avec Olivia, mais aussi dans sa conviction profonde qu'une telle fusion était, dans le meilleur des cas, une illusion, et dans le pire, un moyen de contrôle pouvant entraîner la destruction de l'individu.

Enfant, il avait pu constater l'apparente facilité avec laquelle les adultes, autour de lui, en terminaient avec une relation pour passer à une autre. Il en avait conclu que les émotions humaines n'étaient pas élastiques, qu'un individu ne pouvait établir à la fois qu'un seul lien émotionnel profond. Il avait vu son père, et sa mère, se jeter dans des histoires intenses et offrir tout leur soutien à leur nouveau partenaire ainsi qu'aux enfants nés de cette union. En grandissant, il avait été exclu de l'intimité établie puis, devenu adulte, il s'était juré que jamais plus il ne connaîtrait pareille souffrance.

En aucun cas il n'était jaloux des liens d'Olivia avec sa famille ; simplement, il ne voyait pas l'intérêt de s'investir dans une relation avec une femme qui se partageait, une femme qui n'était à l'évidence pas prête à s'engager aussi totalement que lui.

Car même s'ils rentraient aux Etats-Unis, dans sa ville natale, la vie qu'il avait imaginée pour eux, là-bas, ne concernait que lui, Olivia, et les enfants qu'ils auraient ensemble. Bien sûr, ils verraient de temps à autre sa famille à lui, mais leurs existences seraient bien séparées et aucun des parents de Caspar ne serait autorisé à pénétrer à l'intérieur du territoire qu'il comptait réserver à sa vie privée avec Olivia. De la même façon qu'il n'avait jamais été autorisé à pénétrer dans celui de ses parents.

La veille, tandis qu'elle lui parlait de son mari et des Crighton, Hillary s'était plainte de n'avoir jamais vraiment fait partie de leur vie ; à l'en croire, on l'avait toujours amenée à sentir qu'elle n'était pas des leurs. Nul n'avait pensé qu'elle pouvait avoir des ambitions, des besoins ou des désirs différents de ceux des Crighton.

— Saul aurait dû épouser une Anglaise, de préférence née dans le Cheshire, et mieux encore, issue de sa propre famille, avait-elle dit à Caspar, avec amertume, avant d'ajouter : Olivia aurait été parfaite, évidemment.

Evidemment. Caspar n'avait d'ailleurs pas manqué de remarquer les regards appuyés dont Saul couvait Olivia.

Le visage et le cœur fermés à double tour, il suivit cette dernière dans l'escalier ; mais à l'étage, il passa devant sa chambre sans s'arrêter.

Jenny se raidit en sentant Jon se tourner et murmurer dans son sommeil. Elle ne dormait jamais profondément, et l'agitation de son mari l'avait réveillée. Elle jeta un coup d'œil au réveil ; il serait bientôt l'heure de se lever, de toute façon.

Elle se remémora leur dispute, la veille, et le mélange de dureté et d'amertume avec lequel Jon avait parlé de Max.

Jamais ils n'avaient évoqué le fonds d'égoïsme et d'intéressement qui était un des traits dominants du caractère de leur fils. C'était sans doute le plus grand défaut de leur relation ; ils n'abordaient pas de tels sujets, les ignorant purement et simplement. Placides l'un et l'autre, ils préféraient l'harmonie à la discorde, même si Jon n'hésiterait jamais à se dresser pour défendre un code moral qu'il estimerait n'avoir pas été respecté, et cela sans se soucier une seule seconde des conséquences pour lui-même.

Jenny savait très bien qu'il subissait une pression insoutenable depuis que David avait été terrassé par sa crise cardiaque. Mais elle avait aussi remarqué à quel point Jon était déjà stressé, auparavant. Croyait-il qu'elle n'avait pas constaté le nombre d'heures supplémentaires qu'il passait au cabinet ? Pensait-il vraiment qu'elle n'avait pas deviné les raisons de ce surplus de travail ? Elle s'était tue, pourtant, sachant qu'il serait vain de s'engager dans une discussion susceptible de déboucher sur la moindre critique de David. Or, voilà qu'à présent, en plus du reste, Jon semblait avoir décidé de soutenir Tiggy sur le plan émotionnel.

Tiggy. La femme éternellement fragile. Même enceinte, elle avait gardé cet air frêle et délicat. Elle avait été très malade tout le long de sa grossesse, ou presque, et Jenny se souvenait qu'on avait même parlé de l'hospitaliser, à un moment. Tout le monde avait été surpris qu'elle ait donné naissance à un bébé aussi fort et sain qu'Olivia. Après l'accouchement, les infirmières se préoccupaient plus de la mère que de l'enfant — de la même façon que Jon se préoccupait d'elle maintenant.

Jenny fronça les sourcils et repoussa ses couvertures. Elle n'allait tout de même pas se montrer bête au point d'être jalouse. Jon avait bien assez de problèmes comme ça.

Elle se leva et descendit dans la cuisine. Ses pensées se reportèrent sur Max. Celui-ci était parti pour Londres, la veille, juste après avoir rendu visite à son grand-père. Il était euphorique ; et son visage exprimait un mélange d'hostilité et d'excitation, un air de conspiration et de triomphe qui n'avaient pas manqué d'alerter Jenny. Cela lui ressemblait si peu.

Max aimait se présenter comme quelqu'un qui avait souffert des injustices de la vie. Il prenait plaisir à rabaisser les autres en leur donnant le sentiment qu'ils l'avaient mal jugé. C'était un manipulateur. Un trait qu'il partageait d'ailleurs avec d'autres membres de la famille Crighton. Mais alors que chez Joss, par exemple, il se manifestait par un charme un peu roublard, la manipulation devenait mauvaise, chez Max, rancunière, presque destructrice.

Il n'avait pas confié à sa mère la raison pour laquelle Ben l'avait convoqué ; et elle-même ne lui avait rien demandé. Ils n'avaient pas ce genre de relation. Parfois, Jenny se disait que c'était sa faute. Elle éprouvait une telle tristesse, à la naissance de Max, après la perte de son premier enfant ! Qui pouvait dire quelles émotions un enfant absorbait, dans le ventre de sa mère ? Et pourtant, il avait été tant désiré !

Perdue dans ses pensées, elle mit de l'eau à bouillir.

A Londres, Max se réveilla tôt, l'esprit en pleine ébullition. Il avait beaucoup à faire, et le temps n'était pas forcément de son côté.

Tandis qu'il prenait une douche dans la salle de bains de son appartement, il passa en revue les divers plans qu'il avait imaginés la veille, dans sa voiture, afin de découvrir l'identité de sa rivale.

Un moment plus tard, alors qu'il se rasait, il considéra froidement son visage dans le miroir. Il avait le profil de patricien de son grand-père, et la carrure de son père et de son oncle. Ses cheveux étaient foncés, pas tout à fait noirs, mais presque, et ses yeux d'un gris pâle inhabituel. Bref, il était beau.

Il sourit à son reflet, révélant deux rangées de dents blanches et régulières. Puis, fronçant les sourcils, il revint à son problème : découvrir l'identité de l'usurpatrice.

Il ne servait à rien d'espérer obtenir la moindre information du clerc, qui le haïssait. Et les autres membres du cabinet ne l'aimaient pas davantage. Max n'avait jamais vu l'intérêt de perdre son temps en amabilités avec les gens — à moins que ceux-ci ne puissent lui être utiles... Restaient les femmes, beaucoup plus faciles à manipuler ; sans compter qu'on pouvait parfois joindre l'utile à l'agréable, avec elles.

Or, les seules femmes qui travaillaient au cabinet étaient des secrétaires. Deux étaient assez vieilles pour être ses grand-mères, et elles possédaient le genre de tempérament bourru qui les rendait totalement imperméables au charme de Max. Restaient les trois autres.

Il était inutile d'essayer de tirer quoi que ce soit de Laura, l'assistante du clerc. Elle s'était entichée de l'un des associés du cabinet, et Max n'aurait pas tourné le dos qu'elle serait déjà en train de tout lui rapporter. Il devait donc faire son choix entre Wendy, la petite blonde maigrichonne et fade, avec ses dents de lapin et sa mauvaise haleine... et Charlotte, la jolie brune pulpeuse. Cette dernière lui avait déjà fait comprendre qu'elle le considérait comme un candidat digne de gagner ses faveurs, ou plutôt capable de lui permettre de réaliser son ambition : devenir l'épouse d'un *barrister*. Max était assez malin pour ne sous-estimer ni sa détermination ni son habileté à atteindre son but. Et si elle ferait sans doute une excellente femme d'avocat, Max avait lui aussi ses ambitions.

Il existait en effet diverses catégories de *barristers*. Max savait déjà dans quel camp il souhaitait évoluer. Un petit coup de pouce dans la bonne direction, donné par un beau-père influent, ne pourrait pas lui nuire ; de même qu'une épouse dotée d'une fortune familiale, qui lui ouvrirait toutes grandes les portes de certains cercles sociaux très fermés. Lui qui connaissait l'histoire de sa famille par cœur, et jusque dans le moindre détail, avait toujours pensé que dans la situation de Josiah, il aurait cédé à la pression familiale et accepté d'épouser la femme qu'on avait choisie pour lui.

Il était de toute façon encore trop tôt pour songer à se marier. En outre, tous ces plans avaient été arrêtés avant que son grand-père ne lui annonce sa décision de changer son testament ; mais l'un n'empêchait pas l'autre…

Il enfila sa veste et consulta sa montre. D'ordinaire, il ne se souciait pas d'arriver tôt au cabinet. A quoi bon faire du zèle, s'il n'y avait personne pour le remarquer ? Ce matin, toutefois, il avait d'excellentes raisons de vouloir arriver en avance.

S'il avait pu, il n'aurait pas éprouvé le moindre scrupule à consulter lui-même les dossiers confidentiels du clerc ; encore aurait-il fallu pour cela qu'il lui « emprunte » ses clés, ce qui était impossible.

C'était là qu'intervenait Charlotte.

Olivia faisait les cent pas dans la rue, devant le cabinet, en attendant l'arrivée de Jon. Elle se sentait aussi nerveuse qu'une écolière, le jour de la rentrée ; pour la énième fois, elle vérifia l'heure à sa montre, puis à la pendule de l'église.

Elle avait revu Caspar brièvement, avant de quitter la maison. Il s'était montré distant et froid, lui indiquant simplement l'horaire de son avion pour Londres, d'où il s'envolerait vers les Etats-Unis. Olivia avait vu s'évanouir tous ses espoirs de le voir changer d'avis. Elle aurait tellement aimé parler encore, tenter d'atteindre le compromis qui leur permettrait de poursuivre leur relation. Mais l'expression qu'arborait le visage de son compagnon l'avait dissuadée de même essayer. Il ne voulait pas d'un compromis.

Alors elle était partie, le cœur gros, sans lui avouer tout ce qu'elle brûlait de lui dire.

Olivia poussa un soupir de soulagement en voyant son oncle déboucher d'une des rues donnant sur la place.

— Bonjour, Olivia, lui dit-il sans sourire.

Il avait les traits tirés, comme s'il n'avait pas dormi. La maladie de David l'avait fait vieillir ; son visage plus émacié semblait presque austère.

La boutique au-dessus de laquelle Josiah Crighton avait ouvert son cabinet, bien longtemps auparavant, n'existait plus ; la famille était désormais propriétaire du bâtiment. Toutefois, sur l'insistance de Ben, on avait laissé les bureaux au premier étage, comme au temps de Josiah. Les deux pièces du rez-de-chaussée avaient été converties en une salle de réunion et en une salle d'attente.

Pleine de nostalgie, Olivia suivit son oncle dans l'escalier étroit. Elle se remémora sa joie d'enfant, chaque fois qu'elle venait ici ; elle était alors fascinée par les rangées de volumes reliés de cuir qui couraient sur les étagères de la petite galerie, tout en haut des marches.

Des deux bureaux, celui de son père avait toujours été le plus grand. Olivia s'arrêta devant le seuil, en proie à un vague malaise.

— Tu veux peut-être t'installer dans le bureau de papa ? murmura-t-elle.

Jon secoua la tête.

— Non. Je préfère le mien. Il est calme et plus lumineux.

Olivia entra dans la pièce et, la trouvant plus grande que dans son souvenir, elle fronça les sourcils. Aussitôt, elle s'aperçut que la rangée de classeurs métalliques qui occupait un des murs avait disparu.

— Nous les avons déménagés dans mon bureau, expliqua Jon en devançant sa question. Nous sommes en train de rentrer tous nos dossiers sur informatique, et comme c'est moi qui ai suivi la formation, David a pensé qu'il valait mieux me laisser gérer cet aspect des choses.

L'argument était censé. Pourtant, Olivia éprouva comme un malaise.

— Il me faudra quelques jours pour me mettre dans le bain, dit-elle néanmoins. Je vais commencer par me familiariser avec les dossiers et les clients de papa, bien sûr. Je sais que tu t'occupes principalement des procédures translatives, alors que papa gérait les successions et les comptes en fidéicommis. C'est bien cela ?

— En quelque sorte, oui, confirma Jon, sans la regarder.

Une fois de plus, Olivia remarqua une tension dans sa voix. Elle était sûre, pourtant, que cela n'avait rien à voir avec sa réticence à accepter son aide. Peut-être se montrait-elle trop sensible.

— Bon, reprit-elle avec un sourire, je suis là pour t'aider de mon mieux. Je vais avoir besoin d'une liste des clients de papa et à partir de là…

— Euh, on ne fait pas les choses de façon aussi formelle, l'interrompit Jon. Ce n'est pas vraiment nécessaire. En plus, bien souvent, on empiète sur le domaine l'un de l'autre.

Olivia fronça de nouveau les sourcils. Elle avait toujours eu l'impression, au contraire, que les deux frères séparaient de façon claire leurs tâches et leurs domaines d'action.

— Dans ce cas, proposa-t-elle, je vais commencer par consulter son carnet de rendez-vous. Tu as les clés de son bureau ?

Il se passa plusieurs secondes avant que Jon ne produise le trousseau, et encore ne parut-il s'y résoudre qu'à grand-peine. Le cœur lourd, Olivia entra dans la pièce et ferma la porte derrière elle.

Des particules de poussière dansaient dans la lumière du soleil. Olivia alla ouvrir une des fenêtres afin de laisser entrer un peu d'air frais. Le bureau sentait la cire à la lavande et le vieux bois.

Son oncle avait évoqué le transfert des dossiers sur informatique. Mais à voir la façon dont l'écran et le clavier de l'ordinateur étaient repoussés dans un coin, elle doutait qu'il s'en soit beaucoup servi.

Dehors, la petite ville se réveillait lentement. Les magasins commençaient d'ouvrir ; des passants traversaient la place.

Tournant le dos à la fenêtre, Olivia se dirigea vers le bureau de David, un lourd meuble en acajou, plus que centenaire, avec un dessus de cuir usé. Son grand-père s'en était servi, songea-t-elle, et son père avant lui. Elle laissa courir sa main sur le cuir, doucement. Toute la pièce respirait la tradition, à tel point qu'elle sentait ses épaules se courber sous ce poids. Si Caspar était venu ici, s'il avait vu tout cela, aurait-il compris un peu mieux ?

Son regard se posa malgré elle sur le téléphone.

Il ne devait partir que vers midi. Elle avait encore le temps de l'appeler, de rentrer...

Olivia tourna résolument le dos à l'appareil et entreprit d'ouvrir le tiroir central du bureau de son père. Elle trouva aussitôt l'agenda. Tout était bien rangé, presque trop, comme si on était déjà passé par là...

Elle s'assit et ouvrit le gros cahier. David n'avait pas de rendez-vous aujourd'hui. Dieu merci ! Elle bénéficierait ainsi d'un peu de temps pour commencer à se familiariser avec les dossiers. Il n'avait rien de prévu non plus le lendemain. Ni le surlendemain. Olivia fronça les sourcils tandis qu'elle feuilletait l'agenda et ne trouvait aucune mention de rendez-vous, à l'exception de quelques après-midi réservés au golf.

Le cœur serré, elle revint en arrière, considérant les pages blanches qui se succédaient. Peut-être son père avait-il un autre agenda et n'utilisait-il celui-ci que pour le golf. Oui, c'était sûrement l'explication.

Elle ferma le cahier et se mit à fouiller dans les autres tiroirs. Mais elle ne trouva rien.

Rien !

Reprenant l'agenda, elle l'étudia de nouveau. Il y avait bien eu quelques rendez-vous, en début d'année, mais ils étaient devenus plus rares, jusqu'à ce que...

— Olivia...

Elle sursauta en s'apercevant que son oncle avait ouvert la porte et était entré dans la pièce.

— Le courrier vient d'arriver, annonça-t-il. Tu veux venir dans mon bureau pour que nous le consultions ensemble ? Oh ! je vois que tu as trouvé l'agenda de David…

— Oui.

Elle inspira profondément et s'obligea à sourire.

— Heureusement, dit-elle, il n'avait pas de rendez-vous cette semaine. A part pour jouer au golf.

— Oh ? Oui, c'est une chance, en effet, acquiesça Jon.

Olivia hésita, prête à ajouter quelque chose, puis elle se ravisa et se contenta de suivre Jon dans son bureau. La pièce lui parut plus petite que dans son souvenir. La rangée de classeurs était là, ainsi qu'un meuble moderne sur lequel reposait l'ordinateur. Quant au bureau lui-même, il était couvert de dossiers. L'agenda, ouvert à la page du jour, avait l'air plein.

Voyant cela, Olivia ne put s'empêcher de remarquer :

— Ah ! nous avons encore quelques clients ! C'est une bonne nouvelle.

— Pardon ?

— Vu l'état du bureau et de l'agenda de papa, je commençais à me demander si nous n'étions pas devenus un cabinet sans clients.

— Oh ! oui… bien sûr. Tu sais comment vont les choses. Il arrive parfois qu'une partie du cabinet travaille beaucoup, tandis que l'autre…

— Autrement dit, personne ne meurt à Haslewich, l'été !

Aussitôt, en croisant le regard inquiet de son oncle, Olivia se reprocha sa remarque et son ton agressif.

— Je te demande pardon, reprit-elle. Simplement, d'après ce que dit Tiggy, j'avais l'impression que papa était vraiment très occupé.

— Oui, il l'était, mais... Ecoute, pour tout t'avouer, je suis venu, l'autre jour, et...

— ... tu as vidé le bureau de papa, compléta Olivia.

Bien qu'elle ait voulu s'exprimer avec gentillesse, ses paroles résonnèrent presque comme une accusation.

— Je tenais à m'assurer qu'il n'y avait aucune affaire urgente à régler, expliqua Jon avec raideur.

Olivia se contenta de hocher la tête tandis qu'une pensée troublante lui traversait l'esprit : après toutes ces années passées à jouer les seconds rôles, tant au sein de la famille qu'au sein du cabinet, Jon se serait-il rebellé au point de saisir cette occasion de s'affirmer et d'usurper la place de son frère ?

Elle s'efforça aussitôt de repousser cette idée. Pour autant qu'elle sache, Jon avait toujours soutenu et défendu son jumeau, de façon inconditionnelle. En même temps, il avait bien dû éprouver quelque jalousie, quelque ressentiment, et même de la colère, à se voir ainsi relégué systématiquement au second rang...

Olivia observa son oncle à la dérobée alors qu'il décachetait une enveloppe après l'autre et les lui tendait afin qu'elle les lise, expliquant minutieusement l'origine de chacune.

Une heure plus tard, Olivia était rassurée : le cabinet ne s'occupait d'aucun litige compliqué, et elle n'avait donc aucune raison de s'inquiéter.

— Je vais bientôt devoir partir, lui dit Jon. J'ai un rendez-vous avec lord Burrows à 11 heures. Il veut que nous revoyions certains des contrats de location pour ses fermes. Après, j'ai promis à ta mère de l'accompagner à l'hôpital.

Olivia hocha la tête.

Le travail, ici, était aux antipodes de ce à quoi elle était habituée. Sa tâche, aujourd'hui, consisterait à rédiger un nouveau testament, éclaircir un problème concernant les limites d'une propriété et parcourir la demi-douzaine de dossiers que son oncle venait de lui confier.

C'était loin de suffire à l'occuper, mais assez du moins pour n'être pas tentée de penser à Caspar.

Hélas !

11

En arrivant au cabinet, Max eut la mauvaise surprise de découvrir que Charlotte n'était pas là.

— Elle avait rendez-vous chez le dentiste, lui dit Wendy.

Celle-ci s'exprimait toujours d'une petite voix nerveuse qui éveillait en Max le désir pervers de la tourmenter en la faisant répéter, par exemple. Il savait qu'il l'intimidait. Il savait aussi qu'elle lui en voulait de lui apporter souvent des documents « urgents » à taper, quelques minutes avant la fin de sa journée.

Charlotte ne se laisserait jamais abuser de la sorte. Max avait ainsi toujours considéré avec amusement l'habileté avec laquelle elle se déchargeait de la majeure partie du travail sur sa collègue, tout en donnant l'impression que des deux, c'était elle la plus active et la plus efficace.

De bien des façons, Charlotte et Max se ressemblaient, et sans doute l'avaient-ils senti, d'instinct, car ils se traitaient avec un respect mutuel. Max soupçonnait aussi que la jeune femme serait disposée à lui obtenir l'information dont il avait tellement besoin si, en échange, il lui offrait un « cadeau » susceptible de l'intéresser.

— Bon, quand elle arrivera, dites-lui que je veux la voir, d'accord ? lança-t-il à Wendy.

Une fois dans son bureau, il considéra avec dégoût la pile de dossiers qui l'attendaient. Tout cela lui rapporterait à peine quelques centaines de livres. En attendant le jour où il obtiendrait son poste, bien sûr. Mais cela n'était pas encore acquis.

Il consulta sa montre et poussa un soupir d'impatience. Combien de temps passait-on chez son dentiste ? — si toutefois c'était là que Charlotte se trouvait vraiment.

Il s'assit et prit le premier dossier, parcourant la note qui l'accompagnait. Encore une affaire insoluble ! Seigneur, pourquoi ces gens perdaient-ils ainsi leur temps ? songea-t-il en considérant avec mépris la lettre d'introduction de l'avocat. Celui-ci lui demandait son opinion quant aux chances de son client d'obtenir gain de cause. Un enfant de cinq ans serait capable de conclure qu'il n'y en avait aucune. Ce qui signifiait pas d'argent à la clé.

Il posa le dossier et prit le second.

Il était presque midi, quand Charlotte frappa à la porte de son bureau. Comme toujours, elle était parfaitement coiffée et maquillée ; la jupe de son tailleur était juste un peu trop courte, et la veste juste un peu trop serrée, pour une femme qui prenait sa carrière au sérieux.

— Vous vouliez me voir ? demanda-t-elle.

Elle se tint un instant devant lui, de sorte qu'il pût admirer l'arrondi de son décolleté et le galbe de ses jambes. Max, qui n'était pas dupe, se renversa dans son fauteuil et croisa les mains derrière sa nuque, la considérant d'un air moqueur.

— Je prends toujours beaucoup de plaisir à vous voir, Charlotte, répondit-il.

Le regard qu'elle lui jeta disait clairement qu'elle n'était pas disposée à perdre son temps.

— Vous savez sans doute, reprit-il, que dans deux mois doit avoir lieu le dîner dansant annuel.

Il s'agissait d'un événement prestigieux, réunissant les notables de la région, et les places étaient strictement limitées ; pour la première fois, Max avait réussi à obtenir deux invitations. Il avait déployé toute la batterie de ses charmes pour séduire et amadouer l'épouse d'un juge qui appartenait au comité d'organisation.

Bien entendu, Charlotte n'avait aucune chance d'assister à cette soirée à moins d'y être conviée par une personne qui aurait déjà des invitations. Ils le savaient tous les deux. De même qu'ils savaient quelle merveilleuse opportunité cela représenterait, pour elle, dans sa chasse au mari idéal. Cette soirée lui permettrait de rencontrer tant de gens…

— Vraiment ? répondit-elle pourtant d'un air absent.

Max eut un sourire indulgent.

— J'ai deux places, mais pas de cavalière.

Il marqua une pause tandis que la jeune femme le considérait d'un air méfiant.

— J'ai besoin d'aide, reprit-il sur un ton posé. Une petite information.

C'était la partie la plus risquée de sa démarche. Dès l'instant où il dévoilerait la teneur du service qu'il entendait lui demander, il abandonnerait une position de force pour sauter dans l'inconnu. Rien encore ne lui garantissait qu'elle allait mordre à l'hameçon. Elle pouvait, au contraire, choisir de le dénoncer…

— Quel genre d'information ? s'enquit-elle avec circonspection.

— Rien qui soit déraisonnable. Juste un nom…

— Un nom ? Quel nom ?

Max marqua une pause, songeant encore au risque qu'il prenait. Mais aussitôt, il se rappela l'enjeu et déclara :

— Il y a un autre candidat en lice pour le poste qui est sur le point de se libérer. Une femme. J'ai besoin de connaître son nom.

— Seuls les membres du comité de sélection ont accès à cette information, crut bon de rappeler Charlotte.

— Les membres du comité et le clerc, précisa Max sur un ton suave. Mais à un moment ou un autre, des rendez-vous seront pris, des lettres écrites…

— C'est Laura qui s'occupe de ce genre de correspondance.

Max se contenta de hausser les sourcils.

— D'accord, je vais voir ce que je peux faire, déclara Charlotte. Mais je ne vous promets rien.

— Moi non plus, souligna Max, tout miel.

Ils échangèrent un regard.

— Je vais devoir attendre que Laura s'en aille, ce soir, reprit Charlotte.

— Très bien. Dans ce cas, vous pourrez en profiter pour taper des documents pour moi, n'est-ce pas ?

— Vos places sont valables pour le dîner, ou juste pour la soirée dansante ?

— Elles incluent tout. Le cocktail, le dîner et la soirée dansante. J'espère que vous avez une jolie robe.

Pour toute réponse, Charlotte lui sourit.

Olivia reposa le testament qu'elle était en train de lire et se frotta les yeux. Elle venait de passer plus d'une heure à étudier les tenants et les aboutissants d'une affaire opposant deux frères, lesquels clamaient l'un et l'autre qu'un certain lopin de terre légué par leur oncle leur revenait de droit. Les deux hommes étaient de riches fermiers locaux, mais ce morceau de terre incluait un cours d'eau, dont l'accès était au cœur du litige. Le problème était encore exacerbé par le fait qu'à un moment ou un autre, on avait dévié le cours naturel de la rivière, ainsi que l'affirmait l'un des frères, ce qui signifiait qu'elle coulait désormais sur les terres de l'autre.

Olivia avait consulté des vieilles cartes de la région et de nombreux actes notariés, tâche qui avait suffi à absorber toute son attention, et elle essayait maintenant de déchiffrer un vieux document, non sans peine tant l'écriture était fine et ancienne. Alors qu'elle plissait les yeux, elle se rappela avoir remarqué une loupe, sur le bureau de son oncle.

Ce dernier était déjà sorti pour se rendre à son rendez-vous. Elle alla donc chercher l'instrument, posé sur une pile de papiers. Comme elle s'en emparait, elle remarqua une liasse de relevés de banque. C'étaient ceux de son père. Jon avait déjà dû les étudier, car ils étaient repliés sur la feuille du mois de février. Un nombre avait été entouré au feutre rouge. Sans le vouloir, Olivia se surprit à le regarder et, soudain, son cœur se mit à battre plus fort : l'opération en question était un versement porté à la colonne crédit, d'un montant d'un quart de million de livres !

David n'était pas homme à accumuler de grosses sommes d'argent. Leur famille avait toujours bien vécu, très bien même, mais le père d'Olivia, de même que sa mère, étaient de véritables cigales — en aucun cas des fourmis. Comment avait-il pu recevoir une telle somme ?

Olivia s'assit au bureau de son oncle. Le sang bourdonnait à ses tempes lorsqu'elle tira les relevés de banque vers elle. L'argent déposé avait été transféré depuis un autre compte. Celui de son grand-père, peut-être ? C'était possible car, Olivia le savait, il était arrivé à son père de demander un « prêt » à Ben. Jamais toutefois elle n'aurait imaginé qu'il s'agissait de montants aussi élevés.

Elle feuilleta les autres relevés et s'arrêta brusquement en remarquant un autre versement, également entouré d'un cercle rouge. Cette fois, cent mille livres étaient concernées. L'opération avait été effectuée récemment, quelques jours à peine avant la crise cardiaque qui avait terrassé David.

Fébrile, Olivia se remit alors à étudier chaque relevé, page par page. Quand elle eut terminé, elle était livide et ses mains tremblaient tant qu'elle pouvait à peine tenir les feuilles. Si elle en croyait ses calculs, le compte en banque de son père avait été crédité de près de deux millions de livres au cours des cinq dernières années.

Deux millions de livres !

Où avait-il trouvé tout cet argent ? Comment une telle somme avait-elle pu être dépensée ? Avait-elle été engloutie par les dépenses quotidiennes de ses parents ? Leur extravagance avait-elle atteint un tel degré ?

Hélas ! si elle pouvait sans trop de peine imaginer comment l'argent avait disparu, elle avait plus de mal à déterminer d'où il venait. Ou plutôt, si elle n'en connaissait pas la source exacte, elle nourrissait quelques soupçons qui suffisaient à lui donner la nausée.

Inspirant profondément, Olivia ferma les yeux.

Lorsqu'elle les rouvrit, son regard tomba sur un épais dossier qui ressemblait fort à celui que son oncle Jon tenait, quand elle l'avait surpris dans le bureau de son père, la veille. Elle le prit et lut sur la couverture : JEMIMA HARDING — COMPTE EN FIDÉICOMMIS.

Elle fronça les sourcils.

Elle connaissait la famille Harding. Anciens propriétaires fermiers, ils avaient vu une partie de leurs terres réquisitionnée, durant la Seconde Guerre mondiale, et utilisée comme base par l'armée américaine. Plus récemment, l'ensemble des terres avait été vendu à une importante multinationale dont le siège anglais se trouvait à quelques kilomètres en dehors de la ville.

Cette vente avait fait de Jemima Harding une millionnaire. Tout cet argent avait aussi permis à son fils unique d'acheter la voiture de sport dans laquelle il avait trouvé la mort. La rumeur prétendait que cette tragédie avait causé le divorce du couple Harding, un divorce particulièrement dur et douloureux.

Jemima était une vieille femme, maintenant, âgée d'environ quatre-vingt-dix ans. Elle vivait dans une résidence pour personnes âgées.

Et le père d'Olivia était investi du pouvoir d'administrateur sur ses affaires financières.

Tout cet argent venait-il de là ? se demanda Olivia, la poitrine serrée. Son père avait-il abusé de sa position privilégiée pour transférer l'argent de Jemima sur son propre compte ? Cela n'aurait pas été si difficile. Tant que Jemima était vivante et que nul ne posait la moindre question au sujet de la gestion de ses biens…

Choquée, Olivia posa le dossier sur la table. Elle eut vaguement conscience qu'elle se levait et retournait dans le bureau de David. Mais une fois qu'elle s'y trouva, ses jambes se dérobèrent et elle se mit à trembler de tous ses membres, au point qu'elle dut s'accrocher au dossier d'une chaise.

Son père avait volé de l'argent sur le compte d'un client. Son père avait dépossédé une personne qui avait placé sa confiance en lui. Son père ne valait pas mieux qu'un truand minable qui profite de la vulnérabilité de vieilles personnes pour leur dérober leurs économies. Son père…

Elle avala péniblement sa salive.

Et oncle Jon ? Savait-il ? Ou bien, avait-il deviné ?

A l'hôpital, le cardiologue leur avait demandé si David était plus stressé que d'habitude, ces derniers temps. Olivia avait hésité à mentionner le « problème » de sa mère, pour finalement s'abstenir. Après tout, elle ne savait même pas si son père était au courant. Mais jamais elle n'aurait imaginé…

Comment avait-il pu vivre pendant tout ce temps en sachant ce dont il s'était rendu coupable ? Et cela ne s'était pas produit qu'une fois, de manière exceptionnelle. Non, il avait recommencé, encore et encore. Pendant cinq ans !

Soudain, Olivia éprouvait le besoin urgent de voir Caspar. Elle voulait se raccrocher à la possibilité qu'il lui offrait d'échapper à cette situation insupportable. Elle ne voulait pas avoir à gérer un dilemme aussi cruel. Si seulement elle n'avait pas vu ces relevés bancaires, ni regardé ce dossier ! Si seulement, à cet instant, elle était en route pour Londres, avec Caspar…

Dire qu'elle s'était toujours jugée forte et indépendante ! Elle était consternée de constater à quel point elle se sentait vulnérable, fragile. Elle avait peur. Elle faisait preuve de lâcheté morale. Alors qu'elle se trouvait confrontée à un véritable problème, elle n'avait qu'un désir : prendre la fuite et courir se réfugier dans les bras de Caspar.

Elle regarda sa montre. Il n'était pas trop tard pour essayer de le voir, avant son départ. Si elle se rendait directement à l'aéroport, elle pouvait arriver avant que son avion ne décolle pour Londres.

Oh ! elle ne lui parlerait pas de ce qu'elle venait de découvrir ! Caspar ne comprendrait jamais qu'on puisse se comporter avec tant de malhonnêteté ; bien plus que d'un vol, David s'était rendu coupable d'une violation, et de la part d'un homme investi de responsabilités telles que les siennes, la faute était plus grave encore.

Malgré cela, Olivia ressentait le besoin de voir son compagnon. Elle avait besoin de lui ; besoin de la chaleur de ses bras, de la sécurité qu'ils lui offraient ; besoin de cette échappatoire…

Elle attrapa son sac et dévala les marches de l'escalier jusqu'au rez-de-chaussée.

— Je vais voir un ami, lança-t-elle précipitamment à l'adresse de la réceptionniste.

Elle roula à tombeau ouvert jusqu'à l'aéroport, terrifiée à l'idée d'arriver trop tard, de manquer Caspar. Elle abandonna sa voiture dans l'aire de dépôt des passagers, devant l'aérogare des départs, prenant à peine le temps de verrouiller sa portière avant de s'engouffrer dans le hall. Elle prit l'escalier mécanique et slaloma entre les personnes qui se tenaient sur les marches métalliques, avant de se frayer un passage à travers la foule des passagers.

Soudain, elle reconnut Caspar, qui lui tournait le dos.

Elle se figea, se retenant de crier son prénom.

Il parlait à quelqu'un.

Au même moment, il bougea légèrement, et Olivia put voir avec qui il se trouvait.

Hillary !

Une onde de choc la parcourut, qui la fit chanceler. Il lui sembla que son visage se vidait de son sang.

Que faisait Hillary avec Caspar ?

Comme Olivia les regardait, Hillary se dressa sur la pointe des pieds et murmura quelques mots à l'oreille de Caspar. Celui-ci lui sourit. Puis, la jeune femme tourna la tête, de sorte que ses lèvres effleurèrent celles de Caspar. La main de Caspar était posée sur son épaule.

L'espace d'un instant, le cœur d'Olivia cessa de battre. Elle était pétrifiée, le regard fixé droit devant elle, en proie à la colère — une colère sourde, noire — et à l'incrédulité.

Etait-ce la raison pour laquelle Caspar avait mis fin à leur relation ? Non parce qu'il doutait de la force de ses sentiments à elle, ainsi qu'il l'avait déclaré, mais parce que ses sentiments à lui avaient changé ? Parce qu'il ne l'aimait plus ? A cause de Hillary ?

Hillary, qui était américaine.

Comme lui.

Comme lui, Hillary se moquait bien des liens qui unissaient les membres d'une famille et des responsabilités qui leur incombaient. Elle n'éprouvait aucun scrupule à laisser derrière elle enfants et mari, de la même façon que Caspar la quittait, elle, sans un regard en arrière. Mais s'il imaginait avoir trouvé quelqu'un qui allait lui donner la première place dans sa vie, il se trompait lourdement. Hillary était bien trop égoïste pour ça.

Olivia pivota sur ses talons et se dirigea vers la sortie. Elle n'avait plus de raison d'aller trouver Caspar. Son amant. Son refuge…

Elle partit d'un éclat de rire amer.

— Et ne t'inquiète pas à propos du cabinet, David. Olivia va te remplacer pendant que…

— Non ! s'écria David.

Tiggy regarda nerveusement dans la direction de Jon, comme pour l'appeler à l'aide.

Il avait proposé d'attendre dans le couloir, pendant qu'elle se rendait au chevet de son mari, mais elle l'avait supplié de l'accompagner.

Jon avait remarqué combien elle semblait mal à l'aise en présence de David ; en vérité, la batterie de machines qui entouraient le malade, lorsqu'il se trouvait dans l'unité de soins intensifs, avait de quoi impressionner n'importe qui. On leur avait bien spécifié que ce dernier ne devait pas être énervé, ou éprouver d'émotions fortes.

— C'est bon, David, dit-il pour calmer son frère.

En même temps, il pressa discrètement le bouton qui permettait d'appeler les infirmières.

Quel idiot ! songea-t-il, en colère contre lui-même. Pourquoi n'avait-il pas pensé à demander à Tiggy de ne pas mentionner le fait qu'Olivia remplaçait David au cabinet ?

Dix minutes plus tard, l'infirmière les faisait sortir de la chambre en assurant à Tiggy, en larmes, que son mari n'était pas sur le point de faire une deuxième crise cardiaque ; il avait simplement besoin de repos.

Tiggy se jeta dans les bras de Jon.

— J'ai tellement peur, Jon ! gémit-elle en sanglotant. Ils n'arrêtent pas de dire que David va bientôt pouvoir rentrer à la maison, mais qu'arrivera-t-il s'il…

— Chut ! ne t'en fais pas. Je suis sûr que les médecins ne lui permettront pas de sortir tant qu'ils ne seront pas tout à fait rassurés sur son état.

— Il n'est plus le même, insista Tiggy. Pourquoi s'est-il mis en colère quand je lui ai dit qu'Olivia allait travailler au cabinet ?

— Il doit être bouleversé à l'idée qu'elle a changé ses plans de carrière, suggéra Jon. Mais je t'en prie, ne te mets pas martel en tête. Ce n'est bon pour personne. Ni pour toi ni pour David.

— Oh ! Jon, tu es si compréhensif, murmura Tiggy dans un soupir. Jenny a beaucoup de chance de t'avoir.

Elle se blottit un peu plus dans ses bras.

— Voilà longtemps que je dis à David de surveiller son poids. Tu es en bien meilleure forme que lui.

Levant la tête, elle toucha les cheveux de Jon.

— Pourquoi n'essaies-tu pas une coupe de cheveux différente ? reprit-elle avec coquetterie. Quelque chose de plus moderne. Cela t'irait bien.

— Je ne crois pas, non ! répondit Jon en riant.

Il était touché, flatté par l'attention que lui portait Tiggy. Jenny ne lui aurait jamais fait un tel compliment.

— Oh ! Jon, reprit Tiggy, les lèvres légèrement tremblantes. Me jugerais-tu vraiment horrible si je t'avouais que, depuis quelque temps, je me demande souvent si je ne me suis pas trompée de frère ?

Jon déglutit avec peine, avant de serrer Tiggy très fort contre lui. Elle éveillait en lui des émotions comparables à celles qu'il avait ressenties lorsqu'il avait tenu ses enfants dans ses bras, pour la première fois. Mais avec Tiggy, ces émotions prenaient une nouvelle dimension, plus sensuelle, sexuelle, et elles le laissaient à la fois excité et honteux.

Jenny était sa femme, et Tiggy était l'épouse de David. Existait-il pire trahison que celle de convoiter la compagne de son frère jumeau ?

— Je n'ai pas envie de rentrer tout de suite à la maison, chuchota Tiggy. Nous pourrions aller quelque part ?

— Je dois retourner travailler..., commença Jon.

Mais Tiggy s'accrocha un peu plus à son bras.

— Déjeunons ensemble, insista-t-elle. Tout le monde s'arrête pour manger. S'il te plaît, Jon ! Je ne veux pas me retrouver toute seule.

*
* *

Alors que l'avion décollait dans un ciel sans nuages, Caspar laissa son regard se perdre à travers le hublot. C'était seulement maintenant qu'il se rendait compte combien il avait espéré — bêtement, naïvement jusqu'à la toute dernière seconde, jusqu'au dernier appel d'embarquement — qu'Olivia allait apparaître.

En dépit de cela, l'enfant qui était en lui, cet enfant jaloux et en colère, l'avait retenu de faire le premier pas et de téléphoner lui-même. Si elle l'avait aimé vraiment, lui soufflait cet enfant têtu trop souvent rejeté, elle n'aurait pensé qu'à lui et à ce qu'il désirait ; elle aurait placé ses besoins à lui avant ceux de n'importe qui d'autre. Au lieu de cela, Olivia avait choisi les autres.

Dans le même temps, la part plus adulte, et plus raisonnable, de Caspar l'obligeait à essayer de se mettre à la place de la jeune femme et de se demander comment il aurait réagi, lui, si on l'avait confronté à un dilemme pareil. Aurait-il cédé à un tel chantage émotionnel ? Voudrait-il vraiment s'investir plus avant dans une relation avec la personne qui n'hésitait pas à l'exercer ?

D'un geste las, il se passa une main dans les cheveux. Cela n'aurait jamais marché, de toute façon. Aux Etats-Unis, Olivia aurait dû reprendre des études afin de pouvoir y exercer le droit. En outre, la profession de juriste n'y jouissait pas du même prestige qu'en

Grande-Bretagne. Le système était totalement différent, beaucoup plus politicien, plus dur. Or, il y avait en Olivia une douceur féminine qui aurait fatalement attiré les redoutables requins dont le milieu juridique regorgeait.

Caspar s'agita sur son siège.

Elle était peut-être douce, mais elle savait aussi être têtue, songea-t-il brusquement avec un mélange de colère et de dépit.

Mais encore une fois, à sa place, n'aurait-il pas succombé au désir de prouver à sa famille qu'ils avaient tort de le sous-estimer ? Aurait-il pu se retenir de relever un tel défi ? Sans doute pas. Pourquoi, dans ce cas, attendre d'Olivia qu'elle réagisse autrement ?

Elle l'avait pris par surprise, hier. Il n'avait jamais été dans son intention de dîner avec Hillary. Il avait en effet senti, depuis l'instant où ils s'étaient rencontrés, que celle-ci cherchait une excuse pour achever de briser le lien ténu qui la retenait encore à son mari. Elle avait vu en Caspar un compatriote, et aussi un homme sans attache aucune avec cette belle-famille qu'elle détestait ; et c'était tout naturellement qu'elle s'était tournée vers lui. Mais il était évident qu'en l'écoutant et en passant du temps avec elle, Caspar se plaçait dans une situation ambiguë. Après tout, Olivia n'avait jamais caché qu'elle prenait le parti de Saul.

Malgré tout, quand il avait croisé Hillary par hasard, la veille au soir, Caspar éprouvait une telle colère qu'il avait bondi sur cette occasion d'élargir encore le fossé qui s'était creusé entre lui et Olivia. Il pouvait être satisfait : le résultat avait dépassé, de très loin, tout ce qu'il avait pu imaginer. Et pour couronner le tout, il était encore tombé sur Hillary à l'aéroport, ce matin même... Heureusement, la famille de la jeune femme habitait en Californie ; les probabilités étaient donc faibles qu'ils se revoient.

Tandis que l'avion entamait sa descente vers l'aéroport de Heathrow, Caspar songea qu'il restait encore quelques jours avant qu'il ne quitte le pays. Cela laissait le temps à Olivia de le contacter. A moins que lui ne l'appelle...

Il n'y avait maintenant plus moyen de revenir en arrière, décida Olivia. Même si une part d'elle-même le voulait encore, la scène qu'elle venait de surprendre à l'aéroport suffisait à la convaincre du caractère irrévocable de sa rupture avec Caspar. Car si elle pouvait encore expliquer leur querelle, ainsi que les événements qui l'avaient précipitée — il suffisait pour cela qu'elle prenne un peu de distance avec ses émotions et s'efforce de considérer la situation de manière rationnelle —, elle ne pouvait en revanche excuser ou pardonner la rapidité avec laquelle Caspar semblait l'avoir remplacée, tant dans sa vie que dans son lit.

Il l'avait trahie.

Décidément, se dit-elle alors qu'elle roulait en direction de Haslewich, elle était entourée de traîtres, submergée par les actes de trahison.

Au moins savait-elle ce qui lui restait à faire. Il ne lui était plus possible d'éviter le problème. Elle allait devoir confronter son oncle Jon. Pour commencer. Ensuite…

Ses mains tremblaient sur le volant.

Haslewich était une petite ville, et le grand-père d'Olivia était un homme fier, qui aimait marcher la tête haute. Elle n'osait même pas imaginer l'effet que la nouvelle de la méconduite de son fils aurait sur lui. Toute la famille serait affectée. Tout le monde serait éclaboussé, et l'honneur de chacun terni.

Jon était assis derrière son bureau, quand Olivia frappa à la porte.

— J'ai besoin de te parler, déclara-t-elle sans préambule.

— Que se passe-t-il ? s'enquit Jon en lui faisant signe de s'asseoir. Tu as changé d'avis et décidé de te rendre en Amérique avec Caspar ? Si c'est le cas, ne t'inquiète pas, je…

— Non, je n'ai pas changé d'avis, l'interrompit-elle. J'étais prête à le faire, mais il est trop tard.

Comme elle marquait une pause, Jon s'agita nerveusement sur sa chaise.

— Oncle Jon, je sais pourquoi tu ne voulais pas que je travaille au cabinet.

Elle le vit se raidir et jeter un coup d'œil machinal vers l'endroit où il avait laissé la pile de relevés de banque, ce matin. Ils étaient à présent rangés.

— Je sais ce que papa a fait, poursuivit Olivia. Je sais qu'il a détourné de l'argent du compte en fidéicommis de Jemima Harding. Quand as-tu découvert ce qui se passait ?

Un instant, elle crut qu'il allait tout nier. Il inspira profondément et détourna les yeux vers la fenêtre.

— J'avais des soupçons, depuis un moment, répondit-il enfin d'un ton las. Mais bêtement, je ne voulais pas... Je devais penser que... Ne juge pas ton père trop durement, Olivia. Dieu seul sait quel genre de pression il subissait. Si seulement j'avais su...

Il s'interrompit et secoua la tête.

Soudain, Olivia explosa.

— Comment a-t-il pu ? Comment a-t-il pu faire une chose pareille ?

— Je suis sûr qu'il n'imaginait pas que cela prendrait de telles proportions. Il a dû vouloir emprunter un peu d'argent, au début, de l'argent qu'il avait l'intention de rembourser dans sa totalité. Mais...

— Mais au lieu de ça, il a continué d'emprunter, compléta Olivia. Seulement, il ne s'agit pas d'emprunt. C'est du vol !

Jon tressaillit. Il se sentait tellement coupable. N'était-il pas à blâmer, lui aussi, autant que David ? Jamais il n'aurait dû permettre à son frère de s'occuper seul d'une cliente aussi vulnérable. D'autant qu'il savait de quelle faute professionnelle David s'était déjà rendu coupable, dans le passé. Mais justement, c'était du passé. A l'époque, sur l'instance de son père, il avait juré sur la Bible que cette erreur navrante, cette bêtise que David avait commise à Londres, demeurerait un secret entre eux. Il n'en serait plus jamais fait mention. David n'avait pas été accusé de façon formelle parce que personne ne tenait à causer un scandale en révélant au grand jour qu'un *junior* avait failli se rendre coupable, impunément, d'un détournement de fonds revenant à un client. On avait donc étouffé l'affaire ; et David, qui n'avait pas encore dépensé l'argent, avait remboursé la somme dans son intégralité. Bien sûr, il avait été renvoyé du cabinet.

David, en larmes, avait promis, tant à son frère qu'à son père, que jamais plus il ne commettrait une telle vilenie. Il s'était justifié en évoquant la pression à laquelle il était soumis : leur mode de vie, à Londres, les gens qu'ils fréquentaient, la grossesse de Tiggy… Il avait succombé à la tentation. Mais en aucune manière il n'avait eu l'intention de voler l'argent. Il voulait juste l'utiliser, l'emprunter, jusqu'à ce qu'il reçoive l'allocation de son père.

Ben avait bien été contraint de le croire et de prendre en considération ses excuses, les manifestations de son remords. Autrement, il aurait dû accepter le fait que son fils adoré ne correspondait pas au modèle idéal qu'il s'en était fait. Et Jon avait consenti à respecter cette loi du silence parce que David était son frère et qu'il avait pris l'habitude de le protéger, toujours, et d'entretenir l'image fictive que leur père avait créée. Qui devait-on blâmer de n'avoir pu se révéler à la hauteur de ce qu'on attendait de lui ? David ou Ben ? Et qui était-il, lui, Jon Crighton, pour juger ce frère qu'on lui avait appris à révérer ?

Il aurait dû mieux le surveiller, voilà tout. A cause de son laxisme, David avait fini par commettre l'irréparable.

Et maintenant, comme d'habitude, David s'était déchargé de ses responsabilités sur les autres. C'était eux — son frère, son père et sa fille — qui allaient devoir supporter le poids et les conséquences de ses actes. Jon ne pouvait tout de même pas se rendre à son chevet, à l'hôpital, pour l'accuser de fraude ! Cela pouvait provoquer une deuxième crise cardiaque…

La voix d'Olivia interrompit le cours de ses pensées :

— Qu'allons-nous faire ? Nous ne pourrons jamais rembourser tout cet argent… Et puis, il s'est rendu coupable de vol, de fraude, et de faute professionnelle au plus haut degré.

Jon ne jugea pas nécessaire de rappeler à sa nièce que David n'avait jamais reçu de qualification officielle pour pratiquer le droit. Par conséquent, la question de la faute professionnelle ne se posait pas réellement, du moins pas dans le sens où elle l'entendait.

— Grand-père en mourra, reprit-elle dans un chuchotement.

Elle eut un geste de la main, comme pour embrasser la pièce.

— Cela risque de nous détruire tous. Toute la famille.

Jon ne pouvait le nier. Qui voudrait confier ses affaires à un cabinet dont l'un des associés s'était rendu coupable de fraude caractérisée ? Le nom des Crighton, ce nom dont Ben était si fier, serait sali à jamais. Rien n'était plus cruel que la vindicte des habitants d'une petite ville, aussitôt qu'on transgressait ses lois et ses principes moraux. Et le milieu juridique était à l'image d'une communauté ; les commérages s'y propageaient à la vitesse de l'éclair.

En outre, Jemima Harding était âgée de quatre-vingt-neuf ans, et de santé fragile. Elle ne vivrait plus très longtemps. Tôt ou tard, quelqu'un poserait des questions au sujet des deux millions de livres qui avaient disparu de ses comptes en banque.

— Nous ne pouvons rien faire, répondit Jon en secouant la tête.

— Quelqu'un va devoir tout raconter à Jemima, aux banquiers…

— J'ai déjà pris rendez-vous avec ses comptables. Je connais bien l'un d'eux.

Ils se regardèrent en silence. Jon n'avait pas le choix. S'il continuait à garder le silence sur la fraude de David, il deviendrait aussi coupable que son frère. C'était également vrai en ce qui concernait Olivia.

— Aimerais-tu que je t'accompagne ? suggéra celle-ci.

Jon lui sourit avec un mélange de tendresse et de tristesse.

— Non, Olivia. Il vaut mieux ne mettre personne au courant de cette petite conversation. En fait, ajouta-t-il avec fermeté, il serait préférable que nous ne l'ayons jamais eue.

— Oncle Jon ! Pourquoi faut-il toujours que tu penses aux autres, avant de penser à toi ? s'exclama Olivia.

Elle se leva pour aller se jeter dans ses bras.

Jon lui rendit son étreinte en songeant qu'elle se trompait. Il n'avait pas pensé à Jenny quand il avait tenu Tiggy dans ses bras, la veille. Comment avait-il pu ? Que lui arrivait-il ? Depuis maintenant quelques mois, il découvrait des aspects de sa propre personnalité qui le stupéfiaient et le choquaient à la fois. Il avait l'impression de se regarder dans un miroir et d'y découvrir un reflet inconnu ; ou de tourner au coin d'une rue familière et de ne plus rien reconnaître. L'expérience était aussi effrayante que déstabilisante.

Certaines nuits, alors qu'il était allongé à côté de Jenny, il se surprenait à remettre leur vie en question.

Où allaient-ils ? Et surtout, pourquoi se donnaient-ils la peine de continuer ?

Bientôt, leurs enfants n'auraient plus vraiment besoin d'eux. Quant à leur mariage, il n'était qu'une espèce d'habitude routinière. Et alors qu'il avait trouvé du réconfort et une certaine sécurité, autrefois, dans l'uniformité de cette existence paisible, il se surprenait de plus en plus à la considérer comme une prison. Il avait cinquante ans, et il lui semblait s'être éveillé brusquement à la réalité de la vie, prenant conscience pour la première fois de tout ce qu'il avait manqué. Au milieu de ce chaos de pensées, il se sentait confus et agité ; surtout, l'intensité de ses émotions, pour la plupart inédites, le choquait.

Voilà près de six mois qu'il avait commencé de soupçonner les agissements de David — depuis le jour où leur banquier avait déclaré que David et son épouse avaient bien de la chance d'avoir hérité tout cet argent des parents de Tiggy. Or, il le savait, le père et la mère de Tiggy étaient encore vivants ; ils habitaient un cottage, modeste quoique confortable, dans le sud du pays, sur la côte.

Jon avait essayé d'aborder le sujet avec David, mais celui-ci s'était dérobé, avant d'affirmer que le banquier avait dû mal comprendre.

Bien sûr, Jon ne l'avait pas cru. Et la pensée qu'il mettait en doute la parole et l'honnêteté de son frère l'avait empêché de dormir bien des nuits. Il était tiraillé entre les remords et la crainte que ses soupçons ne soient fondés. A tout cela venait s'ajouter la solitude, et le sentiment profond d'une perte, d'un deuil douloureux.

Pour la première fois de sa vie, il était contraint de regarder la vérité en face. David, son frère, son jumeau, était un menteur et un voleur. La colère qu'il avait éprouvée n'avait d'égale que sa confusion. Soudain, il se voyait forcé d'abandonner le rôle qui était le sien, depuis sa plus petite enfance : celui du compagnon fidèle de son frère — aveuglément fidèle.

La loyauté et l'amour inconditionnel qu'on lui avait appris à éprouver avaient été remplacés par une rage d'autant plus violente qu'elle était refoulée, inexprimable. Jon en voulait à David, et à leur père, bien sûr ; mais il en voulait aussi à pratiquement tout le monde, y compris à lui-même.

Seule Tiggy, si vulnérable, si fragile, si dépendante, semblait capable de réveiller la compassion qui était jusqu'alors un des traits dominants de sa personnalité. Une part de lui souhaitait s'ouvrir à Jenny, afin qu'il puisse partager sa confusion, sa colère aussi, et cette sensation qu'il avait de s'être perdu, de n'être plus lui-même. Mais il avait peur. Peur qu'elle le juge. Peur d'être amené à se juger lui-même.

Au bout du compte, même s'il avait commis des actes criminels, David n'en demeurait pas moins son frère. Or, Jon était en train de le trahir. En le dénonçant, et surtout en découvrant qu'il n'était plus capable de l'aimer.

Il poussa un soupir et consulta sa montre.

— Il est 18 heures passées. Rentre, maintenant. Ta mère n'aime pas qu'on la laisse seule.

— Elle a dû aller faire les magasins, dit Olivia avec un sourire forcé.

Aussitôt, elle dut se rappeler d'où venait l'argent qui avait permis à sa mère de continuer à satisfaire son besoin maladif de dépenser de l'argent, et elle se décomposa.

Tandis qu'elle sortait du bureau, Jon songea que même s'il ne savait pas exactement ce qu'il voulait faire, il ne pouvait pas continuer de la sorte. Il avait besoin de temps et d'espace pour réfléchir. Il avait besoin de s'éloigner du regard triste et plein de reproches de Jenny ; besoin de s'éloigner du secret qui les liait l'un à l'autre.

Peut-être n'auraient-ils jamais dû se marier. Après tout, quelle attitude était la plus lâche ? S'accrocher à son mariage simplement parce qu'il existait, ou affronter la réalité, ainsi qu'il avait été forcé de le faire avec David ?

Il y avait une agence immobilière, en face du cabinet. Ils avaient sans doute des appartements et des maisons à louer…

12

— Jenny ! Je ne pensais pas te voir aujourd'hui ! lança Guy avec un sourire chaleureux.

— Je reviens de l'hôpital.

Guy l'observa discrètement. Elle avait maigri, ces derniers jours. Sa taille s'était affinée, et l'ossature élégante de son visage ressortait davantage. Cela lui allait bien.

Il émanait de Jenny une distinction naturelle qui, dans l'opinion de Guy, surpassait largement les pauses et les maniérismes qu'affectait Tiggy. Très souvent, il avait imaginé qu'il contribuait à la métamorphoser ; il rêvait de la voir s'épanouir et devenir le genre de femme qu'elle aurait toujours dû être. Ses cheveux seraient coiffés différemment, un peu plus longs, avec des boucles encadrant le visage. Et il lui ferait porter des vêtements dans des tons miel et cannelle, afin de rehausser la douceur de son teint.

Guy avait un sens inné de l'élégance et du style, une sensibilité prononcée pour les couleurs et les lignes ; et le manque de goût, l'absence d'harmonie ou de recherche dont certaines personnes faisaient preuve, dans leur façon de s'habiller, avait le don de le faire frémir.

Il avait toujours été stupéfait qu'une femme comme Jenny, capable de choisir le meuble, le tissu ou l'accessoire idéal pour décorer leur vitrine, ne soit pas en mesure d'appliquer ce talent à sa propre personne. Il avait espéré que leur excursion chez Armani changerait cela, mais il ne l'avait pas encore vue porter le tailleur-pantalon qu'elle s'était acheté ce jour-là.

— Comment va David ? demanda-t-il, plus par politesse que par véritable intérêt.

Il n'aimait guère le beau-frère de Jenny ; il le considérait comme un être faible et plutôt vain.

— Il a connu une légère rechute, mais son état s'est stabilisé, de nouveau, répondit-elle.

Son front plissé, comme si un détail la chagrinait, alerta Guy.

— Qu'est-ce qui ne va pas ? demanda-t-il avec douceur.

Aussitôt, elle secoua la tête.

— Oh ! rien, vraiment.

Guy ne fut pas dupe. Il lui semblait que Jenny avait désespérément besoin de parler, de partager les soucis et les angoisses qui, à l'évidence, la rongeaient.

— Je vais rentrer, reprit-elle. Jon ne devrait pas trop tarder, et...

— Je l'ai vu, ce midi. Il déjeunait dans le petit restaurant italien, avec la femme de David.

— Oui, acquiesça Jenny d'un ton distant. Forcément.

Guy la considéra un instant, se demandant si elle était consciente de ce qu'elle venait de révéler avec ce simple adverbe, prononcé avec tristesse et amertume. Il avait bien remarqué l'intimité que Jon et Tiggy semblaient partager ; il avait vu aussi la manière dont celle-ci avait posé sa fourchette pour tendre le bras et toucher la main de Jon, trahissant clairement ce qu'elle ressentait pour lui. Et si Jon avait fait preuve de plus de réserve, il ne s'était en aucun cas dégagé.

Il regarda Jenny quitter la boutique et se dit qu'il était encore trop tôt pour tenter quoi que ce soit. Il avait attendu, toutes ces années, et il pouvait patienter encore un peu.

Jenny sentit son cœur se serrer en voyant la voiture de Jon garée devant chez eux. Il ne rentrait jamais aussi tôt, ces derniers temps. Et comme trop souvent ces jours-ci, elle eut le pressentiment d'un malheur.

Il était assis à la table, l'air sombre, lorsqu'elle entra dans la cuisine.

— Je veux te parler, déclara-t-il.

— C'est très important, ou cela peut-il attendre jusqu'après dîner ? demanda Jenny en s'efforçant de prendre un ton enjoué.

— Je ne dîne pas ici. J'ai un rendez-vous à Chester.

— Les enfants ?

Jon secoua la tête.

— Elles font leurs devoirs dans leur chambre, et Joss est allé voir Ruth.

— Oh ! Dans ce cas, je vais faire du thé et…

— Jenny !

Le ton de Jon, impatient, arrêta net Jenny. Elle le regarda fixement.

— Je… je ne peux pas rester ici plus longtemps, déclara-t-il. J'ai besoin d'être seul… Cette maison… Notre vie…

Il aurait aussi bien pu ajouter « toi », songea Jenny avec douleur.

— Je… Je…

— Qu'essaies-tu de me dire, Jon ? demanda-t-elle avec tout le calme dont elle était capable. Que notre mariage est terminé ? Que tu veux… divorcer ?

Sa voix se brisa sur ce dernier mot.

— Non… pas ça, affirma Jon. Pas un divorce. Une… séparation.

— Et les enfants ?

— Ils sauront se débrouiller. Ils ne vont plus avoir besoin de nous très longtemps.

Il marqua une pause, avant d'ajouter :

— D'ailleurs, ils ont toujours été beaucoup plus proches de toi que de moi.

— Si je comprends bien, je suis trop possessive, c'est ça ?

— Je n'ai rien dit de tel ! protesta Jon. Ecoute, je ne veux pas qu'on se dispute. Mais essayons d'être honnêtes l'un envers l'autre : nous savons très bien, toi et moi, que...

Il s'interrompit une nouvelle fois.

— Nous nous sommes mariés pour les meilleures raisons, reprit-il, mais...

— Mais ? insista Jenny.

Qu'il le dise ! Qu'il admette enfin ce qu'elle avait toujours su, dans le secret de son cœur, ce qu'elle avait toujours craint. Mais de toute évidence, il en était incapable ; le regard fuyant, il garda le silence. Il se leva et se rapprocha de la porte, comme s'il s'agissait là de sa seule issue de secours.

— Où iras-tu ? lança-t-elle.

Aussitôt, elle regretta sa question. C'était elle qui répugnait à le regarder en face, craignant ce que l'expression de ses yeux pouvait révéler. Car elle connaissait la réponse, bien sûr. Il allait rejoindre Tiggy.

— Je ne sais pas, dit-il. Je vais chercher un appartement ou une maison à louer. C'est nécessaire, Jenny, ajouta-t-il d'une voix presque plaintive.

Elle sentit le désarroi qui l'habitait, et son cœur saigna, pas seulement pour elle, mais pour lui aussi. Bêtement, elle aurait voulu le prendre dans ses bras et le réconforter, le rassurer, lui dire qu'elle comprenait, qu'il était pardonné. Mais comment était-ce possible, alors qu'il n'en était rien ?

— Quand... quand comptes-tu partir ? murmura-t-elle.

— Je ne sais pas. Aussitôt que je trouverai un endroit où habiter. Il ne sert à rien de prolonger la situation... En attendant, je vais m'installer dans la chambre d'amis.

— Les enfants ? Qu'allons-nous leur dire ?

Jon secoua la tête.

— Je l'ignore...

— Je pourrais leur expliquer que c'est temporaire, suggéra Jenny. Peut-être auront-ils ainsi moins de mal à accepter.

— Raconte-leur ce que tu veux, répondit Jon, toujours sans la regarder.

Jenny serra les dents. Le premier choc passé, elle commençait d'éprouver, outre la douleur, de la colère de se voir ainsi rejetée. C'était lui qui s'en allait. Dans ces conditions, n'était-ce pas à lui de leur expliquer lui-même ?

L'instinct, et la force de l'habitude, l'en empêchèrent. Elle se sentait étrangement faible, privée de la volonté et de la force de se battre ou de discuter avec lui.

— Bon, il faut que je m'occupe du dîner, déclara-t-elle d'une voix atone. Joss a-t-il précisé à quelle heure il rentrerait ?

Elle avait l'impression de jouer dans une mauvaise pièce de théâtre ! A cette idée, elle dut se retenir pour ne pas partir d'un grand rire hystérique. Son rôle était taillé sur mesure : l'épouse idiote, fade et ennuyeuse, sur le point de se faire plaquer par son mari, mais bien trop occupée par les menues tâches de sa vie quotidienne pour pouvoir prendre pleinement conscience de ce qui était en train de se passer.

— Non, lui répondit Jon.

Jenny ne le regarda pas quand il quitta la cuisine.

Elle en était incapable.

Max tambourina avec impatience sur son bureau. Il était presque 19 heures, et il aurait dû avoir quitté le cabinet depuis longtemps. Mais Laura, la secrétaire du clerc, était restée plus tard que d'habitude, empêchant ainsi Charlotte de remplir la mission qu'il lui avait confiée. Elle était enfin partie, une demi-heure auparavant. Que faisait Charlotte, à présent ? Il ne fallait pas si longtemps pour fouiller dans les tiroirs d'un bureau.

La porte s'ouvrit soudain.

— Je crois que j'ai trouvé ce que vous cherchez, annonça la jeune femme. Au cours des deux derniers mois, l'associé principal a déjeuné à trois reprises avec une certaine Madeleine Browne. Et cette Mlle Browne doit rencontrer le comité de sélection lors de sa prochaine réunion. C'est dans l'agenda des rendez-vous.

Madeleine Browne…

Max chercha dans sa mémoire, mais c'était la première fois qu'il entendait ce nom.

— Autre chose, ajouta Charlotte. Cette Madeleine Browne…

Elle marqua une pause, comme pour donner plus de poids aux paroles qui allaient suivre.

— Elle se trouve être la filleule de l'associé principal…

Max serra les dents. Il aurait dû s'en douter… Enfin ! Au moins, connaissait-il l'identité de son adversaire. Il ne lui restait plus qu'à manœuvrer pour l'éliminer de la compétition. Pour cela, il devait la discréditer aux yeux du comité de sélection.

Il ignorait encore comment il allait procéder, bien sûr, mais il trouverait bien un moyen. Il y avait toujours un moyen. Il suffisait de le chercher.

D'abord, il devait en apprendre le plus possible sur le compte de cette Madeleine Browne : ses points forts comme ses points faibles, et pas seulement sur le plan professionnel.

Filleule de l'associé principal ou non, lois contre la discrimination sexuelle ou pas, Max était bien décidé à décrocher le poste qui se libérait. Et aucune Madeleine Browne ne l'empêcherait d'atteindre son but.

Ruth et Joss se promenaient à travers la campagne, lorsque celui-ci demanda brusquement :

— Tante Ruth, tu sais pourquoi une personne qui a l'air d'aller bien, d'être tout à fait normale… pourquoi cette personne change d'un seul coup ?

Ruth fronça les sourcils. Elle avait détecté une note d'anxiété inhabituelle dans la voix de son petit-neveu.

— De quelle personne en particulier parlons-nous, Joss ? demanda-t-elle avec douceur.

— Papa.

— Ton père ? Eh bien, je suppose qu'il s'inquiète beaucoup au sujet de David…

— Il passe beaucoup de temps chez oncle David, déclara Joss. Avec tante Tiggy.

Ruth sentit son cœur se serrer.

— Vraiment ? Elle doit avoir besoin de son aide.

— Oui. C'est ce que maman dit.

— Et tu n'es pas d'accord ?

— Papa est différent, insista le garçon d'un ton hésitant. Et il a commencé à changer… avant la crise cardiaque d'oncle David.

— Qu'entends-tu par différent ?

— Je ne sais pas. Il n'est plus comme avant. Comme si… En fait, je me demande si… euh, s'il n'a pas des problèmes avec… avec maman. A l'école, il y a beaucoup de garçons et de filles dont les parents ont divorcé.

L'inquiétude de Ruth s'amplifia.

— Voyons, Joss, tes parents ne vont pas divorcer. Qui t'a mis une idée pareille en tête ?

Le garçon haussa les épaules, et l'expression de son visage se fit plus grave.

— Je ne sais pas. Ça m'est venu, comme ça.

— Tu leur en as parlé ?

— Oh, non ! s'exclama Joss. Je… je ne crois pas que maman, elle, veuille divorcer. Mais tante Tiggy est très jolie, n'est-ce pas ?

— Oui, elle est très jolie, admit Ruth. Seulement, on ne tombe pas forcément amoureux des gens à cause de leur beauté.

— Je sais. Mais tante Tiggy a besoin que quelqu'un s'occupe d'elle. Oncle David n'est pas là, et… papa aime bien quand on a besoin de lui.

Frappée par l'étonnante maturité que trahissaient ces remarques, Ruth s'efforça d'assimiler ce que son petit-neveu venait de lui dire.

— Ta tante Tiggy est mariée avec David, et ton père est marié avec ta mère, rappela-t-elle.

Les craintes de Joss étaient-elles simplement le produit d'une trop grande imagination, ou bien reposaient-elles sur des causes plus profondes ? Jon et Jenny rencontraient-ils des problèmes dans leur mariage ? Jenny ne lui avait parlé de rien. Quant à penser que Jon avait pu seulement envisager le divorce… Cela paraissait inconcevable !

— Je suis sûre que tu n'as aucune raison de t'inquiéter, Joss, reprit-elle.

— Oh ! ce n'est pas pour moi que je m'inquiète, répliqua le garçon avec conviction. C'est pour eux.

Papa a besoin de maman. Il ne s'en rend peut-être pas compte, mais moi je le sais. Et maman a besoin de lui. Tante Ruth, est-ce que je peux rester chez toi, ce soir ? On pourrait aller voir les blaireaux...

Ruth hésita. Puis, devant le visage que l'enfant levait vers elle, elle dit :

— Nous allons demander à ta mère, d'accord ?

— Je suis sûr qu'elle acceptera. Je l'appellerai quand on rentrera.

Perdue dans ses pensées, Ruth hocha machinalement la tête.

Elle avait prévu de rendre visite à Ben, le lendemain. Saul, sa mère et les enfants, devaient partir tôt, le matin, et elle savait que le vieil homme se sentirait seul après leur départ, même s'il refusait de l'admettre.

Elle préférait ne pas imaginer sa réaction si jamais il s'avérait que Jon et Tiggy avaient une liaison. Jon devait savoir avec quelle violence son père réagirait en découvrant qu'il cherchait à prendre la place de David dans la vie de Tiggy. Et si c'était vraiment le cas, le seul fait qu'il ait envisagé de le faire prouverait la profondeur des sentiments qu'il éprouvait pour sa belle-sœur.

Les sentiments de Tiggy n'inquiétaient pas Ruth. Elle la considérait comme une jolie plante grimpante qui avait constamment besoin de soutien, n'importe quel soutien, et qui s'attacherait tout aussi volontiers à un tuteur qu'à un autre ; ses émotions étaient pareilles à des racines courtes, superficielles et faciles à changer de terre.

Jon, lui, était tout à fait différent. Il avait toujours placé son frère jumeau avant lui, et avant tout le reste. Comment pourrait-il imaginer de lui voler son épouse ? Cela ne lui ressemblait pas du tout.

D'autant que Joss avait pu se tromper. Après tout, il n'était encore qu'un enfant.

Comme elle l'espérait ! Ruth savait à quel point son frère pouvait se montrer têtu et déterminé. Elle n'avait pas oublié la pression qu'il lui avait fait subir, autrefois.

Mais tout cela était loin. Et au bout du compte, Ben et leur père avaient sans doute eu raison. Elle n'aurait pas supporté d'être la cause du divorce d'un homme marié, même si elle aimait cet homme à la folie. En outre, Grant lui avait menti ; il l'avait trahie en lui laissant croire qu'il était libre de l'aimer, alors qu'il avait une épouse et un enfant, aux Etats-Unis.

Ruth se mordit la lèvre. C'était bien le moment de penser à tout ça ! A une histoire vieille de plus de cinquante ans !

Olivia entendit la sonnerie du téléphone alors qu'elle se changeait, après son retour du cabinet. Quand elle entendit sa mère crier que l'appel lui était destiné, son cœur se mit à cogner dans sa poitrine.

Caspar !

C'était forcément lui.

Elle dévala les marches de l'escalier en sous-vêtements.

— Allô ?

Hélas ! il ne s'agissait pas de Caspar. C'était Saul.

— Saul, répéta-t-elle mécaniquement.

— Ça n'a pas l'air d'aller, observa-t-il avec gentillesse. La journée au cabinet ne s'est pas bien passée ? Veux-tu m'en parler pendant qu'on dîne ensemble ?

— Ecoute, Saul, c'est vraiment gentil de ta part, mais...

— Si ce qui s'est passé l'autre soir t'empêche d'accepter, je t'assure que cela ne se reproduira pas. Même si je pensais vraiment ce que je t'ai dit...

Olivia fronça les sourcils. De quoi parlait-il ? Que s'était-il passé, l'autre soir ?

— Je promets d'être sage, poursuivit-il. Et puis, Louise s'est déjà proposée pour garder les enfants. Maman est encore là, aussi. Nous partons demain, et...

Soudain, Olivia se rappela. Saul pensait qu'elle hésitait à dîner avec lui parce qu'il l'avait embrassée, l'autre nuit, près de la rivière. Elle ne savait pas si elle devait en rire ou en pleurer. Comment lui avouer qu'elle avait complètement oublié cet incident ?

— S'il te plaît, insista-t-il.

Olivia se sentit fléchir. A quoi bon rester à la maison, à attendre un coup de téléphone de Caspar ?

Cela ne changerait rien. Surtout pas après la scène qu'elle avait surprise, à l'aéroport.

— Bon, d'accord, fit-elle.

— Tu pourrais afficher un peu plus d'enthousiasme ! bougonna Saul d'un ton vexé. Je passe te prendre dans une demi-heure.

— Le jeune Saul a invité Olivia à dîner, hier soir, déclara abruptement Ben.

Ruth leva les yeux vers son frère. Lui seul pouvait parler de Saul et d'Olivia comme s'ils étaient encore des adolescents. Et bien sûr, elle connaissait assez son frère pour savoir ce qu'il tramait déjà.

— Olivia est pratiquement fiancée avec Caspar, lui rappela-t-elle d'un ton posé.

— Bah ! Elle ne tardera pas à recouvrer ses esprits. Les Américains ! On ne peut pas leur faire confiance. Tu le sais mieux que personne.

Ruth se raidit. Chaque fois, c'était pareil. Elle prenait la résolution de ne pas tomber dans le piège de ses provocations, et il réussissait toujours à la faire sortir de ses gonds.

— Tu n'es qu'un vieillard bourré de préjugés ridicules ! lui lança-t-elle. Si tu avais vécu au siècle dernier, tu aurais été le genre d'homme à refuser que ta fille épouse un homme qui n'aurait pas été originaire du Cheshire. Olivia aime Caspar, et sa relation avec lui n'a rien à voir avec celle que j'ai eue… J'ai commis une erreur, mais cela ne signifie pas que tous les Américains sont…

— … des menteurs et des hommes infidèles ? compléta Ben avec colère. Et la femme de Saul qui s'en va, comme ça, en abandonnant ses trois enfants ? Qu'en penses-tu ?

Ruth tressaillit.

— Il arrive qu'une femme n'ait pas le choix. Le fait que Hillary soit américaine n'a rien à voir avec sa décision de quitter Saul. C'est lui qui voulait garder les enfants, tu le sais très bien. Ils sont nés ici, ils ont toujours vécu ici ; en les laissant à Saul, elle essaie sans doute de penser à eux, à leur intérêt.

— Balivernes ! Ils sont tous pareils, je te dis. Et la jeune Olivia le découvrira bien assez tôt. Comme tu as fini par le découvrir, toi aussi.

— J'espère bien que non. Je ne souhaite à personne de vivre ce que j'ai vécu. Si Grant m'a menti, s'il ne m'a pas dit qu'il était marié…

Elle s'interrompit un instant, avant de s'obliger à continuer :

— … ce n'est certes pas parce qu'il était américain. N'importe quel homme — qu'il soit anglais, gallois, écossais, français, polonais, hollandais, ou que sais-je encore — aurait agi de la même façon. Simplement, il se trouve que Grant était américain.

— Peuh ! Ils étaient tous les mêmes, à venir ici et à mentir, à tricher et à séduire d'innocentes jeunes filles en leur tournant la tête. Si tu crois que je ne le sais pas…

— Mais tu ne sais rien, Ben ! s'exclama Ruth. Vois-tu, c'est moi qui ai séduit Grant, et pas le contraire.

Elle sourit tristement devant l'expression de son frère.

— Eh oui ! reprit-elle. Je sais combien cela doit offenser ton orgueil de Crighton, et de mâle, mais je voulais Grant. Je le voulais vraiment. Il était comme un souffle d'air frais dans ma vie. Une force magnétique qui m'attirait irrésistiblement. Il était si différent des hommes que j'avais rencontrés jusqu'alors !

— Tu racontes n'importe quoi. Tu pleurais encore la mort de Charles, à l'époque.

— Non. Si j'ai pleuré la mort de Charles, c'est vrai, je l'ai fait comme on pleure la mort d'un ami. Nous étions fiancés simplement parce que cela se faisait à l'époque. J'étais jeune, et sans doute un peu sotte. J'ai été prise par l'urgence de la guerre. Charles partait au combat. Il voulait avoir quelqu'un vers qui revenir, comme pour se rassurer, se convaincre qu'il reviendrait vraiment. Quand il a été tué, j'ai éprouvé de la tristesse. Pourtant, une fois encore, je ne l'ai pas pleuré comme on pleure un amant. Je n'ai jamais pleuré pour lui comme j'ai pleuré pour Grant, conclut Ruth dans un souffle.

— Cet Américain t'avait séduite ! insista Ben d'un air farouche.

— Non, Ben. Si tu veux savoir la vérité, c'est moi qui l'ai séduit.

Elle eut un sourire plein de nostalgie.

— Lui, il hésitait. Il a essayé de résister, de se montrer raisonnable.

Parce qu'il était marié avec une autre femme, une femme qui lui avait donné un enfant ?

Il n'avait rien dit, néanmoins, quand elle l'avait poussé dans l'herbe et qu'elle l'avait taquiné avec la rondeur de ses seins, nus sous sa petite robe d'été, puis quand elle s'était donnée à lui et qu'elle avait crié de bonheur en le sentant en elle. Il ne lui avait rien dit, alors. Ni par la suite.

C'était son père et son frère qui lui avaient révélé la vérité.

Longtemps, Ruth avait été convaincue que la douleur de cet amour perdu ne la quitterait jamais. Et puis, peu à peu, cette douleur des premiers mois s'était estompée ; la souffrance était devenue peine, une peine qui avait perdu de sa violence, pour finalement s'assoupir. Elle ne se réveillait plus que lorsque Ruth s'accordait le plaisir dangereux de repenser à son amant, et au passé. Elle ignorait si Grant était toujours vivant. Et elle ne voulait pas le savoir ! se dit-elle avec fermeté.

Comme elle reportait son attention vers Ben, elle vit qu'il massait la jambe qui le faisait souffrir. La crise cardiaque de David l'avait terriblement affecté, diminué, même. Aussitôt, elle s'en voulut de s'être emportée contre lui. Etait-ce sa faute, s'il était ainsi ? Ben était comme un grand animal préhistorique en voie d'extinction ; une sorte de dinosaure, maladroit, et totalement abasourdi par le fait qu'il ne jouissait plus du pouvoir ou de la force qu'il avait si longtemps tenus pour acquis. Pour lui, le nom des Crighton était sacro-saint, et toute personne portant ce nom devait se montrer à la hauteur de cet honneur. Le pauvre était dépassé par les événements, songea Ruth ; à tel point que c'en était presque risible. Cependant, elle n'avait pas du tout envie de rire.

En rentrant, elle avait l'intention de passer voir Jenny. Elle comptait bien tâcher de découvrir si les craintes de Joss étaient fondées. Il n'était guère dans ses habitudes de se mêler de ce qui ne la regardait pas, mais il lui semblait qu'elle devait à son petit-neveu de le prendre assez au sérieux pour tenter de le rassurer.

Si toutefois c'était possible.

13

Max sourit avec satisfaction.

Trois semaines avaient passé depuis qu'il avait entendu le nom de Madeleine Browne pour la première fois. Trois semaines qu'il avait mises à profit pour réunir toutes sortes d'informations sur le compte de la jeune femme.

Elle avait un pedigree impressionnant. Son grand-père maternel était l'un des membres les plus éminents de l'institution judiciaire de la Chambre des lords, et son père, juge de la Haute Cour.

Elle habitait le quartier de Chelsea, à Londres, dans une petite maison qui appartenait à son père et qu'elle partageait avec une amie, rencontrée sans doute dans l'école privée qu'elle avait dû fréquenter. En bref, elle était un pur produit de la haute bourgeoisie britannique. Vingt-cinq ou trente ans plus tôt, elle n'aurait pas imaginé d'embrasser une autre carrière que celle d'épouse d'un homme issu du même milieu qu'elle, qu'on lui aurait choisi avec soin — et Max trouvait bien dommage qu'elle n'ait pas opté pour cette option, maintenant !

Néanmoins, au milieu de toutes ces informations aussi prévisibles que décourageantes, un détail extraordinaire sautait aux yeux. Alors qu'elle était étudiante, Madeleine Browne, pour Dieu savait quelle étrange raison, avait décidé d'effectuer un stage d'été dans le cabinet dont Luke Crighton était l'associé principal, à Chester. Max s'interrogeait. Qu'était-elle allée faire dans le Cheshire, alors qu'avec les relations de sa famille, elle aurait pu travailler n'importe où à Londres ? Mais cela importait peu. Il tenait sa chance, le sésame dont il avait besoin. Et il avait bien l'intention d'en profiter.

Il avait tout prévu ; après avoir vu et revu toutes les informations dont il disposait, il avait établi une stratégie. Le moment était venu de mettre son plan à exécution.

Il quitta le cabinet à l'heure habituelle et se rendit chez lui. Là, il se doucha, se changea et prit le chemin de Chelsea.

La jeune femme ne fut pas longue à lui ouvrir, après qu'il eut pressé le bouton de la sonnette, et Max put enfin découvrir sa rivale.

Si Madeleine Browne jouissait d'un nom prestigieux et de la fortune qui l'accompagnait, avec ses cheveux bruns sans éclat, sa coupe au carré, ses yeux marron, son visage rond et son petit corps potelé, elle avait un physique tout à fait quelconque.

Quand elle s'aperçut que Max la détaillait, elle rougit violemment.

— Je vous demande pardon, dit aussitôt Max, arborant son plus charmant sourire. Luke m'a dit que vous étiez une toute petite jeune femme, mais je ne pensais pas…

— Luke ? demanda-t-elle.

Elle avait mordu à l'appât, ainsi qu'il l'avait prévu.

— Oui. Luke Crighton, mon cousin, expliqua-t-il, oubliant opportunément les complexités de l'histoire de sa famille, et par là même, le fait que Luke n'était qu'un cousin fort éloigné.

— Luke Crighton ?

Madeleine Browne avait froncé les sourcils, confuse et embarrassée.

Max fit deux pas en avant, l'obligeant ainsi à reculer dans la maison tandis qu'il en profitait pour entrer. La manœuvre était simple, et il l'avait souvent utilisée dans le passé.

— Et voilà ! déclara-t-il. J'avais bien dit à Luke que vous ne vous rappelleriez pas qui il était. Vous avez effectué un stage dans le même cabinet que lui, à Chester, il y a quelque temps. Son père, mon oncle, était…

— Oh ! oui…

Le visage de la jeune femme s'éclaira.

— Oui, bien sûr, Luke…

Elle rougit de plus belle, et Max dut se retenir pour ne pas éclater de rire. Cette petite dinde sans attrait pensait-elle vraiment que Luke se souvenait d'elle ?

— Alors, vous êtes le cousin de Luke... euh, je vous en prie, entrez.

Le salon était exactement tel que Max l'avait imaginé. La seule décoration avait dû coûter plus qu'il ne gagnait en une année. Tout, le mobilier, l'atmosphère, trahissait le vieil argent, et Max sentit grandir le ressentiment qu'il éprouvait déjà à l'égard de la jeune femme. Pourquoi diable n'avait-elle pu se contenter de ce que les femmes dans son genre faisaient le mieux ? Vivre à la campagne et faire des enfants. C'était pour cela qu'elle avait été conçue.

— Euh, puis-je vous offrir quelque chose à boire ? proposa-t-elle.

— Oui, avec plaisir. Je prendrai un sherry, si vous en avez.

Elle en avait, bien sûr ; et Max se réjouit de constater que sa main tremblait, quand elle lui tendit le verre.

— Alors, comment va Luke ? demanda-t-elle.

— Très bien. Toujours basé à Chester, évidemment. Je l'ai vu au cours d'une réunion de famille, chez moi, il y a de cela quelques semaines. Nous évoquions divers souvenirs, et votre nom est venu dans la conversation. Il a suggéré que je vous rende visite et que je vous passe le bonjour de sa part.

— Oh ! C'est... c'est très gentil. Je suis surprise qu'il se souvienne de moi. Je n'ai passé qu'un seul été, à Chester, et nous n'avions pas gardé le contact. Je ne pensais pas que...

Elle s'interrompit un instant, avant d'enchaîner poliment :

— Et vous, que faites-vous ?

— Je suis en apprentissage, répondit Max. Ou plutôt, j'attends qu'un poste se libère.

Il fit la grimace.

— Evidemment, poursuivit-il, je pourrais travailler au sein du cabinet, à Chester, mais je préfère être indépendant. Je tiens à réussir tout seul, plutôt que de compter sur l'appui de ma famille.

Il lui décocha un large sourire et attendit.

— Oh ! oui, bien sûr, acquiesça Madeleine en balbutiant légèrement. Je... je suis tout à fait d'accord avec vous.

— Mmm. Votre sherry est excellent, remarqua Max.

Aussitôt, Madeleine se leva pour aller lui remplir de nouveau son verre.

Elle avait des chevilles délicates, qui paraissaient joliment bronzées sous ses collants clairs.

— Et vous ? demanda Max en prenant le verre qu'elle lui tendait, puis en s'installant dans le fauteuil qu'elle lui indiquait. Luke a mentionné que vous aviez l'intention de préparer le barreau, après l'université.

— Vraiment ? Je ne pensais pas qu'il était au courant. Je ne me souviens pas…

Max retint son souffle. Que ferait-il si jamais elle déclarait qu'à l'époque où elle effectuait son stage à Chester, elle n'avait pas encore pris de décision à ce sujet ? Il aimait jouer gros jeu, et préférait l'audace à la circonspection ; mais cela impliquait une prise de risque plus grande. Dans son examen de la situation, Max avait tenu compte de l'héritage familial de la jeune femme, et déduit que son choix de carrière serait évident, automatique. Il n'était toutefois pas à l'abri d'une erreur.

— Eh bien, oui… j'ai passé l'examen du barreau et j'ai effectué mon apprentissage, admit-elle enfin. Mais je ne suis pas sûre… enfin, c'est-à-dire, je n'ai pas encore… Papa et maman pensent que je pourrais prendre une année sabbatique, avant de…

Elle se mordit la lèvre, à l'évidence très mal à l'aise.

— Maman fait partie du comité directeur d'une œuvre de charité qui s'occupe d'enfants sans abri, autour du monde, et elle voudrait que je l'accompagne lors de sa prochaine tournée. J'aimerais bien, mais… En fait, je suis la seule enfant, vous comprenez, et j'ai l'impression que je dois à mon père de… de perpétuer la tradition familiale. Lui et mon grand-père ne diront rien, bien sûr. Il ne leur viendrait jamais à l'idée de me dicter ma conduite. Mais… parfois, on se sent des obligations.

— Je comprends, vous savez, mon grand-père est pareil, confessa Max avec un nouveau sourire séducteur. Tout cela est sûrement lié à la façon dont ils ont été éduqués.

— Oh ? Et que fait votre grand-père ?

— Il est à la retraite, maintenant, se contenta de répondre Max.

Il était encore trop tôt pour mentionner que le vieil homme s'était contenté de diriger un petit cabinet de province toute sa vie.

— Je sais ce que vous voulez dire, quand vous parlez de perpétuer la tradition familiale. Lorsque vous êtes un Crighton, tout le monde s'attend que vous travailliez dans le domaine juridique, d'une manière ou d'une autre. Du coup, on se sent une responsabilité, une sorte de devoir.

Il hocha la tête, l'air compréhensif et compatissant, fut récompensé par un sourire timide.

— C'est bien de parler avec une personne qui connaît...

Madeleine s'interrompit, avant de reprendre :

— Ce n'est pas toujours simple, n'est-ce pas ? On a l'impression d'être pris entre deux feux. D'un côté, la famille, et de l'autre...

— ... ceux qui pensent que votre famille, votre histoire et vos relations rendent forcément tout plus facile pour vous, compléta Max.

De nouveau, elle lui sourit.

— Oui, oui, exactement. Et pourtant, cela peut rendre les choses encore plus difficiles…

Elle ouvrit les mains et admit :

— Parfois, je me sens coupable, surtout quand je vois à quel point les autres doivent travailler dur. Il est si difficile de trouver un poste dans un cabinet, par exemple ; de nombreuses personnes, avec des qualifications exceptionnelles, n'arriveront jamais à…

S'interrompant encore une fois, elle regarda Max. Madeleine Browne avait l'habitude de laisser ses phrases en suspens et d'attendre qu'on les finisse pour elle — preuve qu'il y avait toujours eu quelqu'un pour tout terminer à sa place, décida Max avec rancœur. Toutefois, il conserva son expression douce et compréhensive tandis qu'il hochait la tête, comme pour encourager la jeune femme à continuer. Ce qu'elle fit.

— Prenez mon amie Claudine, par exemple, qui habite ici avec moi, reprit-elle. Elle est extrêmement qualifiée, mais elle n'a aucune relation dans le milieu juridique ; elle rencontre d'énormes difficultés pour trouver un poste dans un cabinet. Je sais pourtant qu'elle a toutes les qualités nécessaires pour faire une superbe carrière de *barrister.*

— Votre père pourrait peut-être l'aider, suggéra Max.

Les problèmes de la Claudine en question étaient le cadet de ses soucis. Il en avait déjà bien assez lui-même.

— Euh, oui, sans doute, murmura Madeleine, l'air gêné. Mais…

Mais son père n'avait aucune envie d'user de son pouvoir, sûrement considérable, pour favoriser l'avancement d'une personne qui ne faisait pas partie de la « famille », se dit Max avec cynisme. C'était ainsi que fonctionnait le système. Et la vie en général.

Il jeta un coup d'œil à son verre, vide, et se leva, comme à contrecœur.

— Je dois m'en aller, annonça-t-il. Je n'ai déjà que trop abusé de votre temps. J'espère que je ne vous ai pas retenue. Vous n'étiez pas sur le point de sortir, au moins ?

— Non, non, pas du tout. Et… cela m'a fait plaisir de bavarder avec vous, assura Madeleine d'une voix timide. Je vous en prie, saluez Luke de ma part, la prochaine fois que vous le verrez.

— Non, je ne crois pas que je puisse faire cela, répondit Max avec douceur, jugeant le moment venu de porter l'estocade.

La jeune femme lui jeta un regard stupéfait.

— Moi aussi, j'ai été très heureux de parler avec vous, enchaîna-t-il habilement. En fait, j'ai pris beaucoup de plaisir à notre conversation, et je me demandais si… aimeriez-vous dîner avec moi, un soir ?

— Oh ! Oh, oui ! j'aimerais…

Elle s'interrompit encore, rougit, et se reprit.

— Oui, ce serait bien.

« Je la tiens », se dit Max, triomphant, même s'il n'avait jamais vraiment douté de son succès.

Evidemment, elle n'était pas du tout son type de femme ; elle était trop quelconque, trop fade, trop « gentille ». S'il pouvait la faire rougir et trembler rien qu'en la regardant et en lui parlant, cela ne présageait rien de bien excitant, quand il s'agirait de passer à l'étape suivante de la séduction. Les jeunes vierges inexpérimentées ne l'avaient jamais attiré. Mais après tout, ce n'était pas après la virginité de Madeleine Browne qu'il en avait.

— Oui, ce sera bien, acquiesça-t-il sur le même ton plein de douceur. Ce sera très, très bien.

Comme elle rougissait de plus belle, il ajouta :

— Je suis libre jeudi. Si vous l'êtes aussi.

Ce n'était que dans deux jours, mais il ne voulait pas lui donner le temps de nourrir des doutes, ou de changer d'avis.

— Jeudi ? Euh… oui, oui, d'accord.

Max sourit.

— Alors, c'est entendu.

Il fronça les sourcils en entendant la porte s'ouvrir.

— Maddy… Oh ! pardon, je ne savais pas que tu avais de la visite.

La jeune femme qui entra dans le salon était tout le contraire de Madeleine. Mince et grande, elle avait des cheveux mi-longs d'un beau châtain tirant sur le doré, un visage aux pommettes hautes, des yeux verts et le genre de bouche qui donnait à Max des envies de sexe.

— Oh ! Claudine... Voici Max... Max Crighton. Max, je vous présente Claudine... mon amie.

— Max Crighton, répéta celle-ci en le jaugeant d'un air distant et un peu froid.

Max y répondit en la regardant comme si elle était transparente.

Elle était sûrement le genre de femme qui juge naturel d'être au centre de l'attention de tous les hommes, décida-t-il aussitôt. Et la réserve qu'elle affectait devait être une tactique destinée à se rendre encore plus désirable. Mais dans le cas présent, elle perdait son temps.

L'ignorant, Max se tourna vers Madeleine.

— Je vous verrai donc jeudi, lui dit-il avec chaleur. Puis-je passer vous prendre vers... 19 h 30 ?

— Oui, oui, pas de problème, acquiesça-t-elle d'une voix qu'enrouait l'émotion.

Claudine attendit que Max soit parti pour se tourner vers son amie.

— Max Crighton... Tu sais de qui il s'agit, n'est-ce pas ? interrogea-t-elle sans préambule.

— Oui... oui, répondit Madeleine. Claudine, il...

— Qu'est-il venu faire ici ?

— Il… Je connais son cousin.

— Son cousin ? Ah bon ? Tu n'en as jamais parlé.

— Non. Je ne pensais pas que…

— Tu es sûre de vouloir le revoir ?

— Qui ? Max ? Oui, bien sûr.

— Fais attention, Maddy ! s'exclama Claudine. Tu sais qu'il…

Mais Madeleine n'entendait pas son amie. Elle était dans un autre monde.

— Je l'aime bien, Claudine, déclara-t-elle, avant de se détourner pour cacher l'expression de son visage.

Claudine ne pouvait pas comprendre ; les hommes tombaient amoureux d'elle au premier regard. Et puis, elle ne se sentait pas timide ou empruntée en leur présence. Ce n'était pas elle qui restait assise dans un coin, avec le sentiment douloureux d'être exclue et indésirable. Elle n'avait pas à supporter le fardeau de savoir que ses parents étaient déçus qu'elle ne soit pas plus jolie, plus attirante.

Max lui avait donné l'impression qu'elle était différente. Et c'était à peine s'il avait regardé Claudine. Elle l'avait bien observé. Dès l'instant où Claudine était entrée dans la pièce, elle avait retenu son souffle, attendant la réaction familière qui était celle de tous les hommes devant la beauté de son amie. Mais Max n'avait pas eu l'air de la remarquer. Au lieu de cela, il avait continué à s'intéresser à elle, Madeleine Browne, la petit boulotte sans véritable attrait ; et c'était elle qu'il avait invitée à dîner !

De son côté, Claudine considérait son amie, qui lui tournait le dos, en fronçant les sourcils.

Elle était partagée entre le désir d'exprimer ses soupçons, d'avertir Madeleine, et la conscience que si elle le faisait, si elle laissait entendre que Max Crighton pouvait avoir un motif coupable de rechercher sa compagnie, elle lui ferait forcément de la peine.

Madeleine avait toujours été une bonne amie pour elle, et Claudine éprouvait le besoin instinctif de la protéger. En dépit de tout son argent et de sa position sociale, Maddy était une jeune femme seule et timide, sans défense face à tous ceux qui essayaient de se servir d'elle ou de la dominer.

— Il a été si gentil avec moi, Claudine, murmura-t-elle, le dos toujours tourné.

Claudine étouffa ses soupçons et répliqua vivement :

— Il a intérêt !

Puis, incapable de résister au besoin d'en avoir le cœur net, elle ajouta :

— Qui est donc ce cousin que tu dis connaître ? Comment se fait-il que je ne t'ai jamais entendue en parler ?

Guy avait toujours jugé déprimante la facilité avec laquelle on replonge dans le train-train quotidien, après un retour de vacances. Il venait de passer trois semaines à bord d'un voilier, dans les îles grecques, et le soleil avait donné un hâle profond à son teint déjà mat.

Néanmoins, il se réjouissait à l'idée de revoir Jenny. Il avait beaucoup pensé à elle, durant son absence. Mais il n'y avait rien d'étonnant à cela.

Bien des gens auraient été surpris de l'intensité des sentiments qu'il éprouvait pour elle. Après tout, Jenny était plus âgée, et mariée depuis des années ; surtout, elle ne correspondait pas à l'image qu'on se fait du genre de femme qui inspire un amour et un désir sans retour. Et pourtant...

Guy, qui devait bientôt se rendre à une foire à la brocante, se demandait, comme souvent déjà par le passé, s'il pourrait la persuader de l'accompagner. Une escapade d'une nuit, dans un petit hôtel romantique à la campagne... Peut-être cela suffirait-il à...

Allons, qui essayait-il de tromper ? songea-t-il en glissant la clé de la porte de l'arrière-boutique dans la serrure.

Elle était déjà ouverte, constata-t-il en haussant les sourcils. Jenny était là. Il sourit en la voyant.

Elle lui sembla différente, plus mince, plus frêle, et elle ne l'accueillit pas comme elle avait l'habitude de le faire, avec chaleur. Il remarqua combien elle paraissait fatiguée, tendue.

— Jenny ! lança-t-il d'un ton enjoué. Je ne pensais pas que tu arriverais avant moi. Surtout après m'avoir remplacé pendant trois semaines.

— J'étais en ville pour déposer Joss à l'arrêt de bus, pour l'école. Je me suis dit que je pouvais aussi bien venir directement.

Guy hocha la tête, un peu étonné. D'habitude, c'était Jon qui déposait Joss à l'arrêt de bus en se rendant au cabinet. Pas Jenny.

Celle-ci lui avait tourné le dos et époussetait une statuette en porcelaine.

— Tu as passé des bonnes vacances, Guy ? lança-t-il sur un ton badin. Ma foi, oui, Jenny. Merci.

Il entendait juste la taquiner gentiment. Cela lui ressemblait si peu de ne rien lui demander. Mais au lieu de rire et de s'excuser, comme il s'attendait qu'elle le fasse, Jenny referma les doigts sur la statuette, avec nervosité, la faisant basculer et tomber sur le sol, où elle se brisa en plusieurs petits morceaux.

Aussitôt, Guy s'agenouilla pour les ramasser. Puis il leva les yeux et vit que Jenny demeurait immobile, visiblement choquée et même désespérée ; ses yeux s'emplirent brusquement de larmes.

Guy se redressa et lui toucha le bras pour la réconforter.

— Ce n'est qu'un morceau de porcelaine, lui dit-il avec douceur. Et cette statuette n'avait pas de valeur extraordinaire.

Il lui sourit. La maladresse : encore un trait qui ressemblait peu à Jenny. Il ne se rappelait d'ailleurs pas l'avoir jamais vue casser le moindre objet ; elle était bien trop prudente et habile.

Elle pleurait, maintenant ; des larmes coulaient sur ses joues. Et comme pour cacher sa détresse, elle porta les mains à son visage.

Une telle peine ne pouvait pas avoir été causée par le bris d'un bibelot, décida Guy.

— Jenny, que se passe-t-il ? Qu'est-ce qui ne va pas ?

Un instant, il crut qu'elle allait se dérober. Et le spectacle de sa souffrance, d'autant plus choquant qu'il était muet, comme si elle ne pouvait supporter de lui donner voix, le fit se crisper dans un sentiment de colère impuissante. Machinalement, il s'approcha d'elle et la prit dans ses bras.

Il ne s'était pas trompé ; elle avait perdu du poids. Ses os, qu'il sentait contre lui, étaient plus saillants. Elle paraissait toute menue, et si fragile.

— Jenny..., murmura-t-il en résistant au désir de la presser plus fort, de crainte de lui faire mal.

— Jon m'a quittée ! dit-elle brusquement.

Guy se raidit tout entier sous l'effet de la surprise et de l'incrédulité.

— Jenny ! répéta-t-il d'une voix enrouée, incapable d'exprimer ce qu'il ressentait.

— Quoi ?

— C'est... c'est impossible !

— Pourtant, c'est la vérité. Tu ne tarderas pas à en entendre parler.

Guy ne voyait pas le visage de Jenny, mais il sentit qu'elle avait cessé de pleurer. Elle tremblait dans ses bras, comme si elle ne pouvait plus contenir l'intensité de sa peine et de son outrage.

— Toute la ville en parle, poursuivit-elle. Et encore ! ce n'est rien par rapport à ce qu'ils diront tous, quand ils apprendront pourquoi il est parti.

Elle éclata en sanglots, de gros sanglots entrecoupés de hoquets. Guy la serra plus fort contre lui.

— Pourquoi est-il parti ? demanda-t-il avec douceur, de la même façon qu'il se serait adressé à une enfant.

D'instinct, il lui semblait qu'elle avait besoin de cela ; pour la première fois de sa vie, peut-être, elle avait besoin de se comporter sans retenue, de se laisser porter par ses émotions, au lieu d'obéir toujours à la raison.

— Il est tombé amoureux de Tiggy, admit-elle en se dégageant légèrement pour le regarder. Comment lui en vouloir ? Il suffit de la regarder...

— Elle ne t'arrive pas à la cheville, Jen ! l'interrompit Guy. Seigneur, s'il t'a quittée pour elle, c'est vraiment un imbécile !

— Non, pas un imbécile. Il se comporte comme on lui a appris à le faire. Toute sa vie, il a dû assumer les responsabilités de David. Maintenant que son frère est malade, forcément, il éprouve le besoin de se charger aussi de sa femme. C'est normal !

Elle partit d'un grand éclat de rire nerveux, un rire presque hystérique, et Guy sentit son cœur se serrer.

Il aurait voulu pouvoir la réconforter, la rassurer, mais il doutait qu'elle accepte quoi que ce soit, venant de lui. Il avait toujours su à quel point elle aimait Jon, et il pensait que ce dernier l'aimait en retour. Le destin lui offrait aujourd'hui une opportunité unique ; et bien qu'il sache combien Jenny souffrait, il ne put s'empêcher de vouloir en tirer avantage.

— Ecoute, si on fermait la boutique pendant une heure ? proposa-t-il. On est lundi matin, et il n'y a jamais beaucoup de monde, de toute façon. Allons prendre une tasse de thé ; tu me raconteras tout.

— Oh, Guy !

De nouveau, les larmes jaillirent des yeux de Jenny.

— Je n'arrive toujours pas à le croire. Il dit que c'est une séparation provisoire, qu'il a besoin de temps pour réfléchir. Les enfants, tout le monde pense que...

Elle se mordit la lèvre, avant de reprendre :

— Tout le monde pense que c'est à cause de David, du choc que lui a causé la crise cardiaque... Qu'il traverse une...

— Qu'il traverse lui aussi une crise, compléta Guy. C'est bien possible.

Mais Jenny secoua la tête.

— Je ne sais pas... Je ne sais plus rien !

— Il se peut en effet que ce soit provisoire, reprit Guy, prêt à tout pour réconforter la jeune femme. Vous êtes mariés depuis très longtemps et...

— Jon m'a épousée parce qu'il se sentait obligé de le faire, pas parce qu'il m'aimait ! l'interrompit-elle.

Guy la regarda fixement.

C'était la première fois, depuis qu'il la connaissait, qu'elle mentionnait le fait qu'elle était enceinte au moment de son mariage avec Jon.

A l'époque, les commérages étaient allés bon train, bien sûr. Guy, qui était encore au lycée, se souvenait vaguement d'en avoir entendu parler. Plus tard, il avait pensé que la mort du bébé était un sujet si douloureux que Jenny ne supportait pas de l'aborder. Jamais il ne lui était venu à l'idée que leur mariage pouvait ne pas être heureux.

— Jon t'a peut-être épousée parce que tu étais enceinte de son enfant, mais...

— Non !

Jenny secoua la tête. Elle le regardait sans paraître le voir, comme si elle s'était replongée dans le passé.

— Je ne portais pas l'enfant de Jon, avoua-t-elle. C'était celui de David.

Guy dut se faire violence pour ne rien laisser paraître de son choc, ou même poser la moindre question. Il se contenta de prendre une des mains de Jenny entre les siennes, et dit :

— Allons, viens. Nous allons prendre cette tasse de thé.

Jenny le suivit avec docilité, l'observant sans un mot tandis qu'il fermait la boutique, avant de se laisser guider le long de la rue.

Il savait exactement où il voulait l'emmener, le seul endroit où ils seraient tranquilles. Il prit toutefois soin de suivre un chemin détourné. La réputation de Jenny était en jeu. Après tout, ils habitaient une petite ville de province, et Jenny était désormais une femme « seule ».

Il sentit qu'elle se crispait légèrement quand elle comprit qu'ils se rendaient chez lui. Pourtant, elle ne résista pas.

— Je n'étais encore jamais venue, murmura-t-elle comme il ouvrait la porte d'entrée.

— Non, en effet, confirma-t-il.

Comment réagirait-elle s'il lui avouait avoir bien souvent imaginé qu'elle se trouvait là, avec lui, et pas seulement dans son petit salon, mais aussi à l'étage, dans l'énorme lit en chêne qui occupait presque toute la mezzanine.

Depuis sa minuscule cuisine compacte, mais fonctionnelle, Guy apercevait Jenny. Debout dans le salon, elle regardait autour d'elle. Avait-elle conscience de ce qu'elle venait de lui raconter ? Avait-elle l'intention de lui faire une telle confidence ?

La bouilloire siffla, et il versa l'eau dans deux tasses, avant de les placer sur un plateau et de les apporter dans le salon.

— Bon ! fit-il. Maintenant, assieds-toi et dis-moi tout.

— Il n'y a rien à ajouter, répondit Jenny sur un ton las. Jon m'a quittée, et il est amoureux de Tiggy...

— Où habite-t-il ? Il s'est installé avec elle ?

Guy n'osait pas imaginer la réaction du vieux Ben s'il apprenait que Jon avait usurpé la place de David dans son lit conjugal.

— Non, non. Il a loué une maison, quelque part. Même s'il persiste à affirmer que ce n'est pas à cause de Tiggy, je sais bien qu'il ment. Je connais la vérité, ajouta Jenny avec force. Ce n'est qu'une question de temps, avant qu'il...

— Et David ? Il est au courant ?

Jenny secoua la tête.

— Je ne crois pas, non. A moins que Tiggy lui ait tout dit. Il est sorti de l'hôpital, mais le cardiologue a jugé qu'il avait besoin de se reposer et d'éviter le moindre stress. Il est dans une maison de repos. Tiggy était d'accord, bien sûr, conclut Jenny avec amertume.

— Mais alors, Tiggy ressent la même chose que Jon ?

Quand il vit la manière dont Jenny tressaillit et se mordit la lèvre, Guy s'en voulut d'avoir posé cette question.

— Oui, acquiesça-t-elle d'un ton rauque. Elle semble aussi amoureuse de Jon qu'il l'est d'elle.

— Jen… Tout à l'heure, tu as dit que… Enfin, tu as eu l'air de sous-entendre…

— … que j'étais enceinte de David, quand j'ai épousé Jon ? C'est la vérité.

Quand elle eut prononcé ces mots, Jenny leva les yeux vers le plafond, essayant désespérément de retenir les larmes qu'elle sentait sur le point de jaillir, encore. A aucun moment, elle n'avait prévu de se confier à Guy, comme ça. En fait, elle appréhendait le retour de son associé, allant même jusqu'à espérer qu'il ne reviendrait pas. Elle était devenue experte dans l'art d'éviter les gens, ces derniers temps ; elle ne permettait à personne de l'approcher ou de lui poser des questions. Elle avait même repoussé Ruth et Olivia, lorsque celles-ci avaient essayé de la réconforter.

Elle ne voulait pas de la pitié ou de la compassion de qui que ce soit. Ce qu'elle voulait, c'était son mari ; elle voulait recouvrer une vie normale. Or, toute l'amitié, tous les témoignages de sympathie du monde ne pourraient lui rendre ce qu'elle avait perdu. A sa grande honte, elle se surprenait même à éprouver de la rancune à l'encontre des personnes qui faisaient preuve de sollicitude à son égard. Elle se faisait l'impression d'une mendiante contrainte d'accepter la charité des autres et forcée en plus de leur être reconnaissante.

Et voilà qu'elle venait de parler du bébé de David à Guy. Elle ne savait même pas comment la vérité lui avait échappé. Mais après tout, maintenant que Jon était parti, à quoi servait-il de garder le secret plus longtemps ? Il lui semblait que toute la culpabilité qu'elle avait éprouvée à l'époque, et durant toutes les années de leur mariage, non pas d'être tombée enceinte de David, mais d'avoir permis à Jon de sacrifier sa propre vie afin de les protéger tous les trois, elle, le bébé, et surtout David lui-même, avait explosé ce matin, de la même façon qu'une blessure suppurante rejette son poison.

— Qu'y a-t-il ? demanda-t-elle soudain en voyant la manière dont Guy la regardait. Je te choque ?

— Non, ce n'est pas ça. Mais je n'aurais jamais imaginé... Tu n'es pas...

— Quoi ? Ce n'est pas mon genre ? lança Jenny. Non, en effet, murmura-t-elle avec amertume. Et c'est ce qui s'est passé.

Elle marqua une légère pause, avant de reprendre :

— David et moi sommes sortis ensemble pendant un moment. Jusqu'au jour où j'ai compris que ce que j'avais pris pour de l'amour n'était en réalité qu'un béguin d'adolescente, de ma part, et pour lui, une façon de passer le temps en attendant d'entrer à l'université. Nous nous sommes séparés bons amis, et David est parti à Oxford... Ma mère n'était pas bien, depuis un moment ; on nous a annoncé que sa maladie était incurable. Je suis restée à la maison pour m'occuper d'elle. Jon et moi étions... amis, rien de plus. Mais quand j'ai découvert que j'étais enceinte…

Elle s'interrompit et secoua la tête.

— Tu lui as tout dit parce qu'il était le frère de David, compléta Guy.

— En quelque sorte. Sauf que c'est plutôt lui qui me l'a dit. Je me suis évanouie, un jour que nous étions à la ferme. Alors que je n'aurais jamais pensé que j'étais enceinte, Jon a immédiatement deviné. Il a suggéré qu'on se marie. J'éprouvais un tel soulagement d'avoir quelqu'un prêt à me décharger de cette responsabilité, que j'ai accepté.

Jenny regarda Guy.

— J'imagine ce que tu dois penser. Que j'ai été égoïste… Que je me suis servie de Jon et que je mérite de le perdre, maintenant. Mais…

— Je ne pense rien de tel ! l'interrompit Guy avec gravité.

— Je savais que Jon ne m'aimait pas, reprit Jenny. Il m'a pourtant convaincue que c'était la meilleure chose à faire. Il fallait que le bébé de David soit élevé au milieu des siens. Nous nous sommes donc mariés. Et la grossesse s'est tellement bien passée…

Avec peine, elle ravala le nœud douloureux qui s'était formé au fond de sa gorge.

— Je n'ai pas voulu croire la sage-femme quand elle m'a dit…

Elle respira profondément, tentant de retenir ses larmes.

— C'était son cœur… Tout ça n'avait servi à rien, tu comprends ? s'exclama-t-elle en secouant la tête. Jon n'avait pas besoin de m'épouser. Au bout du compte, il n'y a même pas eu de bébé.

— Jen, je t'en prie, ma chérie, ne…

Mais Jenny l'entendit à peine.

— Après… les funérailles, j'ai proposé à Jon de lui rendre sa liberté. Il a refusé, et je…

Levant les yeux, elle planta son regard dans celui de Guy.

— J'étais tombée amoureuse de lui, entre-temps. Il était… il est tout ce que David ne pourra jamais être, et je l'aimais désespérément. Mais lui ne m'a jamais aimée. Même s'il n'a jamais rien dit, je l'ai toujours su.

Guy demeura silencieux. A l'évidence, il ne savait quoi dire.

Jenny finit sa tasse de thé et la posa.

— Il faut retourner à la boutique, suggéra-t-elle d'une voix posée. Il est presque midi.

Elle se leva et marcha vers la porte d'entrée, sans même attendre de voir si Guy la suivait.

La tête lui tournait. Elle se sentait vide, comme purgée, et étrangement détachée d'elle-même et de sa douleur ; à croire qu'elle avait développé la capacité de s'extraire de son enveloppe corporelle et de se regarder de loin, en observatrice.

Son cœur cessa de battre, un instant.

Un instant.

Comme c'était approprié ! Est-ce que tout, dans la vie, n'était pas à la merci d'un instant ? Temporaire ? La vie elle-même était si instable, si peu fiable…

14

David prit la télécommande de la télévision et se cala confortablement dans son fauteuil. Il devrait faire un peu plus d'exercice. Le médecin le lui avait encore dit, la veille, quand il était venu le voir. Les mœurs médicales actuelles voulaient qu'on n'encourage pas les patients victimes d'une crise cardiaque à passer trop de temps au lit, même quand ils avaient connu une attaque aussi grave que celle de David.

D'ailleurs, quand celui-ci avait annoncé ne pas vouloir rentrer chez lui, lorsqu'il lui faudrait quitter l'hôpital, le Dr Hayes s'était montré pour le moins sceptique. Mais il s'était finalement laissé convaincre et avait accepté de l'envoyer dans une maison de repos.

— Vous avez eu beaucoup de chance, avait répété le spécialiste.

De la chance ! songeait David. Tout au plus avait-il bénéficié d'un répit ! Tôt ou tard, il devrait rendre des comptes. Déjà, Jon avait forcément découvert le pot aux roses. Avait-il parlé ? David l'ignorait. Et en tout cas, il n'était pas certain que la chance soit pour quelque chose dans le fait qu'il avait survécu. Sans doute aurait-il mieux valu qu'il succombe à cette attaque.

Il se leva et marcha jusqu'à la fenêtre. La maison de repos était environnée de pelouses superbement entretenues ; des allées y serpentaient, assez larges pour permettre le passage de chaises roulantes.

Quand Tiggy était venue lui rendre visite, ce matin, il avait fait semblant de dormir. Dieu merci, elle n'était pas restée très longtemps.

David avait eu beaucoup de temps pour penser, ces dernières semaines — que faire d'autre, dans son état ? —, et toute cette réflexion l'avait conduit à prendre au moins une décision : quelles que soient les conséquences du marasme financier dans lequel il s'était fourvoyé, il ne pouvait pas, ne voulait plus continuer à vivre avec Tiggy. Ne se rendaient-ils pas compte, tous, du fardeau qu'ils avaient placé sur ses épaules ? Ne voyaient-ils pas, son père, son frère, Tiggy, la façon dont ils avaient contrôlé sa vie avec leurs attentes et leurs exigences ?

Ben, pour commencer, à force de l'écraser sous la pression constante de son amour et de sa détermination inébranlable de le voir devenir tout ce que lui-même n'avait pu être, avait fait naître et croître en lui un insupportable mélange de colère et de culpabilité. David frémissait, chaque fois qu'il pensait à la façon dont on l'avait sacrifié sur l'autel de la famille ; on avait déterminé pour lui le cours de sa vie, pratiquement depuis le moment de sa naissance, et jamais il ne s'était vu offrir la moindre alternative. Certes, il bénéficiait d'une indulgence illimitée. Mais elle s'accompagnait d'une condition *sine qua non* : il devait endosser sans rechigner le rôle que son père avait façonné pour lui — le rôle d'un homme mort, qui plus est.

Seulement, David n'était pas le frère jumeau de son père ! Pas plus qu'il n'était son propre grand-père. S'il avait eu le choix, jamais il n'aurait choisi de se lancer dans la carrière juridique. Lui, ce qui l'attirait, profondément, c'était le défi, le changement ; il rêvait d'horizons illimités, d'aventures excitantes, de danger même.

Durant les journées qui avaient suivi sa crise cardiaque, alors que son corps était sous l'emprise des médicaments, il s'était vu en train de voyager sur des rivières tumultueuses, de traverser des torrents bouillonnants à travers la jungle, d'affronter des périls mortels.

Il avait compris, alors, qu'il ne pourrait jamais renouer avec la vie qu'il avait menée jusqu'à présent.

Et Jon… Jon, avec son regard plein de sérénité, si observateur ; Jon et sa loyauté infaillible. C'était lui qui aurait dû être le fils choisi, l'élu de leur père — lui qui, enfant, avait si souvent défendu David, se laissant punir pour les bêtises qu'il avait commises. Parfois, David le détestait, à cause justement de sa générosité envers lui ; mais plus que tout, il l'enviait depuis toujours de n'être pas l'enfant préféré de leur père.

Oui, Jon aussi était un fardeau ; par sa seule présence, il ne cessait de rappeler à David ses lacunes, ses faiblesses, et tout ce que lui-même n'était pas et ne serait jamais.

Enfin, il y avait Tiggy. Sa femme. De tous les fardeaux qu'il avait à supporter, elle était le plus pesant. Jamais il ne pourrait retourner vivre avec elle. Jamais il ne pourrait reprendre cette existence. C'était impossible.

— Toujours pas de nouvelles des comptables de Jemima Harding ? demanda Olivia à son oncle Jon.

Cela faisait à présent quelques semaines qu'elle avait découvert les malversations de son père.

Jon secoua la tête.

— Non. Le premier rendez-vous a été annulé, et l'associé chargé des affaires de Jemima est en ce moment en vacances. J'ai appelé la maison de retraite, hier. Je voulais lui rendre visite, mais on m'a dit qu'elle était très malade.

— Qu'arrivera-t-il, si elle meurt ? s'enquit Olivia avec inquiétude, tout en connaissant déjà la réponse à sa question. Papa t'a-t-il parlé de tout ça ?

— Non.

Olivia secoua la tête. Elle n'arrivait pas à comprendre l'attitude de son père ; comment pouvait-il faire aussi facilement abstraction de ce dont il s'était rendu coupable ? Il devait bien se douter que ses malversations finiraient par être découvertes.

Le regard d'Olivia se porta sur son oncle, et elle l'observa tandis qu'il consultait le courrier.

Elle avait été stupéfaite d'apprendre que lui et Jenny avaient décidé de se séparer. Ils avaient toujours paru si heureux, ensemble. Dans le même temps, elle n'avait pu manquer de remarquer la manière dont sa mère se reposait de plus en plus sur Jon, depuis la crise cardiaque de David. La veille encore, Tiggy lui avait annoncé qu'elle se rendrait à Chester avec lui, cet après-midi ; Jon avait une audience au tribunal, et elle voulait faire de son côté quelques courses. Si Olivia avait froncé les sourcils, elle s'était gardée du moindre commentaire. Elle n'osait pas, ne voulait pas imaginer…

Dieu merci, songea Olivia en détournant instinctivement le cours de ses pensées, Tiggy n'avait pas succombé à une autre de ses abominables crises de boulimie. Peut-être ne s'était-il agi que d'un incident isolé, après tout ; peut-être les craintes d'Olivia au sujet de sa mère n'étaient-elles pas fondées. C'était toujours une source d'angoisse de moins à gérer.

Elle n'avait eu aucune nouvelle de Caspar ; elle n'espérait d'ailleurs plus en recevoir, même si son cœur continuait de battre plus vite chaque fois que le téléphone sonnait. C'était ridicule, elle le savait. En admettant qu'il la contacte, qu'est-ce que cela changerait, maintenant ? Elle ne pourrait plus obtenir un permis de travail pour se rendre aux Etats-Unis, et elle risquait même de se voir refuser l'entrée sur le territoire américain, si jamais son père était condamné pour avoir détourné les fonds d'un client.

Restait Saul, qui était rentré chez lui, mais continuait de l'appeler régulièrement. Leurs conversations téléphoniques lui mettaient du baume au cœur ; il trouvait toujours le moyen de la faire rire, surtout quand il lui racontait ses démarches malheureuses pour trouver une bonne nanny pour ses enfants.

— Si seulement tu pouvais me prendre en pitié et accepter de remplir ce rôle ! avait-il suggéré une fois sur le ton de la plaisanterie.

— Jamais de la vie ! avait répliqué Olivia.

— Est-ce à cause du scénario classique qui va de pair avec ce genre de situation ?

— Quel scénario ?

— Celui dans lequel le père des enfants finit toujours par tomber amoureux de la nanny…

Olivia savait qu'elle devait se montrer prudente. Il serait si facile de ressusciter son béguin d'adolescente pour Saul, si tentant de succomber au besoin de panser ainsi les plaies causées par la rupture avec Caspar, de combler le vide qu'il avait laissé dans sa vie.

Au fond de son cœur, toutefois, elle avait la certitude que ce serait une erreur.

Heureusement, elle avait son travail, se dit-elle en revenant à des préoccupations plus immédiates. Il la tenait occupée une bonne partie de la journée. Ce matin, notamment, elle avait rendez-vous à quelques kilomètres de la ville, chez une vieille dame que ses rhumatismes empêchaient de se déplacer et qui désirait établir son testament.

A défaut de savoir ce que l'avenir lui réservait, ou comment la situation allait évoluer, tant au cabinet qu'au sein de leur famille, Olivia se laissait porter par sa nouvelle routine. Que pouvait-elle faire d'autre, pour le moment ?

Dans un monde où l'intervention humaine était déterminante sur le cours des choses, elle avait été d'autant plus choquée de découvrir que la fatalité, la nature ou le destin, quel que soit le terme qu'on voulait utiliser, pouvait avoir un effet aussi imprévu, et aussi dévastateur, sur la vie des hommes. Le seul moyen, pour elle, d'accepter cette réalité avait été d'adopter ce statu quo. Cela ne durerait pas éternellement, elle le savait. Mais pour le moment, elle n'avait d'autre choix que celui d'attendre…

— Alors, vous êtes la fille de Jon ? interrogea la vieille dame.

— Non, la fille de David, corrigea Olivia d'un ton patient.

Margaret, qui s'occupait de sa tante et passait chaque jour la voir dans son cottage, pour s'assurer qu'elle allait bien, avait été congédiée quelques minutes après l'arrivée d'Olivia.

— Je suis sûre qu'elle a décidé de léguer ses maigres possessions à ma sœur plutôt qu'à moi, avait-elle déclaré à Olivia. Elle est ainsi. Remarquez, je crois que tout le monde devient un peu bizarre en vieillissant. Nous serons sûrement pareilles si nous vivons aussi longtemps. Elle a tout de même quatre-vingt-dix ans...

Olivia considéra la petite dame si frêle, dans son fauteuil.

— La fille de David, répéta celle-ci, comme si elle réfléchissait.

Soudain, son regard s'éclaira.

— Oh ! oui, je me souviens, maintenant ! Vous êtes venue avec un Américain, n'est-ce pas ? Margaret m'a raconté. Où est-il ?

— Il est retourné aux Etats-Unis, répondit Olivia d'un ton sec. Pour en revenir à votre testament...

— Retourné aux Etats-Unis, hein ? Ce ne serait pas le premier. Vous n'avez qu'à demander à votre tante Ruth. Quel battage il y avait eu à propos de son Yankee ! Quand son père s'en était mêlé, la pauvrette avait été envoyée par sa mère dans sa famille du Yorkshire.

Olivia fronça les sourcils en se rappelant soudain la conversation qu'elle avait eue avec Caspar, au sujet d'une liaison que tante Ruth aurait eue avec un Américain, durant la guerre. L'histoire lui était totalement sortie de la tête.

— Vous n'êtes pas au courant ? poursuivit la vieille dame. Ça ne m'étonne pas ! Son père n'a jamais aimé les Yankees et les murs ont tremblé, dans la maison, quand il a découvert ce qui se passait. Ma fille, Liza, travaillait chez eux, à l'époque, et elle ne parlait que de ça quand elle rentrait, le soir.

Elle pouffa de rire.

— Ce n'est pas pour autant que votre grand-père obtenait toujours ce qu'il voulait, ça non ! Elle avait une sacrée personnalité, votre tante Ruth. Mais d'après ce que ma Liza m'avait dit, quand ils ont découvert que cet Américain était marié, tout a été fini. La pauvre petite avait le cœur brisé. Enfin ! c'était il y a bien longtemps. Et maintenant, avant que Margaret ne revienne... au sujet de mon testament...

— Alors, on dîne ensemble, ce soir ?

Aussitôt, Olivia reconnut la voix de Saul, au bout du fil.

— Voyons, comment pourrait-on ? s'exclama-t-elle en riant. Tu es à...

— Non, l'interrompit-il. Je suis ici. A Haslewich. Enfin, presque...

Il y avait tant de douceur et de chaleur dans sa voix qu'Olivia sentit une énorme vague de tristesse et de solitude l'envahir.

— Comment se fait-il… ? demanda-t-elle.

— Les affaires. J'ai un rendez-vous à Chester, demain matin. Je suis descendu au Grosvenor. Je peux passer te chercher et…

— Non… Je… je préfère te rejoindre à Chester. Sortir me fera du bien.

— A la bonne heure ! Combien de temps te faut-il, pour arriver ?

Le Grosvenor se trouvait en plein centre de Chester. Le portier accueillit Olivia avec un sourire professionnel et un bref coup d'œil appréciateur tandis qu'elle passait devant lui et pénétrait dans le vaste hall, où Saul l'attendait.

Celui se révéla dangereusement séduisant, dans son élégant costume foncé, et Olivia sentit son pouls s'accélérer quand il se leva pour venir à sa rencontre.

— Mmm ! tu es si belle qu'on a envie de te croquer, dit-il en ignorant sa tentative pour garder ses distances et en l'embrassant sur les lèvres.

— Saul ! fit-elle d'un ton réprobateur.

— Bon, bon. Mais tu ne peux pas m'en vouloir d'essayer. J'aime beaucoup ta robe. Le noir te va bien. Des nouvelles de Caspar ? enchaîna-t-il sans transition.

Olivia secoua la tête.

— Non. Et toi ? Des nouvelles de Hillary ?

— Oui. Par l'intermédiaire de ses avocats. Elle a l'air drôlement pressée d'obtenir le divorce. Je me demande pourquoi. Peut-être a-t-elle déjà choisi sa prochaine victime.

Olivia sentit son cœur chavirer. Saul était-il au courant, pour Caspar et Hillary ? Avant qu'elle ait pu lui poser la moindre question, il se pencha à son oreille et murmura :

— Ton rouge à lèvres a débordé.

— A qui la faute ? s'indigna-t-elle. Il va falloir que je répare les dégâts, maintenant.

— J'ai une bien meilleure idée...

Doucement, il pressa son pouce contre la lèvre inférieure d'Olivia qui, croisant son regard, vit le désir qui brûlait dans ses yeux. Elle respira profondément et fit un pas en arrière.

Elle avait l'impression qu'elle venait d'avaler une coupe de champagne, d'un trait, et que toutes les bulles lui étaient montées à la tête. Un instant, elle fut tentée d'ignorer la raison, pour se comporter de manière illogique, irresponsable. Un instant, elle se laissa aller à imaginer la sensation des bras durs et forts de Saul autour d'elle, la chaleur de sa bouche sur la sienne et la pression de son corps contre le sien...

Elle se reprit aussitôt et chassa de son esprit ces pensées dangereuses. Attention ! se dit-elle. Saul appartenait à la famille. C'était un cousin. Un ami.

Pas un amant potentiel. Elle était venue à Chester pour dîner avec lui et bavarder. Rien de plus.

— Tu n'as presque rien mangé. Veux-tu commander autre chose ?

Jenny secoua la tête et regarda le serveur débarrasser son assiette encore presque pleine, et celle, vide, de Guy.

— Je n'ai pas très faim, avoua-t-elle.

Elle n'était pas encore sûre de comprendre ce qu'elle faisait dans cet élégant bistrot de Knustford, en compagnie de Guy, alors qu'elle aurait dû se trouver à la maison en train de repasser. D'autant qu'elle le voyait tous les jours, à la boutique. Mais quand il avait téléphoné, sans crier gare, et lui avait proposé de dîner avec lui au restaurant, elle avait accepté sans trop savoir pourquoi, sans se donner le temps de réfléchir.

Sans trop savoir pourquoi ? Vraiment ?

Voilà qu'elle se racontait des histoires, maintenant ! Comme si sa présence dans ce bistrot n'avait rien à voir avec ce qu'Olivia lui avait rapporté en toute innocence : à savoir que Jon avait emmené Tiggy à Chester, aujourd'hui.

Des larmes à peine contenues lui brûlèrent les yeux.

Bien souvent, durant toutes ces années, elle avait souffert d'éprouver un amour aussi fort pour Jon, et de savoir qu'en dépit de la bonté et la loyauté dont il faisait preuve, à son égard, il ne l'aimerait jamais en retour. C'était néanmoins la première fois qu'elle souffrait ainsi, dans sa chair, comme si son corps participait à la détresse extrême suscitée par la perte de son époux et par la jalousie dévorante qu'elle ressentait envers Tiggy.

Elle connaissait assez Jon pour savoir combien il devait mal supporter d'être tombé amoureux de la femme de son frère. Oh ! il continuait à nier le fait que son départ ait quoi que ce soit à voir avec Tiggy, mais Jenny n'était pas dupe.

Elle avait vu les regards pleins de pitié qu'on lui lançait, dans la rue. Le pire avait été la trahison de certaines femmes qu'elle considérait jusqu'alors comme ses amies ; tout d'un coup, elles s'étaient mises à l'éviter, comme si le fait d'avoir été délaissée par son époux la rendait soudain porteuse de quelque maladie contagieuse qu'elles craignaient d'attraper.

— J'ai juste besoin de temps pour être seul avec moi-même et pour réfléchir, lui avait dit Jon avec colère, quand elle avait essayé de le persuader de rester. J'ai besoin d'espace.

Bien sûr, il lui mentait.

Mais, dans le fond, n'avait-elle pas toujours su que cela arriverait ? N'avait-elle pas toujours appréhendé, en secret, ce jour où Jon prendrait brusquement conscience de tout ce qu'il avait manqué, sacrifié, à cause d'elle ? Non, pas à cause d'elle, songea-t-elle avec lassitude. Ce n'était pas à cause d'elle, ou pour elle, qu'il l'avait épousée. C'était pour David. Pour David et pour le bébé qu'elle portait. Le bébé de David !

Jon regardait par la fenêtre, les yeux perdus dans le jardin et dans l'obscurité de la nuit. La maison qu'il avait louée était calme, trop calme, un calme oppressant qui lui faisait regretter les bruits auxquels il était habitué. Les galopades dans l'escalier, les portes qui claquaient, les enfants qui s'appelaient les uns les autres, qui mettaient la musique trop fort ou qui se disputaient… Aussi incroyable que cela puisse paraître, tout cela lui manquait. Y compris, au travers de cette cacophonie ambiante, le son si doux, si chaleureux et apaisant de la voix de Jenny. Oh ! oui, comme tout cela lui manquait…

Fermant les yeux, il posa le front contre la vitre.

Il revoyait encore l'expression choquée et incrédule sur le visage de Jenny quand il lui avait annoncé sa décision de partir. Elle avait essayé de sauver la face, bien sûr, trouvant même le courage de lui poser des questions d'ordre pratique. Il avait senti tout cela, mais il ne pensait qu'à une chose, alors : ce qu'il jugeait être son droit de satisfaire ses propres besoins.

Ses propres besoins !

Il étouffa un grognement, alors que lui revenaient à l'esprit les événements de l'après-midi.

C'était lui qui avait suggéré à Tiggy qu'ils déjeunent ensemble, au restaurant du Grosvenor ; et à sa grande honte, maintenant, il devait reconnaître qu'il avait éprouvé un vif sentiment d'orgueil en remarquant les regards envieux que lui jetaient les autres hommes tandis que Tiggy s'accrochait à son bras et flirtait avec lui. Il se sentait différent quand il était avec elle ; comme s'il devenait enfin la personne qu'il aurait toujours dû être, la personne qu'on ne lui avait pas permis de devenir. Un autre Jon. Pas ce bon vieux Jon, discret, effacé, et sur lequel on pouvait toujours compter, mais le genre de Jon qu'il serait normal de voir s'afficher en compagnie d'une femme que tous lui envieraient, et qui déjeunerait tout naturellement au Grosvenor, au lieu d'avaler un sandwich en hâte, dans son bureau.

Comment avait-il pu être assez idiot pour créer une telle image fantasmatique de lui-même ! Finalement, il ne s'était même pas révélé à la hauteur de son propre rêve.

Pire !

Tiggy n'avait pas beaucoup mangé, affirmant qu'elle n'avait pas faim. En revanche, elle avait bu plusieurs verres de vin. L'alcool lui était-il monté à la tête ? En tout cas, au moment du café, elle avait proposé qu'au lieu de se séparer, comme prévu, ils passent le reste de la journée ensemble.

Jon n'avait pas compris, tout d'abord, ce qu'elle insinuait. La farce n'en était que plus terrible. Il avait fallu que Tiggy déclare, en riant, qu'ils n'auraient même pas besoin d'inventer un nom au moment de signer le registre de l'hôtel — après tout, ils étaient réellement M. et Mme Crighton —, pour que le frappe enfin, de plein fouet, la réalité de ce qu'ils s'apprêtaient à faire.

Et comment avait-il réagi, après des semaines passées à se comporter comme un adolescent transi et malade d'amour ? Avait-il bondi sur cette occasion d'assouvir enfin le désir qu'il nourrissait en secret, sans même pouvoir se l'avouer totalement, tout ce temps ?

Pensez-vous !

De nouveau, il étouffa un grognement.

Encore maintenant, il avait du mal à croire qu'il avait pu se comporter de manière aussi abominable, aussi humiliante, et aussi lâche...

Son corps, bien loin de s'enflammer sous le feu du désir, avait été soudain submergé, et paralysé, par une peur panique.

Son esprit, loin de saisir cette opportunité, l'avait amené à s'empêtrer dans un tissu de propos ridicules concernant l'impossibilité dans laquelle ils se trouvaient de faire une chose pareille ; butant sur les mots, il avait égrené un chapelet d'excuses pitoyables tandis que Tiggy le regardait fixement, muette d'incrédulité.

Quant à ses émotions !

Jon rouvrit les yeux et s'éloigna de la fenêtre.

Ses émotions...

Comment décrire la vague de dégoût qui l'avait submergé, brutalement, à la seule pensée de coucher avec Tiggy ? Il avait soudain compris qu'il n'avait aucune envie de faire l'amour avec sa belle-sœur, et surtout que la seule personne, le seul corps qu'il voulait sentir tout près du sien, blotti contre lui, dans son lit, était celui de son épouse.

Cette révélation subite l'avait tellement stupéfié, l'espace de quelques secondes, qu'il n'avait même pas pensé à ce que Tiggy pouvait ressentir en se voyant ainsi rejetée.

Il ne pouvait en tout cas pas lui tenir rigueur de la scène hystérique qui avait suivi, ou des accusations dont elle l'avait accablé. Bien sûr, elle avait refusé de rentrer à Haslewich avec lui.

Jon tressaillit en se rappelant certaines paroles qu'elle avait prononcées. Mais le plus bouleversant, dans tout cela, était qu'il avait enfin compris les raisons pour lesquelles il avait imaginé être attiré par sa belle-sœur.

Tout lui paraissait si clair, maintenant. Il était jaloux de David !

Pendant des années, il lui en avait voulu secrètement, inconsciemment, d'accaparer tout l'amour de leur père, alors que lui-même se voyait relégué à un rôle de subordonné.

Décidément, il s'était comporté comme un crétin.

A cet instant, il aurait donné n'importe quoi, oui, n'importe quoi, pour pouvoir revenir en arrière, effacer ces dernières semaines, monter dans sa voiture, et rentrer à la maison. Retrouver sa famille. Les enfants. Jenny…

Comme il regardait le téléphone, l'appareil se mit à sonner au même instant. Il fronça les sourcils et décrocha.

— Allô ?

— Oncle Jon ? C'est Jack, dit la voix de son neveu, le fils de David et de Tiggy.

— Oui, Jack. Que se passe-t-il ?

— Eh bien… c'est maman. Est-ce que tu peux venir, s'il te plaît ? Elle… elle ne va pas très bien.

— Jack ? Que lui arrive-t-il ?

Mais le garçon avait déjà raccroché.

Jon saisit les clés de sa voiture et se dirigea vers la porte.

Alors que Guy venait de lui proposer un café, Jenny se leva brusquement.

— Guy, je… je suis désolée, dit-elle. Je… j'aimerais rentrer à la maison.

Elle se précipita vers la sortie du restaurant, laissant Guy demander l'addition.

Une fois dehors, Jenny se dirigea d'un pas rapide vers la voiture, tête baissée. Elle se sentait affreusement coupable, mais ce n'était rien en comparaison de ce qu'elle aurait éprouvé si elle était restée plus longtemps.

— Jenny, que se passe-t-il ? demanda Guy en la rejoignant et en déverrouillant les portières de la voiture. Est-ce que tu vas bien ?

— Oui, oui, répondit-elle d'une voix tremblante. C'est juste que… je… je ne peux pas… Je suis désolée, Guy. Je sais que tu essaies d'être gentil, et de m'aider, mais…

Comment lui expliquer à quel point elle était malheureuse de se trouver avec lui dans ce restaurant, et non avec Jon ? Comment lui dire qu'elle avait beau savoir à quel point les années à venir seraient difficiles et tristes, elle préférait encore la perspective de cette solitude à l'idée d'essayer de remplacer Jon, même par une personne aussi attentionnée et merveilleuse que Guy ?

— Je crois que je suis la femme d'un seul homme, murmura-t-elle enfin, un sourire contraint sur ses lèvres.

Elle haussa les épaules, avant de répéter :

— Je suis désolée.

A la grimace de Guy, elle comprit qu'il l'était encore plus qu'elle.

Saul et Olivia venaient de terminer leur dîner. Il ne restait plus qu'eux et un autre couple, dans le restaurant ; chacun s'attardait sur sa liqueur, rechignant à voir la soirée se conclure.

— Au fait, j'allais presque oublier ! s'exclama soudain Saul. J'ai apporté des photos pour Ruth. Il y en a des enfants, et d'autres de ses arrangements floraux, le jour de la réception. Elles sont dans ma chambre. Tu voudras bien les lui donner de ma part ?

— Bien sûr, acquiesça Olivia, avant d'ajouter : Saul, je crois que les serveurs attendent qu'on s'en aille. Nous sommes presque les derniers.

— Vraiment ?

Saul regarda autour de lui, avant de consulter sa montre.

— Je ne m'étais pas rendu compte qu'il était si tard, dit-il en se levant.

Après avoir quitté le restaurant, ils se dirigèrent vers les ascenseurs, dans le hall de l'hôtel.

— Je n'ai jamais beaucoup aimé ce genre d'engins, remarqua Olivia comme les portes se fermaient sur eux.

— Je comprends ce que tu veux dire, répondit Saul. Remarque, je ne verrais aucun inconvénient à m'y retrouver coincé avec toi, Livvy.

Ils rirent, et la cage s'arrêta à l'étage où logeait Saul.

— C'est par là, indiqua-t-il en désignant la direction à suivre.

Sa clé à la main, il s'arrêta devant une porte. Puis, l'ayant ouverte, il s'effaça afin de laisser Olivia le précéder à l'intérieur.

La pièce était grande et joliment décorée, ainsi qu'on pouvait s'y attendre dans un établissement de la catégorie du Grosvenor. Les couleurs avaient été choisies avec soin, de sorte à créer une atmosphère de chaleur et d'harmonie, et la femme de chambre était passée pour préparer le lit. En le regardant, Olivia étouffa un bâillement instinctif.

— Tu es fatiguée ? interrogea Saul avec sollicitude. Ces dernières semaines ont dû être dures, pour toi.

Olivia l'observa en songeant à quel point sa gentillesse contrastait avec l'attitude de Caspar. Pourquoi ce dernier ne pouvait-il se montrer aussi doux et compréhensif ?

— Livvy ?

Elle secoua la tête et dit vivement :

— Il se fait tard. Je dois rentrer. Tu me donnes ces photos ?

— Les photos ? Oh ! oui, bien sûr. Voyons, où les ai-je mises ?

Saul se dirigea vers la commode et ouvrit le premier tiroir. Il avait ôté sa veste, en entrant, la déposant avec soin sur le dossier d'une chaise, et Olivia fut de nouveau frappée de constater à quel point il était fort, et masculin. Elle devinait les muscles puissants de son dos, à travers le coton blanc de sa chemise.

— Où est-ce que j'ai bien pu les fourrer ? marmonna Saul. Ça y est, je me souviens ! s'exclama-t-il sur un ton triomphant.

Il se tourna brusquement. Olivia, qui avait oublié que le lit était derrière elle, voulut reculer pour l'éviter. Son talon se prit dans les franges du tapis sur lequel elle se tenait, et elle perdit l'équilibre.

— Hé !

Saul l'attrapa par le bras. A l'instant où ses doigts se fermèrent sur elle, l'expression de son visage changea.

— Saul ! murmura Olivia d'une voix enrouée.

Incapable de s'arracher à l'intensité du regard dont il l'enveloppait, elle sentit les battements de son cœur s'accélérer tandis que les yeux de Saul glissaient vers ses lèvres.

— Saul, non ! fit-elle encore.

— Ne résiste pas, Livvy, l'implora-t-il avec douceur. C'est ce que nous voulons, tous les deux. Ce dont nous avons besoin.

— Non ! objecta Olivia d'une voix de moins en moins assurée. Tu crois cela à cause de ce qui s'est passé… parce que, parce que je suis ici.

Saul l'attirait vers lui et, à la fin, elle se laissa faire.

— Livvy, tu sais bien…

S'interrompant, il prit son visage entre ses mains.

— J'aurais dû faire cela il y a des années, murmura-t-il en plongeant les doigts dans les cheveux d'Olivia et en lui caressant les joues et les lèvres de son haleine chaude. Cette nuit-là, quand je t'ai surprise, dans la rivière… Tu ne m'aurais pas dit non, alors, n'est-ce pas, Livvy ?

— Je t'en prie ! protesta-t-elle encore.

Mais il était trop tard. Déjà, il avait pris possession de sa bouche ; loin de le repousser, elle répondit à son baiser.

Elle avait tellement besoin de ce genre d'intimité physique. Quel bonheur d'être touchée, embrassée, désirée !

Les yeux fermés, elle passa les bras autour du cou de Saul, savourant sa chaleur et la dureté de son corps, contre le sien. D'un geste impatient, elle tira sur la chemise de coton et glissa les mains sous le tissu afin de caresser la peau brûlante, dessous, et le duvet qui couvrait le torse de Saul. Il était doux, soyeux, et bizarrement…

Une pensée isolée s'efforçait de percer le voile de plaisir qui embuait son esprit. Elle sentait les mains de Saul la toucher, avec fermeté, mais avec hésitation, aussi ; d'instinct, elle comprit qu'il attendait un signe, la confirmation que ses caresses étaient les bienvenues.

Olivia le lui donna.

Une pression de ses doigts, la légère rotation du buste qui permit à Saul de presser une paume contre son sein, la façon dont elle approfondit leur baiser : c'était tout ce qu'il demandait, tout ce dont il avait besoin pour descendre le long de son cou, lentement, avant d'exposer sa gorge.

Il n'exigeait rien, n'imposait rien, donnant plutôt que d'attendre qu'on lui donne.

— Mmm, Livvy, murmura-t-il, ses lèvres tremblant contre la peau d'Olivia. Tu n'imagines pas à quel point j'ai voulu cela... à quel point j'ai envie de toi.

Elle frémissait de tout son corps, flottant sur un nuage, soulevée, portée par le plaisir de se sentir à ce point désirée.

Les pupilles de Saul étaient dilatées, et son regard avait perdu son expression légèrement cynique. Tandis qu'il l'embrassait, il ne cessait de lui parler, de lui confier son admiration et de lui dire combien elle était belle.

Nulle femme n'aurait pu résister à tant de passion.

La pointe des seins d'Olivia s'était tendue, provocante, comme pour appeler la caresse des lèvres et de la bouche de Saul.

Celui-ci s'était débarrassé de sa chemise et, de sa main libre, il luttait pour défaire sa ceinture.

— Aide-moi ! dit-il d'une voix rauque. Déshabille-moi, Olivia...

Etourdie, elle voulut obéir, mais elle tremblait trop ; il dut l'aider, la guider.

A peine eut-elle le temps d'éprouver la dureté de son ventre plat, qu'il ferma les bras avec force autour d'elle en réponse à ses caresses.

Olivia ferma les yeux et leva son visage vers le sien. Elle s'était sentie si seule, si perdue, ces derniers temps ; privée de chaleur et d'amour. Quel bonheur de se blottir ainsi dans les bras d'un homme, de se serrer contre lui, d'être désirée, de voir l'hostilité et la colère remplacées par le rire et la douceur !

Elle laissa ses pensées partir à la dérive tandis que Saul continuait de l'embrasser. Elle s'efforça aussi d'ignorer tout ce qui n'était pas le plaisir qu'ils partageaient. Pourtant, tout au fond d'elle, une voix triste et insistante refusait de se taire.

Certes, sa chair, son corps, tous ses sens répondaient aux caresses de Saul, les accueillant avec joie, et y répondant avec un élan véritable. Toute une part d'elle éprouvait un réel plaisir à voir le désir assombrir les yeux de son compagnon tandis qu'il la berçait de compliments. Malgré cela, toutefois, quelque chose n'allait pas... Quelque chose manquait. Et alors qu'elle essayait de répondre passionnément au baiser de Saul, Olivia comprit de quoi il s'agissait.

— Caspar.

Elle n'eut pas conscience d'avoir prononcé le nom de son amant à haute voix jusqu'à ce qu'elle sente que Saul se dégageait, avec douceur mais fermeté. Le désir, dans ses yeux, avait laissé la place à une expression triste.

— Je... je suis désolée, balbutia Olivia. Je ne voulais pas...

— Ce n'est pas grave, Olivia, la rassura Saul avec gentillesse. Je comprends.

Son regard s'arrêta un instant sur les seins nus d'Olivia puis, très tendrement, il l'aida à se rhabiller. Quand il eut terminé, il la regarda droit dans les yeux.

— C'est bon, reprit-il. Je comprends.

— Vraiment, je ne voulais pas…

— Je sais, Livvy. Mais cela ne m'empêche pas de regretter que les choses ne soient pas différentes.

Il caressa encore le visage d'Olivia, avant de se rhabiller à son tour.

— Je n'aurais pas dû…, insista Olivia, en proie à une culpabilité grandissante.

Saul était tellement doux, attentionné. Si elle était un peu moins sotte, un peu plus sensée, elle déciderait d'oublier Caspar, ici et maintenant.

Mais elle ne devait pas avoir une once de jugeote, car la seule personne qu'elle souhaitait voir, plus que tout au monde, c'était… Caspar.

— Non ! l'interrompit Saul en secouant la tête. C'est moi qui n'aurais pas dû.

Il prit ses mains entre les siennes.

— Nous allons décider que tout ceci…

D'un geste, il désigna la pièce.

— … était dû à un excès de bon vin et de fantasmes ; en tout cas pour ma part.

Sur ces mots, il se pencha et déposa un baiser chaste sur la joue d'Olivia.

— Bon, fit-il en se redressant. Et maintenant, où sont ces photos ?

*
* *

— Oh ! Max...

Ce dernier fit la grimace en percevant l'émotion contenue dans la voix de Madeleine. Presque aussitôt, il sentit des larmes chaudes couler sur sa peau.

S'il y avait une chose qu'il détestait, c'était bien les femmes qui pleuraient après avoir joui. Mais il aurait dû se douter que Madeleine entrerait dans cette catégorie, tout comme il n'avait jamais douté qu'elle serait timide, mal à l'aise et totalement inexpérimentée. C'était aussi bien, d'ailleurs ; ainsi, elle n'avait pu se rendre compte à quel point son désir pour elle était forcé.

Ah ! elle n'était pas comme son amie, Claudine ! Celle-ci n'aurait pas été dupe ; et elle n'aurait sûrement pas pleuré.

Max fronça les sourcils et chassa cette pensée de son esprit. Il n'avait jamais été attiré par les brunes, et encore moins par les femmes telles que cette Claudine. Elle était bien trop sûre d'elle.

— Oh, Max ! J'aimerais que nous soyons toujours ensemble.

Imperceptiblement, Max se raidit. Le moment tant attendu était donc arrivé ; cet instant vers lequel tendaient tous ses efforts depuis qu'il avait entrepris cette manœuvre de séduction.

— Moi aussi, répondit-il en mentant effrontément.

Il écarta une mèche de cheveux du visage de la jeune femme, affectant une tendresse qu'il était bien incapable de ressentir, avant d'arborer son sourire le plus charmeur.

— Mais tu connais la situation. Je ne peux pas... Je peux à peine subvenir à mes besoins... alors ceux d'une autre personne...

Sous ses doigts, il sentit le pouls de Madeleine s'accélérer, et aussitôt il se détendit, empli d'un sentiment de triomphe. Tout avait été si simple ! Bien plus en tout cas qu'il ne l'avait prévu. Séduire Madeleine s'était révélé une mission presque ennuyeuse, à force de facilité. Elle avait avalé tous les mensonges qu'il lui avait servis, sans cesser un seul instant de le couver de longs regards adorateurs.

Avant de la rencontrer, il n'avait pas d'idée très précise sur la manière dont il allait procéder pour atteindre son objectif, mais après l'avoir vue... Elle était si facile à manipuler ! Un vrai jeu d'enfant ! Et le mépris qu'il éprouvait pour elle s'étendait maintenant à ses parents, en particulier son père. Celui-ci croyait-il vraiment qu'elle avait les qualités nécessaires pour devenir une *barrister* ? Si elle avait les diplômes requis, on avait peine à l'imaginer en train de plaider dans un tribunal... Et pourtant ! Le simple fait d'être la fille de son père lui donnait le pouvoir de prendre, d'usurper, un poste qui lui revenait à lui.

Max avait joué sa carte avec habileté, admettant de manière désarmante combien il était important qu'il soit choisi pour remplacer Clive Benson, au sein de son cabinet — tout en se gardant bien de dévoiler qu'il savait qu'elle était sa rivale. Evidemment, elle était devenue plus rouge qu'une pivoine, la première fois qu'il avait abordé le sujet ; elle lui avait même demandé s'il ne pouvait pas trouver un poste dans un autre cabinet.

— Oh ! il y a toujours Chester, avait-il menti.

Bien sûr, l'orgueil de son grand-père ne lui permettrait jamais d'accepter la moindre faveur de la part d'un membre de la branche de Chester, même si c'était pour son petit-fils préféré. Max ne pouvait se contenter d'égaler ses cousins de Chester. Il devait les surpasser. Mais Maddy ignorait tout cela, comme elle ignorait pratiquement tout de la vie de Max, d'ailleurs.

— Chester ? avait-elle murmuré. Cela signifie-t-il que tu devrais aller t'installer là-bas et…

— Et quoi ? l'avait-il taquinée en se mettant à l'embrasser, encore et encore.

Oui, il avait soigneusement préparé son appât, et ce soir, Madeleine Browne avait mordu à l'hameçon. Il ne lui restait plus qu'à ramener le poisson.

Aucun détail n'avait été laissé au hasard, depuis le champagne qu'il avait mis au frais, avant d'aller la chercher, jusqu'aux draps propres et aux fleurs qu'il avait pris soin d'arranger lui-même.

— Mmm ! fit Max en lui mordillant l'oreille. Je ne suis pas vraiment pressé de rencontrer ton père. Je ne pense pas qu'il serait ravi d'avoir un gendre comme moi, sans emploi stable...

Une fois encore, il sentit Madeleine se raidir dans ses bras ; et quand il la regarda, il découvrit dans ses yeux un mélange d'espoir, d'incrédulité et d'adoration.

— Oh, Max ! murmura-t-elle. Je ne pensais pas... je... Mon Dieu ! Je t'aime tellement.

Elle jeta les bras autour de son cou et le serra contre elle, avant de chuchoter :

— Et papa va t'aimer... comme je t'aime. Quant au fait que tu n'aies pas d'emploi stable...

— On pourra toujours vivre d'amour et d'eau fraîche, n'est-ce pas ? suggéra Max entre deux baisers.

Madeleine eut un rire léger.

— Eh bien, j'ai un peu d'argent, souligna-t-elle. Et puis...

— Non ! répliqua Max avec violence.

Puis, il se radoucit devant l'expression choquée de la jeune femme.

— Non, ma chérie, reprit-il. Je ne suis pas le genre d'homme à vivre aux crochets d'une femme. Sans doute est-ce démodé, mais je suis comme ça.

— Oh ! Max, je t'aime tant ! répondit Madeleine avec un soupir d'extase. Et ne t'inquiète pas au sujet du poste, renchérit-elle en esquissant un sourire. Je sais que tout va s'arranger pour le mieux...

Elle leva son visage vers le sien.

— Alors, cesse de te faire du souci et embrasse-moi.

— Jack, que se passe-t-il ? demanda Jon, quand son neveu lui ouvrit la porte. Où est ta mère ?

Il avait roulé à tombeau ouvert, le cœur serré par l'angoisse et un affreux sentiment de culpabilité.

— Elle est dans la cuisine, répondit le garçon.

Mais alors qu'il s'approchait de la porte, Jon s'aperçut que Jack restait en arrière, comme s'il rechignait à le suivre.

Les sourcils froncés, il poussa le battant, sans avoir la moindre idée du spectacle qui l'attendait.

Comment aurait-il pu imaginer…

Tiggy était accroupie par terre, au milieu de la pièce, environnée par un amoncellement d'aliments qui ressemblait au contenu d'une poubelle. Elle portait une chemise de nuit diaphane tachée de nourriture. Elle avait dû être malade, à un moment ou un autre de la soirée, car une odeur de vomi flottait dans la pièce.

Jon eut un haut-le-cœur.

— Tiggy…

Celle-ci entendit son prénom et leva les yeux, sans paraître le reconnaître. Son regard brillait d'une lueur étrange et sauvage, comme celui d'un animal ; en l'observant plus attentivement, Jon s'aperçut que son visage et ses cheveux étaient aussi constellés de fragments de nourriture.

Il demeura figé, incapable de comprendre le sens de ce qu'il voyait. Soudain, Tiggy recula en se traînant sur le sol et alla se recroqueviller dans un coin. Puis elle tendit une main vers lui, ses doigts fermés sur un morceau de gâteau, qu'elle fourra dans sa bouche sans jamais cesser de le regarder.

Seigneur ! Que se passait-il ? Qu'était-elle en train de faire ?

D'instinct, Jon devinait qu'il ne s'agissait pas d'un incident isolé, d'une réaction provoquée par des pressions extérieures ou encore le stress causé par la crise cardiaque de David. Et pour la deuxième fois de sa vie, il eut pitié de son frère.

La première fois remontait à la nuit de la naissance du petit Harry, le bébé de Jenny. Il avait été submergé par une immense vague d'amour en découvrant ce petit être sans défense. Partager le miracle de cette naissance avec Jenny demeurait l'expérience la plus forte et la plus belle qu'il avait connue, jusqu'alors. Et en cette occasion, déjà, il avait éprouvé de la pitié pour David.

— Tiggy !

— Ça ne sert à rien. Elle n'entend rien... Elle n'entend jamais rien, quand elle est comme ça.

Jon se retourna en reconnaissant la voix de son neveu. Seigneur ! Comment un enfant pouvait-il être amené à assister à une telle abomination ! Et pourtant, Jack avait l'air si calme, si... adulte.

— Tiggy, appela-t-il encore.

Mais elle était occupée à manger un fruit, maintenant. Elle ne le regardait plus ni ne paraissait l'entendre.

— Elle aura bientôt tout fini, reprit Jack d'une voix morne. Après, ça ira mieux. A moins que...

Il s'interrompit et regarda son oncle.

— Parfois, ça ne suffit pas, et elle doit manger encore. Et après...

Jon vit le visage du garçon se décomposer tandis qu'il essayait de contrôler ses émotions. Aussitôt, il le prit dans ses bras et le berça doucement. Il paraissait si maigre. Bien plus maigre que Joss.

Que devait-il faire ? Il n'en avait pas la moindre idée. Du coin de l'œil, il vit Tiggy ramper sur le sol. Elle avait un couteau dans la main, à présent.

Son cœur se mit à cogner douloureusement dans sa poitrine.

Quelle était sa part de responsabilité, dans tout cela ? Dans quelle mesure avait-il contribué à la faire basculer dans l'abîme où elle avait sombré ?

Il ne pouvait pas gérer cette situation tout seul. Il avait besoin d'aide. Il avait besoin de...

Sans lâcher son neveu, il quitta la cuisine et se dirigea vers le téléphone, dans le vestibule. Il décrocha le combiné et composa un numéro.

— Qui appelles-tu ? lui demanda Jack.

Jon serra le garçon contre lui, pour le rassurer. Un instant plus tard, on décrocha.

— Jenny, dit-il aussitôt d'une voix enrouée, avant de marquer une pause pour s'éclaircir la gorge. Jenny, c'est moi, Jon.

Un moment passa, marqué par un silence pesant.

— Oui, Jon, répondit-elle. Qu'y a-t-il ?

— Je suis chez David et Tiggy, reprit Jon, avant d'ajouter aussitôt : Jen, je t'en prie, ne raccroche pas. Ce n'est pas ce que tu penses. Je… j'ai besoin de ton aide. Est-ce que tu peux venir ? Tout de suite… S'il te plaît.

Il regarda Jack, qui se tenait à côté de lui, tétanisé.

— C'est Tiggy, murmura-t-il. Elle… il y a un problème. S'il te plaît, Jenny. Viens !

— D'accord. J'arrive.

Olivia croisa l'ambulance, alors qu'elle roulait vers la maison de ses parents. En bifurquant dans l'allée, elle vit de la lumière à presque toutes les fenêtres. Quatre voitures étaient garées devant, n'importe comment, y compris celle de sa mère. Elle en reconnut deux autres, et aussitôt son cœur chavira. Elle freina brusquement, s'arrêta, coupa le contact et bondit hors du véhicule, courant vers l'entrée de la maison.

Aussitôt, Jenny surgit dans l'encadrement de la porte.

A l'instant où elle vit son visage, Olivia comprit ce qui était arrivé.

— C'est Tiggy, n'est-ce pas ? demanda-t-elle, avant d'éclater soudain en sanglots.

Jenny la prit dans ses bras et la berça avec douceur.

— Ça va, ma chérie. Ça va. Viens à l'intérieur et assieds-toi. Jon, tu veux bien faire du thé ? ajouta-t-elle à l'adresse de son mari, qui venait de la rejoindre dans le vestibule.

Mais Olivia secoua la tête.

— Non, ce n'est pas nécessaire. Je crois savoir ce qui s'est passé.

Jon n'était pas seul. Deux hommes se tenaient derrière lui, parmi lesquels Olivia crut reconnaître le médecin qui était intervenu lorsque son père avait eu son infarctus.

— C'est Tiggy, n'est-ce pas ? reprit-elle. Elle a fait une autre cri...

Elle avala péniblement sa salive et se mordit la lèvre.

— Ta mère souffre de boulimie, Livvy, lui expliqua Jenny avec douceur. Le Dr Travers pense que...

— Votre mère a besoin d'être traitée et suivie par un spécialiste, intervint ce dernier. J'ai pris les dispositions pour qu'elle soit hospitalisée ce soir. Il existe toujours un risque d'étouffement, soit par la nourriture, soit par le vomi.

— Je savais ce qu'elle faisait, avoua Olivia. Mais j'ai essayé de me persuader que ce n'était arrivé qu'une fois. J'aurais dû…

Olivia regarda Jenny.

— J'ai voulu t'en parler, et puis…

— Ce n'est pas ta faute, Livvy, déclara sa tante d'une voix ferme.

— Mais je l'ai vue ! Juste après mon retour à la maison, une nuit, je l'ai trouvée dans la cuisine. Caspar m'a dit qu'elle avait besoin d'aide, qu'elle devait être prise en charge par un spécialiste. Je… Nous nous sommes disputés à ce sujet. Je n'arrivais pas à croire… je ne voulais pas croire ce que j'avais vu. J'aurais dû l'écouter et agir tout de suite.

— Les personnes comme votre mère sont très habiles dès lors qu'il s'agit de dissimuler leur dépendance, souligna le médecin.

— Olivia, ma chérie, tout ceci n'est pas ta faute, insista Jenny.

— Que va-t-il lui arriver, maintenant ? demanda Olivia en s'adressant au médecin.

Il échangea un regard avec Jon et Jenny, et ce fut cette dernière qui répondit, posément :

— Nous avons décidé avec le Dr Travers que ta mère devait être admise dans une clinique privée, spécialisée dans ce genre de problème.

— Il est encore trop tôt pour savoir comment elle va répondre au traitement, enchaîna le médecin. La boulimie n'est un problème facile pour personne

— qu'il s'agisse de celui qui en souffre, ou de sa famille.

— Nous en parlerons à ton père, bien sûr, reprit Jenny.

— Oui, confirma Jon. Mais pas avant que je me sois entretenu avec le cardiologue.

Après le départ du médecin, alors qu'Olivia s'apprêtait à remercier son oncle et sa tante, Jenny l'interrompit aussitôt.

— Il faut que je te dise, Livvy... Je me sens affreusement coupable. Je m'en veux de ne pas avoir pris conscience plus tôt de ce qui se passait.

— Tu n'avais aucun moyen de savoir, affirma Olivia.

Jenny secoua la tête.

— En général, on a plutôt tendance à associer de tels problèmes avec l'adolescence. Pourtant, il y a sûrement eu des signes. Nous étions trop pris par nos propres vies pour les remarquer. Livvy, tu es sûre de vouloir rester ici toute seule ? insista-t-elle encore, comme ils étaient sur le point de partir.

Jack avait en effet demandé à rentrer avec Jenny.

— Oui, oui, ne vous inquiétez pas, répondit Olivia. Tout ira bien.

15

Comme elle arrêtait sa voiture devant chez elle, Jenny s'aperçut que Jon l'avait suivie. Elle envoya Jack se coucher et attendit que son mari la rejoigne. Que voulait-il donc ?

Plus tôt dans la soirée, alors qu'il s'entretenait avec le médecin, elle avait remarqué qu'il s'exprimait de manière plus positive, plus affirmée. Comme si ces dernières semaines lui avaient donné davantage d'autorité ; il paraissait même plus grand tant il se tenait droit. Pour la première fois de sa vie, peut-être, il était sorti de l'ombre de David et on le jugeait pour ses propres mérites, au lieu de le considérer uniquement comme le frère jumeau, celui qu'on ignore. Ce changement lui allait bien ; il accentuait son caractère masculin et son assurance.

Jenny détourna les yeux tandis qu'il sortait de sa voiture et marchait vers elle.

— Jenny, est-ce qu'on peut parler ?

— Ça dépend, répondit-elle, le cœur serré. Si ce que tu veux, c'est une épaule pour pleurer à cause de Tiggy… Je suis consciente de ce que tu ressens pour elle, Jon, mais…

— Non, tu te trompes ! l'interrompit-il.

Il se tut et secoua la tête.

— Je ne sais pas ce qui me fait le plus honte, reprit-il en la regardant droit dans les yeux. Le fait que j'aie pu tomber si facilement dans le piège de l'homme mûrissant qui a besoin d'être rassuré sur son pouvoir de séduction, ou…

De nouveau, il secoua la tête, avant d'enchaîner :

— C'est tellement pitoyable. Je m'étais entiché de l'idée de tomber amoureux. C'est l'idée que j'aimais, Jenny, pas elle. Pas Tiggy. Le pire, dans l'affaire, c'est la rapidité et la facilité avec lesquelles j'ai soudain compris que je ne l'aimais pas du tout.

— La voir dans cet état a dû constituer un choc, en effet, remarqua Jenny.

— J'ai compris la vérité avant. Au moins puis-je m'acquitter de cela, Dieu merci !

Il marqua une pause.

— Je devais me rendre au tribunal à Chester, aujourd'hui, reprit-il au bout de quelques secondes. J'avais proposé à Tiggy de l'y conduire et je l'ai invitée à déjeuner. Ensuite… disons simplement que lorsque l'opportunité d'engager notre relation sur un terrain différent s'est présentée, je me suis vite rendu compte que ce n'était pas ce que je voulais. Pour parler crûment, Jenny, au moment de passer à l'acte, mon corps s'est dérobé ; il m'a fait comprendre sans ambiguïté que celle dont il avait envie n'était pas du tout Tiggy.

Il se tut encore.

— Je sais que je ne mérite pas d'être pardonné, reprit-il. Je ne pourrai rien te reprocher, si tu refuses. Mais est-ce que nous pourrions... est-ce que... Je veux rentrer à la maison, Jen. Tu n'imagines pas à quel point vous m'avez manqué, toi et les enfants. J'ai beaucoup réfléchi, tu sais, au cours des dernières semaines. Même si cela n'a pas été facile, j'ai fini par comprendre et accepter le fait que j'ai toujours été jaloux de David — même si c'était inconscient. Je lui en voulais de toujours passer avant tout le monde.

— Parce que tu le voulais bien, intervint Jenny. Tu as toujours été très clair là-dessus : ta loyauté et ton amour pour lui étaient plus importants que tout le reste.

— En surface, oui. Je savais qu'on attendait cela de moi. J'ai été conditionné ainsi depuis ma petite enfance. Mais en profondeur...

Jon soupira.

— Comprends-moi. Mon fils, ma femme, mon père, mes amis... tout le monde aimait David, et tout le monde l'aimait plus qu'on ne m'aimait moi. Alors, quand sa propre épouse a semblé me préférer... Je n'essaie pas de me trouver des excuses. Je n'en ai aucune. Je me déteste pour ce que j'ai fait. Je m'efforce juste d'expliquer. Quelque part, j'ai dû me dire :

« Jenny te préfère peut-être à moi, mais Tiggy, ta propre femme, me veut, moi... »

— Ah non ! s'exclama Jenny d'un ton farouche. Ne crois pas que tu vas t'en tirer comme ça ! Je ne préférais pas David.

— Tu m'as épousé parce que tu étais enceinte de lui, rappela Jon.

— Je t'ai épousé pour la même raison que tu m'as épousée. Pour le bien de l'enfant de David ; pour lui donner une famille, le père et la sécurité dont il avait besoin. De même que tu m'as épousée afin de protéger ton frère. Je n'avais rien à voir dans tout ça. J'aurais pu être n'importe qui.

Jon fronça les sourcils.

— Ce n'est pas vrai.

— Tu ne m'aimais pas ! insista Jenny.

Le regard voilé, Jon détourna les yeux.

— Non, peut-être pas, admit-il enfin. Mais...

Soudain, il fit un pas en avant et prit la main de sa femme, la serrant très fort.

— Tu te souviens de la nuit où Harry est né ? demanda-t-il d'une voix enrouée.

Jenny hocha la tête.

Comment pourrait-elle oublier ? La douleur de l'accouchement, puis son bonheur indicible quand on avait déposé son fils dans ses bras...

— C'est à ce moment-là que je suis tombé amoureux de toi, reprit Jon. Je suis tombé amoureux de vous deux. Jusqu'alors, c'est vrai, le mariage avait été un devoir, pour moi. Mais quand je l'ai vu naître... Comment t'expliquer clairement ce que j'ai éprouvé ? D'un seul coup, il est devenu mon enfant. J'ai éprouvé soudain une immense bouffée d'amour. Pour lui. Et pour toi.

— Tu... tu n'as jamais rien dit, murmura Jenny d'une voix tremblante.

— Je n'en ai pas eu le temps. La vie de ce petit bout a été si courte. Et après, tu m'as dit que nous n'avions plus de raison de rester mariés. Alors...

— Je faisais cela pour toi, Jon ! Je voulais te rendre ta liberté.

— Ma liberté...

Jon sourit avec tristesse.

— Il était trop tard. Ce que je voulais, c'était ton amour.

— Oh, Jon !

— Ce n'est pas ta faute. Les sentiments ne se commandent pas. Et je n'aurais jamais supporté que tu fasses semblant...

— Mais je t'aimais ! s'exclama Jenny. Et je t'aime toujours ! Peut-être pas depuis le tout début, lorsque nous nous sommes mariés. Je ne crois pas que j'étais capable de me laisser aller à aimer qui que ce soit, alors. Et puis, au fil des mois, pendant ma grossesse, et plus tard, quand Harry est... Tu as été si... Je t'aimais, Jon ! Mais j'avais l'impression de t'avoir déjà imposé un tel fardeau ! Je ne me sentais pas le droit d'en rajouter, d'aller encore t'encombrer avec un amour dont tu ne voulais pas.

— Seigneur..., murmura Jon.

Il secoua la tête et eut un nouveau sourire empreint de tristesse.

— Quel âge avons-nous ? demanda-t-il. Depuis combien d'années sommes-nous mariés ? Est-il possible qu'il nous ait fallu tout ce temps pour nous avouer ce que nous ressentons vraiment ?

— Je ne pensais pas que tu pouvais m'aimer. Surtout quand je me comparais à Tiggy. Elle est si...

— C'est toi qui es belle ! coupa Jon en prenant le visage de Jenny entre ses mains. Je l'ai toujours pensé. J'étais tellement jaloux, le soir de la réception. Tu étais si jolie, dans cette robe...

— Et moi qui ai cru qu'elle te déplaisait. Tu ne m'as rien dit !

— Je ne pouvais pas. Je le voulais, mais j'en étais incapable.

— Oh ! Jon...

— J'étais fou de rage de te voir danser avec David. Et puis, cette manière dont tous les hommes te regardaient... Surtout Guy.

— Guy est mon associé. Rien d'autre, déclara Jenny avec fermeté tout en remerciant le ciel que ce soit vrai.

Car ce soir, à un moment...

Soudain, toutefois, il n'y eut plus de place pour Guy dans ses pensées. Jon s'était penché sur ses lèvres pour lui donner un long baiser.

— Je me sens presque coupable d'être si heureuse ! chuchota-t-elle alors qu'il redressait la tête. Que va-t-il arriver à David et à Tiggy, selon toi ?

— Je ne sais pas… Jen, je ne t'ai pas encore tout dit.

Elle ferma les yeux, brièvement. Quoi encore ?

— David a volé de l'argent sur le compte d'une cliente, annonça Jon.

Il lui expliqua toute la situation et Jenny l'écouta en silence, les yeux écarquillés.

— Seigneur ! murmura-t-elle avec consternation lorsqu'il en eut terminé. Comment a-t-il pu ? Et qu'allons-nous faire, à présent ? Même en vendant tout ce que nous possédons, jamais nous ne serons capables de réunir une telle somme.

— Je sais, confirma Jon en l'attirant de nouveau dans ses bras. Pour couronner le tout, j'ai trouvé un message au cabinet en rentrant de Chester, cet après-midi. Jemima Harding est décédée ce matin. Il va falloir tout dire aux comptables, maintenant. Et à la banque.

Jenny en demeura un instant sans voix.

— David est-il au courant ?

— Non. Il n'a même jamais abordé le sujet. Et je n'osais pas lui en parler, de peur de provoquer une autre attaque.

— Et ton père ?

Jon secoua la tête.

— Il ne sait rien.

Avec un soupir, Jenny se blottit contre son mari, la joue posée contre son torse. Une fois encore, comme trop souvent au cours de toutes ces années, David trouvait le moyen d'assombrir leur bonheur. Mais cette fois, il ne se contentait pas de jeter une ombre sur leur vie ; sa malhonnêteté menaçait de les ruiner. Car même si c'était lui qui avait volé l'argent et trahi la confiance d'une cliente, c'était encore Jon qui devrait payer.

Comme toujours…

Olivia brisa un autre morceau de pain de son sandwich et l'émietta sur la pelouse, devant elle, regardant les oiseaux avancer et picorer en toute tranquillité. C'était une belle journée ensoleillée, et elle avait décidé de passer l'heure du déjeuner sur la petite place. Mais elle n'avait pas faim.

Le médecin les avait rappelés, ce matin, pour leur annoncer que l'état de Tiggy était stable et qu'elle serait transférée à la clinique un peu plus tard dans la journée. Il ne voulait pas qu'elle reçoive la moindre visite, pendant plusieurs jours.

Jon lui avait annoncé la mort de Jemima Harding, aussi.

Une larme sur la joue d'Olivia, puis une autre. Elle baissa la tête tandis qu'elle cherchait un mouchoir dans son sac.

— Olivia ?

Elle se raidit en reconnaissant la voix de tante Ruth. Mais il était trop tard. La vieille dame s'était aperçue qu'elle pleurait.

— Ma pauvre chérie ! dit-elle en s'asseyant à côté d'elle et en passant un bras sur ses épaules. J'ai appris, au sujet de ta mère… Je suis tellement désolée !

— Ce n'est pas… Je ne pleure pas à cause de Tiggy. Je pleure sur moi-même, avoua Olivia. Caspar me manque tant ! J'ai honte de découvrir que je suis capable d'un tel égoïsme, mais une part de moi-même voudrait que je n'aie jamais proposé de rester ici et que je sois partie avec lui.

— Il n'est pas trop tard, Livvy. Tu peux…

— Non. Il ne veut plus de moi. Pour lui, quand on aime vraiment quelqu'un, on doit tout lui sacrifier. Il pense que je ne l'aime pas. En tout cas pas assez. Et même si je sais, moi, que c'est faux, je ne suis pas sûre de pouvoir vivre avec une telle pression. J'aurais toujours l'impression d'avoir une épée de Damoclès au-dessus de la tête.

Elle se remit à pleurer, la gorge douloureuse d'avoir trop refoulé ses larmes et ses sanglots.

— Et d'ailleurs, il m'est impossible de partir, maintenant. Pas avec papa qui…

— Ton père est tiré d'affaire et en voie de guérison. Il devrait pouvoir reprendre le travail d'ici à un mois, et à ce moment-là... Olivia, qu'y a-t-il ? s'exclama Ruth lorsque Olivia enfouit son visage dans ses mains. Pour l'amour du ciel, qu'ai-je dit ?

— Je... je ne peux pas t'expliquer, balbutia Olivia au bout de quelques secondes.

— Bien sûr que si, tu peux m'expliquer ! Tu le peux et tu le dois. Et je ne quitterai pas ce banc tant que tu n'auras pas parlé. Toi non plus, d'ailleurs.

Olivia eut un pauvre sourire.

— Voilà qui est mieux, déclara Ruth, sur un ton encourageant. Et maintenant, raconte-moi ce qui se passe.

Laissant de côté ses réticences, Olivia finit par céder à la tentation de se confier enfin à quelqu'un. Ruth l'écouta sans l'interrompre. Quand Olivia se tut, la vieille dame regardait droit devant elle, toujours silencieuse.

— Je n'aurais pas dû te dire tout ça, murmura Olivia. Tu dois être choquée.

— Pas du tout ! répliqua sa grand-tante. Je ne suis même pas vraiment surprise.

Elle sourit.

— Là, c'est moi qui te choque, n'est-ce pas ? Je suis désolée, ma chérie, mais je crois connaître ton père un peu mieux que toi. Tu trouves difficile d'accepter qu'il ait pu commettre un acte aussi malhonnête, et c'est normal. Un enfant a besoin d'éprouver de la confiance et du respect pour ses parents.

— Je ne suis plus une enfant !

— Oh ! ce n'est pas une question d'âge. Et puis, il n'est pas facile de se débarrasser de ses certitudes ou de ses idéaux. C'est pour ça, sans doute, que j'ai moins de mal que toi à accepter la vérité. Vois-tu, à mes yeux, ton père a toujours été, et demeure, un petit garçon égocentrique et égoïste. Très tôt, il est passé maître dans l'art de jouer de son charme, et de la fâcheuse tendance de son père à tout lui pardonner, pour se décharger de ses responsabilités sur les autres — en particulier sur son frère Jon, qui se retrouve toujours à ramasser les pots cassés.

Elle se tut un moment, apparemment perdue dans ses pensées.

— Jon a-t-il vu les comptables ? demanda-t-elle soudain.

— Non, pas encore, répondit Olivia d'un ton las.

— Bien.

Ruth se tourna et regarda dans la direction des fenêtres du cabinet.

— Alors, j'ai intérêt à aller le voir sans tarder, enchaîna-t-elle, l'air décidé.

Un sourire chaleureux éclairait son visage.

— Aller le voir ? répéta Olivia sans comprendre. Mais…

— Et tu sais ce que tu devrais faire, ma petite Livvy ? enchaîna la vieille dame.

Sans attendre de réponse, elle poursuivit :

— Je pense que tu devrais téléphoner à ton ami. Tu l'aimes, n'est-ce pas ? Soit, il n'est peut-être pas parfait, et vous aurez sans doute quelques problèmes à résoudre, mais dis-moi une chose : quel est le pire ? Vivre ta vie avec lui, et avec les problèmes ; ou vivre ta vie sans les problèmes, mais aussi sans lui ? Ne gâche pas tes plus belles années en regrets inutiles, Olivia. Crois-moi, il n'y a rien de plus terrible. Et je sais de quoi je parle.

Elle sourit encore.

— Allez, va lui téléphoner. J'insiste.

— Ruth... ?

Jon se leva lorsque la secrétaire fit entrer Ruth dans son bureau. Bien que sa tante habitât de l'autre côté de la place, il ne se rappelait plus la dernière fois qu'il l'avait vue au cabinet.

— Assieds-toi, Jon, lui dit-elle avec autorité. Nous devons parler.

Elle-même s'installa dans le fauteuil qui faisait face à Jon, de l'autre côté du bureau.

— Olivia m'a raconté cette affaire, au sujet de David, reprit-elle en allant droit au but. Je suppose qu'à l'heure qu'il est, personne n'est au courant, en dehors de quelques membres de la famille ?

— Non, en effet, confirma Jon.

— Bon. Combien, exactement, David a-t-il emprunté sur le compte de Jemima Harding ?

— Emprunté ? David n'a rien emprunté du tout. Il a volé !

— Absolument pas ! affirma Ruth d'un ton sans réplique. Bien que ce ne soit pas très professionnel, David a demandé un prêt à Jemima ; ou plutôt, une série de prêts. L'arrangement tacite était qu'il la rembourserait quand elle le lui demanderait. Maintenant qu'elle est décédée, il juge nécessaire de rendre cet argent, même si aucune date précise n'avait été fixée.

Jon secoua la tête.

— Si seulement c'était possible ! Mais David ne peut pas s'acquitter d'une telle dette. Nous le savons très bien.

— David ne peut pas, en effet, admit Ruth. Moi, je le peux.

Jon la regarda un instant sans mot dire.

— C'est très généreux de ta part, déclara-t-il enfin, mais David a pris deux millions de livres sur le compte de Jemima.

— Je sais, répondit Ruth avec calme.

— Mais tu n'as pas deux millions de livres ! souligna Jon.

— Non, en effet. Lors des dernières estimations, je devais approcher les cinq millions.

— Cinq millions ! Tu possèdes cinq millions de livres !

— Ne te fâche pas, Jon, mais à ta place, je ne laisserais pas pendre ma mâchoire inférieure de la sorte. Ce n'est pas très flatteur, commenta Ruth. Et non, je ne suis pas sénile, enchaîna-t-elle avec un sourire amusé. J'ai vraiment tout cet argent, même si je dois admettre que je trouve irritant de devoir l'utiliser pour sauver la peau de David. Mais il ne s'agit pas seulement de David, n'est-ce pas ? Toi, Jenny et Joss, vous comptez beaucoup pour moi. Surtout Joss — à mon âge, on a le droit d'avoir ses favoris... Et je ne permettrai jamais que sa vie et son avenir soient gâchés à cause de la faiblesse et de la stupidité de David.

Elle marqua une pause, avant de reprendre :

— La sœur de ma mère m'a légué un petit pécule, à sa mort. On était loin des cinq millions, mais cela remonte à de nombreuses années, et j'ai découvert, à ma grande surprise, que j'avais un talent pour le boursicotage. Il faudra que tu t'arranges avec la banque et avec les comptables, bien sûr. On ne va certainement pas permettre à David de s'en occuper. Tu n'auras qu'à leur dire qu'il avait passé un contrat privé avec Jemima...

— Jamais ils ne croiront qu'elle avait accepté de lui prêter autant d'argent.

— Peut-être pas. Toutefois, je te parie qu'ils seront aussi désireux que nous de voir cette affaire réglée aussi discrètement que possible. Après tout, il ne serait pas bon, pour leur réputation, qu'on apprenne que David se servait sur le compte de Jemima sans être inquiété.

Il y eut un bref silence.

— Tu n'oublies pas quelque chose ? interrogea Jon sur un ton posé.

— Quoi donc ?

— J'ai des devoirs envers ma famille, et aussi envers ma profession, Ruth. Je suis tenu, par le serment que j'ai fait sur mon honneur, de dénoncer David…

— Non ! coupa Ruth avec fermeté. Si tu es peut-être tenu de faire part de tes soupçons, il ne s'agit que de soupçons. Après tout, tu n'as aucune preuve que David n'avait pas, en effet, conclu un arrangement avec Jemima.

— Ruth…

— Tu as des preuves ? insista la vieille dame.

— Non. Néanmoins, nous savons très bien, tous les deux…

— … que David a emprunté de l'argent sur le compte de Jemima. Et c'est tout ce que nous savons. Je comprends ce que tu ressens, Jon, enchaîna Ruth d'une voix douce. Et même si je loue ta force morale, je crois qu'en l'occurrence, il faut surtout se soucier des conséquences que ton intégrité risque d'avoir sur ton entourage. C'est à la jeune génération que je pense. Si tu exposes David, eux aussi en pâtiront. Et puis d'ailleurs, encore une fois, nous ignorons le genre d'accord que David et Jemima ont pu conclure ou pas. Jemima ne peut plus répondre à aucune question, et en ce qui concerne David... Imagine l'effet qu'une enquête, des interrogatoires poussés auraient sur sa santé.

— Ne me fais pas ça, Ruth, murmura Jon avec lassitude. Tu sais...

— Je sais que tu es un honnête homme, Jon, et je n'ai pas besoin d'en savoir plus. Je vais rentrer chez moi et appeler mes agents de change. Je veux que tu te mettes en contact avec les banques et les comptables, et que tu leur expliques la situation — en accord avec les exigences de ton code de conduite professionnelle, bien sûr. Tu leur diras aussi, bien sûr, que des arrangements ont été pris pour rembourser ces prêts, et cela alors même qu'aucune obligation ne nous y force, d'un point de vue légal. A mon avis, tout le monde sera tellement content d'échapper à la nécessité d'ouvrir une enquête, avec la publicité qui en découlerait, qu'ils accepteront ta version des faits sans discuter. Quant à David, il est clair qu'il ne doit plus jamais être autorisé à travailler, ici ou ailleurs. Le mieux serait qu'il décide de prendre une retraite anticipée, pour des raisons de santé évidentes.

Jon considéra sa tante d'un air sombre.

— Ruth, je ne sais pas quoi dire...

— Ne dis rien, dans ce cas, répondit la vieille dame avec un sourire. C'est souvent la solution la plus sage.

***

Fermant les yeux, Olivia agrippa le combiné du téléphone. Elle venait de composer le numéro de Caspar et attendait qu'on lui réponde. Que dirait-il, lorsqu'il reconnaîtrait sa voix ? Que ferait-il ? Lui parlerait-il, ou bien raccrocherait-il aussitôt ? Elle n'était peut-être plus qu'un épisode du passé, pour lui ; un souvenir qu'il souhaitait oublier.

Une voix féminine se fit soudain entendre, à l'autre bout du fil, et Olivia demanda à parler à Caspar.

— Je suis désolée, lui répondit-on. Il n'est pas disponible.

Olivia sentit son cœur chavirer.

— Oh ! Est-ce que je peux… Quand sera-t-il possible de le joindre ? bredouilla-t-elle lamentablement.

— Je ne peux pas vous dire. Il est en déplacement. Affaires personnelles. Nous ignorons quand il doit rentrer.

— Je… je vois. Vous n'avez pas un numéro où je pourrais l'appeler ?

— Non.

— Merci, murmura encore Olivia, avant de raccrocher.

Au moins, avait-elle essayé.

Un nœud lui serrait le ventre, et elle s'obligea à respirer profondément, plusieurs fois.

Caspar…

Où était-il ?

*
* *

— Oh ! Max... Je ne pensais pas que vous seriez là. Le clerc m'a dit que vous deviez vous rendre au tribunal, ce matin.

— L'audience a été reportée, répondit Max à l'associé principal du cabinet tandis que celui-ci restait devant le seuil de la porte, l'air à la fois ennuyé et gêné.

Quelqu'un se tenait derrière lui ; comme il se déplaçait légèrement, Max reconnut l'amie de Madeleine. Claudine Chatterton. Que diable faisait-elle ici ? se demanda-t-il en fronçant les sourcils.

— Eh bien, puisque vous êtes là, autant que je vous présente, reprit l'associé principal. Claudine, voici Max Crighton. Max a fait son apprentissage chez nous, et il attend de trouver un poste vacant.

— Oui, je l'ai entendu dire.

La jeune femme tendit la main vers Max en souriant, et ce dernier songea qu'il ne l'aimait décidément pas. Il la soupçonnait même d'avoir essayé de mettre Madeleine en garde contre lui.

— Max, poursuivit l'associé, d'une voix un peu trop enjouée et avec un sourire un peu trop forcé, Claudine Chatterton va bientôt nous rejoindre en qualité de *junior barrister.* Elle remplacera Clive Benson, lequel nous quitte, comme vous le savez.

Il se tourna pour sourire à la jeune femme, mais celle-ci avait les yeux fixés sur Max. Elle aussi souriait, d'un air entendu.

Max eut l'impression que le sol se dérobait. Pour une fois dans sa vie, il était forcé d'admettre que le contrôle de la situation lui avait échappé. Charlotte s'était complètement trompée dans ses informations. Ainsi, sa rivale n'était pas Madeleine ! C'était cette femme. Cette Claudine Chatterton avec un léger sourire moqueur. Comme si elle savait. Il sentit une énorme bouffée de rage l'étouffer.

Mais alors, Madeleine devait savoir, elle aussi. La sale petite garce ! Pourquoi n'avait-elle rien dit ?

Il se leva brusquement et quitta le bureau, bousculant l'associé principal et Claudine au passage.

Derrière lui, il entendit la voix railleuse de la jeune femme :

— Mon Dieu, nous avons fait quelque chose pour le fâcher ? disait-elle.

Il serra les mâchoires pour se retenir de hurler. La salope ! Mais quelqu'un allait payer pour l'humiliation qu'il venait de subir. Quelqu'un allait payer pour les mensonges, pour la trahison dont il était victime ! Et il savait exactement où trouver ce quelqu'un.

Madeleine ouvrit la porte et écarquilla les yeux, visiblement stupéfaite de trouver Max face à elle.

— Max ? Qu'est-ce qui ne va pas ? demanda-t-elle aussitôt.

— Tu sais très bien ce qui ne va pas ! hurla-t-il. Pourquoi ne m'as-tu pas dit que Claudine convoitait le poste, au cabinet ?

— Je… je pensais que tu étais au courant. Oh ! Max, ne sois pas fâché. Je sais combien tu dois être déçu… Je sais aussi à quel point tu tenais à faire tes preuves, tout seul, sans l'aide de personne, mais même papa admet que pour entrer dans les meilleurs cabinets, il ne suffit pas d'être bon. Il faut avoir des relations. C'est pour ça que…

— Des relations ! Et où sont les relations de ta bonne copine ? A moins que ton cher papa soit intervenu pour elle ? Qu'a-t-elle fait pour mériter un tel honneur ? Il la saute, peut-être !

— Max ! protesta Madeleine, qui avait pâli. Je t'en prie. Je me doute de ce que tu peux éprouver, mais…

— Vraiment ? Vraiment ?

Max l'avait prise par les bras et la secouait avec force, ignorant ses cris. Bon sang ! Quand il pensait au temps qu'il avait perdu. Pour rien !

— Vous avez bien dû vous amuser, hein, toutes les deux ? cria-t-il en relâchant soudain la jeune femme.

Il le fit si brutalement qu'elle manqua de tomber contre le mur de l'entrée. Elle se rétablit, massant ses bras endoloris.

— Max, tu te trompes… Je sais que tu es en colère mais, je t'en prie, écoute-moi…

— T'écouter ? T'écouter ? Toi ?

— J'ai parlé à papa, insista-t-elle avec une note de désespoir dans la voix. Je… il… il nous a invités à dîner, ce soir. Avec maman. Il dit qu'il y a peut-être un autre poste sur le point de se libérer, dans un autre cabinet.

Elle révéla le nom du cabinet en question, et Max la considéra d'un regard fixe, sa fureur cédant le pas à l'incrédulité. Il s'agissait d'un des plus importants cabinets de Londres. Il avait aucune chance d'y être engagé ; autant essayer d'aller décrocher la lune.

— Papa connaît l'associé principal, poursuivait Madeleine. Il lui a parlé de toi et… et puis, papa dit que comme il n'a pas de fils, il serait heureux d'avoir un gendre qui reprendrait le flambeau pour lui…

Madeleine avala péniblement sa salive avant d'ajouter, d'un air misérable :

— Je suis désolée de ne pas t'avoir prévenu, au sujet de Claudine, mais elle m'avait fait promettre de garder le secret.

Ses yeux s'emplirent de larmes.

— C'était si horrible de t'entendre en parler, de savoir combien tout cela était important, pour toi, et de ne rien pouvoir dire. Mais j'avais promis. Je t'en prie, ne m'en veux pas. Et pour ce qui concerne papa, je sais que tu tenais à réussir tout seul, sans l'aide de personne, mais…

Max l'entendait à peine. La tête lui tournait.

Un poste dans l'un des cabinets les plus réputés sur la place de Londres !

Le patronage d'un des juges les plus influents du pays !

Tout ça était là, à sa disposition. Il lui suffisait de tendre la main.

Il considéra Madeleine, qui avait baissé la tête.

Il y avait une condition, cependant. Pour devenir le gendre du juge, il devait épouser sa fille.

Décidément, la vie avait un sens de l'humour plutôt étrange. La veille, il s'était plu à imaginer le moment où il dirait à Madeleine ce qu'il éprouvait exactement pour elle, avant de la plaquer, bien sûr, et de s'en aller sans un regard en arrière.

A présent, il devait revoir son scénario.

— Ne pleure plus, Maddy. Ma douce, ma tendre, ma délicieuse petite cachottière, susurra-t-il en prenant la jeune femme dans ses bras. Evidemment que je t'en veux. Enfin ! pas trop… Mais c'était très vilain de ta part d'aller parler à ton père.

— Je l'ai fait pour toi… pour nous, chuchota Madeleine, les lèvres tremblantes. Pour que nous puissions rester ensemble…

— Oui, je comprends, murmura Max. Mais j'espérais gagner le droit de demander moi-même ta main à ton père. Sans me sentir redevable.

— Je ne cherchais qu'à t'aider…

— Je sais ce que tu voulais. Et je sais aussi ce que je veux… tout de suite…

— Max, non, on ne peut pas ! Pas maintenant. Il n'est même pas l'heure du déjeuner et… Oh ! Max…

— A quelle heure dîne-t-on avec tes parents ? demanda celui-ci en glissant une main sous le T-shirt de Madeleine.

Il réfléchissait à toute vitesse. Déjà, il se projetait dans l'avenir. Il allait décrocher son poste de *junior barrister* dans un prestigieux cabinet et, dans la foulée, il hériterait tous les biens de son grand-père. Le prix à payer, pour cela, était quelques années de mariage avec Madeleine ? Et après ? Il serait encore jeune, dans trois ou quatre ans.

Evidemment, il devrait veiller à assurer sa position financière. Il ne s'agissait pas de tout perdre au moment du divorce. Et surtout, pas d'enfants. Pas question d'être forcé de payer pour des gosses qu'il n'aurait même pas voulus.

— Je vais devoir t'emmener chez moi pour te présenter à ma famille, dit-il en entraînant Madeleine vers sa chambre, à l'étage. Ils vont t'adorer, tu verras.

Lorsqu'il la prit dans ses bras, ce ne fut pas le visage de Madeleine qu'il vit ; ce fut celui, amusé et moqueur, de Claudine Chatterton, alors qu'elle se tenait devant le seuil de son bureau, un moment plus tôt.

Ils avaient un compte à régler, tous les deux. Tout n'était pas fini. Loin de là…

Caspar s'arrêta, avant de bifurquer dans l'allée de la propriété des parents d'Olivia.

Son cœur battait à tout rompre. Il n'avait pas la moindre idée de l'accueil que lui réserverait la jeune femme.

Quand il l'avait quittée, le cœur gonflé de rage, blessé dans son orgueil de mâle, il avait presque réussi à se persuader que c'était la meilleure solution ; mieux valait prendre ses distances et mettre un terme à leur relation. A quoi bon essayer de prétendre qu'ils s'aimaient encore, alors que ce n'était manifestement plus le cas ?

Il lui avait fallu une semaine passée à attendre qu'Olivia le contacte, une semaine durant laquelle il avait connu toutes les affres de la colère, une semaine au terme de laquelle il avait bien dû parvenir à l'amère conclusion qu'elle ne l'appellerait pas, pour comprendre enfin ce qu'il avait fait. Et surtout, pourquoi.

Enfant, déjà, cette tactique n'avait jamais rien donné. La colère, les reproches et les ultimatums ne lui avaient jamais gagné le genre d'attention dont il avait si désespérément besoin, de la part de ses parents. Pourquoi en serait-il allé autrement avec Olivia ? Avec quelqu'un comme Olivia ?

Il comprenait mieux, maintenant, ce qu'elle avait dû éprouver quand, bien loin de respecter son désir d'aider sa famille, il s'était montré dur et intransigeant, avant de la laisser tomber.

La vérité était toute simple : il était jaloux ; jaloux du fait qu'un autre que lui-même pouvait avoir de l'importance pour elle.

Une conversation qu'il avait eue avec une vieille amie à laquelle il avait rendu visite, à Philadelphie, avait achevé de l'aider à ouvrir les yeux. Celle-ci lui avait confié les problèmes qu'elle avait avec son mari, depuis quelque temps.

— Non mais tu te rends compte ! lui avait-elle dit. Il est jaloux de notre fils. C'est ridicule. Ricky est « son » enfant. C'est une des raisons pour lesquelles je l'aime tant. Il est le fils de Gerry. Le bébé que nous avons eu ensemble. Mais Gerry refuse de comprendre. Pour lui, Ricky est un autre mâle qui essaie d'accaparer toute mon attention, au détriment de notre couple. Je n'arrive pas à lui faire voir que si Ricky s'accroche à ce point à moi, c'est justement parce qu'il sent le rejet de son père. Ricky a besoin de l'amour de Gerry.

D'abord, Caspar avait pensé qu'elle exagérait. Mais plus tard, alors qu'il y réfléchissait encore, il avait commencé à se demander s'il ne risquait pas, lui aussi, de devenir comme Gerry. Serait-il de ces maris qui se sentent menacés par l'amour que leur femme éprouve pour leurs enfants ? Soudain, il prenait la mesure du pouvoir destructeur d'une telle peur. Tout le monde en souffrait. Après tout, il était bien placé pour le savoir ; son propre père était ainsi.

Une prise de conscience en entraînant une autre, il avait bien été forcé d'admettre qu'il avait totalement manqué de compassion et d'empathie, le soir où Olivia avait surpris sa mère dans la cuisine. Certes, il persistait à penser que cette dernière avait besoin d'être prise en charge par des spécialistes ! Mais fallait-il qu'il se montre aussi tranchant, aussi arrogant ? Il aurait pu gérer la situation différemment, faire preuve d'un peu plus de doigté et de circonspection.

Il poussa un soupir et remit le moteur de sa voiture en marche. Ce qui était fait était fait, songea-t-il en franchissant les grilles de la propriété. Il ne lui restait plus qu'à espérer que le mal n'était pas irréparable.

Il se rangea à côté de la voiture d'Olivia, coupa le moteur et frotta ses mains moites sur son jean.

Un moment plus tard, il sonnait à la porte d'entrée.

Dans sa chambre, Olivia repensait aux événements de la journée. Oncle Jon lui avait téléphoné, un peu plus tôt, pour lui rapporter sa conversation avec Ruth.

— Je n'avais pas l'intention de lui dire, avait confessé Olivia. Je ne sais pas ce qui m'a pris. Je crois qu'elle m'a surprise dans un moment de faiblesse.

— Eh bien, tu n'imagines pas à quel point je m'en réjouis ! s'était exclamé Jon. Au début, je n'étais pas vraiment convaincu ; mais je dois admettre que j'avais tort et qu'elle avait raison. Les comptables et la banque n'ont à l'évidence aucun désir de poser trop de questions au sujet des « emprunts » de David ; dès lors que l'argent sera remboursé, ils sont contents. Il n'y a pas d'héritiers, bien sûr, et Inland Revenue va recevoir la plus grosse partie des biens de Jemima. Espérons qu'eux aussi se satisferont du statu quo.

Jon avait conclu leur conversation en lui annonçant qu'il emmenait Jenny dîner au restaurant.

— Ruth va garder les enfants, et Jack m'a demandé de te prévenir qu'il passerait chercher ses affaires de sport, demain. Ne t'inquiète pas à son sujet. Il est bien, ici.

Olivia n'en doutait pas un instant. C'était la raison pour laquelle elle n'avait pas insisté pour s'occuper de son frère. Celui-ci était mieux avec son oncle, sa tante et ses cousins. Et puis, Jack et Joss fréquentaient la même école ; le fait qu'ils habitent sous le même toit facilitait la vie à tout le monde, ainsi que Jenny l'avait fait remarquer. Olivia n'aurait d'ailleurs jamais pu s'occuper de lui de façon satisfaisante ; elle quittait la maison à 8 heures, chaque matin, et rentrait rarement avant 19 heures, le soir.

Elle et Jon formaient maintenant une bonne équipe au sein du cabinet, ainsi que son oncle l'avait décrété quelques jours plus tôt. Ils avaient déjà bien résorbé la masse de travail accumulée par David, et Olivia éprouvait une réelle satisfaction à voir diminuer la pile de dossiers à traiter. A sa grande surprise, le rythme effréné de son emploi précédent ne lui manquait pas du tout.

Non, une seule chose lui manquait horriblement. Ou plutôt, un seul être.

Caspar.

Soudain, le carillon de la porte d'entrée retentit.

Olivia fronça les sourcils. Qui pouvait bien lui rendre visite ?

Un instant, elle fut tentée de ne pas répondre. Et puis, avec un soupir, elle se leva, descendit l'escalier et traversa le vestibule. Elle ouvrit la lourde porte et, une fraction de seconde, demeura bouche bée.

— Caspar ! s'écria-t-elle enfin.

— Est-il trop tard pour admettre que je me suis comporté comme un crétin et que j'ai changé d'avis ? lui demanda-t-il.

Comme elle gardait le silence, il poursuivit :

— Je croyais être un homme, Livvy. Un homme complet, parvenu à maturité. Mais durant ces dernières semaines, j'ai découvert que je m'étais trompé. Je ne pourrai pas me considérer comme un adulte tant que je serai encore capable de me comporter comme un sale gosse, un enfant gâté. Quant à être un homme complet, je ne le serai jamais plus sans toi.

— J'ai essayé de t'appeler…, bredouilla Olivia, sans trop savoir quoi dire d'autre. Tu… tu n'étais pas là.

— Je devais déjà être en route pour venir jusqu'à toi, en train de me demander si tu n'allais pas me renvoyer. Livvy, est-ce qu'il est trop tard ? insista Caspar.

Olivia secoua la tête.

— Trop tard pour pouvoir cesser de t'aimer, oui ! répondit-elle d'une voix enrouée par l'émotion. Oh, Caspar !

Elle se jeta dans ses bras.

— Tu m'as tellement manqué. Je voulais à tout prix affirmer mon indépendance. Je me disais que tu n'avais pas le droit d'exiger d'être la personne la plus importante, dans ma vie, mais...

En riant, elle secoua la tête.

— C'est ce que tu es ! C'est exactement ce que tu es !

— Tais-toi donc et laisse-moi t'embrasser, murmura Caspar, la serrant contre lui à l'étouffer.

Alors qu'il se penchait sur le visage d'Olivia, il se figea et regarda autour de lui.

— Où sont tes parents ?

— Papa est dans une maison de repos, répondit Olivia. Quant à maman... Tu avais raison, Caspar. Elle a vraiment besoin d'aide.

Elle lui expliqua ce qui s'était passé.

— Cet après-midi, ajouta-t-elle, j'ai parlé avec le médecin qui doit la suivre. C'est une femme. Elle a été très gentille, mais aussi très honnête. La boulimie est un problème d'une extrême gravité ; apparemment, il n'existe pas d'exemple de personnes ayant réussi à se sortir assez longtemps de leur dépendance pour qu'on puisse les déclarer guéries. Dans le cas de Tiggy, le médecin pense que cela dure depuis des années, et que le traitement sera d'autant plus difficile, et très long. Elle aurait aimé parler à papa...

— Il est au courant ? demanda Caspar.

— Oui. Le Dr Hayes lui a dit, cet après-midi. Mais on dirait qu'il... qu'il...

— Qu'il s'en fiche ?

— Il se remet tout juste de sa crise cardiaque, souligna Olivia. Le médecin nous a expliqué que le choc, et la peur d'avoir une autre attaque, peuvent parfois générer chez le patient un comportement étrange et... égoïste. Le besoin de se protéger prend le pas sur tout le reste.

Une image surgit soudain dans son esprit. Elle se dégagea de l'étreinte de Caspar et le regarda fixement.

— Qu'y a-t-il ? lui demanda-t-il.

— J'ai voulu te rejoindre à l'aéroport, le jour de ton départ. Je t'ai vu en train d'embrasser Hillary...

Caspar sourit.

— Pardon, mais c'est Hillary qui m'a embrassé ! corrigea-t-il. Et crois-moi, ce n'est pas à elle que je pensais, alors. D'ailleurs, les choses ne sont pas allées plus loin.

Il plongea les yeux dans ceux d'Olivia pour ajouter :

— Tu me crois, n'est-ce pas ?

Olivia soutint son regard, un long moment, avant de hocher la tête.

— Oui, répondit-elle avec douceur.

De nouveau, Caspar l'attira dans ses bras.

— Alors, qu'est-ce qu'on attend pour monter ? Autant te prévenir : il est hors de question que je te laisse dormir toute seule, cette nuit. Et je me fiche de ce que pensera ton grand-père.

Olivia pouffa de rire.

— Grand-père n'en saura rien. Il est confiné dans son lit ; sa jambe le fait souffrir.

— Confiné dans son lit. En voilà une bonne idée…

— Caspar…

Celui-ci s'écarta d'Olivia.

— Oui ?

— Je ne t'ai pas tout dit.

Elle était bien décidée à faire table rase de tous les problèmes.

S'ils devaient rester ensemble, elle tenait à s'assurer que leur relation repartait sur de bonnes bases, saines. Elle ne concevait pas de construire son avenir avec un homme à qui elle ne pourrait pas tout dire, avec lequel elle ne pourrait pas tout partager. Elle devait avoir confiance dans la capacité et la volonté de Caspar de la soutenir et de l'aider.

Elle inspira profondément et se lança :

— Papa a volé de l'argent sur le compte d'une cliente. Heureusement, tante Ruth a imaginé un stratagème qui va permettre de rembourser la somme détournée sans ébruiter l'affaire. A mon avis, Jon pense qu'il aurait dû dénoncer son frère, mais tante Ruth a vraiment insisté pour qu'il n'en fasse rien. D'après elle, ce n'est pas papa qui aurait le plus pâti de tout cela.

Elle raconta toute l'histoire, scrutant le visage de Caspar afin de guetter sa moindre réaction. Comme il demeurait impassible, elle sentit son cœur se serrer.

— Ta tante Ruth ne s'est pas embarrassée de scrupules, on dirait, déclara-t-il enfin. Et elle a eu raison. Ce que ton père a fait est inadmissible, c'est vrai ; mais si l'affaire s'était ébruitée, vous en auriez tous souffert. A quoi bon ?

— Oui, sans doute, admit Olivia. Seulement, une fois de plus, papa s'en sort sans payer les pots cassés.

Caspar haussa les épaules.

— Tu sais ce qu'on dit : la justice est aveugle. Puisque nous en sommes à la scène des aveux et des révélations, je dois t'annoncer que j'ai contacté l'université de Manchester. Ils ont un poste de professeur qui se libère et je peux poser ma candidature, si je le souhaite. Evidemment, l'un de nous se verrait dans l'obligation de faire des allers-retours, mais...

Olivia le regardait fixement.

— Tu as... Tu serais prêt à... ? Tu reviendrais ici pour vivre et pour travailler ? parvint-elle enfin à articuler.

— Pourquoi pas ? C'est ici que tu vis et travailles, non ?

— Oh, Caspar !

Elle jeta les bras autour de son cou.

— Je t'aime ! Je t'aime tant !

— Merci. Et maintenant, ne pourrait-on pas poursuivre cette conversation ailleurs ? Dans un endroit plus confortable, si tu vois ce que je veux dire...

Olivia éclata de rire et s'élança vers l'escalier.

David sourit à la réceptionniste.

— Vous nous quittez ? interrogea celle-ci en fronçant les sourcils. Mais...

— Je dois m'en aller, répondit David d'un ton assuré. Ma femme n'est pas bien, malheureusement, et on a besoin de moi à la maison.

— Oh ! Dans ce cas...

David lui sourit encore.

Il avait préparé son plan toute la journée. Dieu merci, il n'avait plus besoin de se préoccuper de Tiggy. Quelqu'un d'autre se chargeait désormais de cette charge ô combien onéreuse. Jack, lui, se trouvait chez Jon et Jenny, entre d'excellentes mains. Quant à cette histoire fâcheuse, David était sûr que son frère trouverait un moyen de tout régler. Ce bon vieux Jon...

Le moment était venu pour lui de choisir ce qu'il voulait faire avec sa propre vie. Il était plus que temps.

Ben serait bouleversé, bien sûr. Mais il finirait par comprendre.

Sans cesser de sourire, David sortit dans la nuit.

*
* *

— Il est parti ? Mais comment ? Où ? demanda Jon à la réceptionniste.

Elle avait été convoquée dans le bureau du directeur de la maison de repos, lorsque Jon avait découvert que David avait quitté l'établissement.

— Je ne sais pas, répondit-elle en secouant la tête. Il m'a seulement dit que sa femme avait besoin de lui.

Mais on avait déjà téléphoné à la clinique où se trouvait Tiggy ; personne n'y avait vu David ni entendu parler de lui.

— C'est de la folie ! s'exclama Jon. Où a-t-il pu aller ? Et pourquoi ?

Le Dr Hayes, également présent, fronça les sourcils.

— Je l'ignore, admit-il. En revanche, je peux vous dire que chaque année, chaque jour, des gens disparaissent. Par choix. Parfois, parce qu'il leur semble que c'est l'unique moyen de se tirer d'une situation inextricable. Pour les autres… Qui peut savoir ?

— Vous croyez que David aurait fait une chose pareille ? Qu'il a disparu, tout simplement ?

— Qu'il a choisi de disparaître, corrigea le cardiologue.

Jon ferma les yeux.

— Tâchez de ne pas trop vous inquiéter, reprit le Dr Hayes. Il a pu aller rendre visite à des amis, et…

Mais il s'interrompit devant le regard que Jon lui lançait, et il haussa les épaules.

— Ça arrive, murmura-t-il.

Accoudé au bastingage du ferry, David sifflotait. Dieu, qu'il se sentait bien ! C'était ainsi que la vie méritait d'être vécue. En toute liberté. Sans plan préconçu. Totalement débarrassée des besoins et des problèmes des autres.

Libre ! Il était enfin libre !

— Que vais-je dire à Ben ? demanda Jon à Jenny, quand il lui eut rapporté ce qui s'était passé.

— Rien, répondit-elle froidement. Laisse le médecin s'en charger. David n'est pas ta responsabilité, Jon. Il est ton frère, et vous êtes jumeaux, soit, mais tu n'es pas responsable de lui ou de ses actes. Et puis, n'oublie pas que nous avons un mariage à préparer.

— Et un autre auquel assister.

Max leur avait téléphoné, dans la journée, pour leur annoncer qu'il se fiançait. Juste après, Olivia et Caspar étaient venus les voir, et la jeune femme avait demandé à Jenny, avec une timidité touchante, si elle pouvait compter sur elle pour les préparatifs de son mariage.

— Rien de grandiose, avait-elle précisé. Je veux quelque chose de simple et de traditionnel.

— Ne l'écoutez pas ! s'était exclamé Caspar. Moi, je veux le grand jeu, au contraire. Tout le tralala ! Ainsi, je pourrai casser les oreilles à nos petits-enfants quand je leur raconterai nos noces.

Jenny sourit et, revenant dans le présent, elle se pencha vers son mari pour l'embrasser.

— David a fait un choix quant à la manière dont il entend vivre sa vie, lui dit-elle avec douceur. C'est son droit. De même qu'il nous appartient de choisir comment nous, nous voulons vivre notre vie.

Jon lui sourit tendrement, avant de murmurer :

— Crois-tu que deux vieux comme nous peuvent prétexter la fatigue auprès de leurs enfants afin de pouvoir aller se coucher tôt ?

— Tu risques d'avoir des problèmes avec Joss, répondit Jenny en riant. N'oublie pas que tu as promis de l'emmener pêcher, ce soir...

Jon étouffa un grognement.

— Qu'est-ce qu'un homme doit faire, dans cette maison, pour pouvoir passer un peu de temps, seul, avec sa femme ?

— Glisser un somnifère dans le verre de lait de toute la marmaille ? suggéra Jenny alors que Joss faisait irruption dans la pièce, demandant si son père était prêt.

— En voilà une bonne idée !

DANS LA MÊME COLLECTION

Par ordre alphabétique d'auteur

MARY LYNN BAXTER	*La femme secrète*
JENNIFER BLAKE	*Une liaison scandaleuse*
MEGAN BROWNLEY	*La maison des brumes*
CANDACE CAMP	*Le bal de l'orchidée*
ELAINE COFFMAN	*Le seigneur des Highlands*
PATRICIA COUGHLIN	*Le secret d'une vie*
SALLY FAIRCHILD	*L'héritière sans passé*
PENNY JORDAN	*Silver*
PENNY JORDAN	*L'amour blessé*
PENNY JORDAN	*L'honneur des Crighton*
RACHEL LEE	*Neige de septembre*
ANN MAJOR	*La brûlure du mensonge*
MARY ALICE MONROE	*Le masque des apparences*
NORA ROBERTS	*Retour au Maryland*
NORA ROBERTS	*La saga des Stanislaski*
NORA ROBERTS	*Le destin des Stanislaski*
NORA ROBERTS	*L'héritage des Cordina*
ROSEMARY ROGERS	*Le sabre et la soie*
ROSEMARY ROGERS	*Le masque et l'éventail*
JUNE FLAUM SINGER	*Une mystérieuse passagère*
ERICA SPINDLER	*L'ombre pourpre*
KAREN YOUNG	*L'innocence bafouée*

6 NOUVEAUTÉS À PARAÎTRE EN FÉVRIER 2006

Composé et édité par les
éditions Harlequin
Achevé d'imprimer en novembre 2005

par

LIBERDÚPLEX

Dépôt légal : décembre 2005
N° d'éditeur : 11762

Imprimé en Espagne